Mythos Heidelberg 2007

Michael Santak
1957 in Königstein (Taunus) geboren. Magister Artium in den Fächern *Neuere Deutsche Literaturwissenschaft*, *Soziologie* sowie *Kulturanthropologie und Europäische Ethnologie*.
Seit 1978 journalistisch tätig. Lebt seit 1989 in Heidelberg.
www.michael-santak.de, E-Mail: info@michael-santak.de

Bibliographische Information der Deutschen Bibliothek
Die Deutsche Bibliothek verzeichnet diese Publikation in der Deutschen Nationalbibliographie. Detaillierte bibliographische Daten sind im Internet über http://dnb.ddb.de abrufbar.

Michael Santak (Hrsg.)
Mythos Heidelberg 2007
Umschlaggestaltung: Jens Hartmann
Titelbild: Universität Heidelberg.
Das Gebäude der Alten Universität wurde in den Jahren 1712 bis 1724 und 1726 bis 1728 erbaut. Es entstand an der Stelle des alten Casimirianums, im Bereich der früheren Westgrenze der Stadt.

Telefon 06221-786587, Fax 06221-783823
www.dubravka-santak-verlag.de
E-Mail: info@dubravka-santak-verlag.de
Erste Auflage, Oktober 2006
Printed in Germany
ISBN 3-9810515-1-3

Michael Santak (Hrsg.)

Mythos Heidelberg 2007

Neue Gedichte und Geschichten mit Geist und Gefühl

DSV

VON MARTIN OPITZ ZU PEGGY MARCH

Einschlägige Heidelberghymnen

Martin **Opitz,** 1619
Vom Wolfesbrunnen bey Heidelberg
DV edler Brunnen du / mit Rhu vnd Lust vmbgeben
Mit Bergen hier vnd da als einer Burg vmbringt /
Printz aller schönen Quell' / aus welchem Wasser dringt
Anmutiger dann Milch / vnnd köstlicher dann Reben /
Da vnsres Landes Kron' vnd Häupt mit seinem Leben /
Der werthen Nymph' / offt selbst die lange Zeit verbringt /
Da das Geflügel jhr zu Ehren lieblich singt /
Da nur Ergetzlichkeit vnd keusche Wollust schweben /
Vergeblich bist du nicht in dieses grüne Thal
Beschlossen von Gebirg' vnd Klippen vberall:
Die künstliche Natur hat darumb dich vmbfangen
Mit Felsen vnd Gepüsch' / auff dass man wissen soll
Dass alle Fröligkeit sey Müh' vnd Arbeit voll /
Vnd dass auch nichts so schön / es sey schwer zu erlangen.

Adolf Freiherr von **Knigge**, 1783
Bezaubernd ist die romantische Lage dieser Stadt. Man fühlt sich bestimmt bald zu heiterer Laune und einfacher ländlicher Fröhlichkeit, bald zu erhabenen Schwingungen der Seele, zur staunenden Bewunderung und tiefen Anbetung.

Johann Wolfgang von **Goethe**, 1797
Heidelberg und seine Gegend betrachte ich mit Verwunderung und Erstaunen. Die Stadt in ihrer Lage und mit ihrer ganzen Umgebung hat, man darf sagen, etwas Ideales.

Friedrich **Hölderlin**, 1800
Lange lieb' ich dich schon, möchte dich, mir zur Lust,
Mutter nennen, und dir schenken ein kunstlos Lied,
Du, der Vaterlandsstädte
Ländlichschönste, so viel ich sah.

Clemens von **Brentano**, 1804
Komme in dies schöne Land, es ist hier schön, unbegreiflich schön! Eile, eile, ehe alle die Bäume hier abblühen, hier ist es unendlich schön!

Otto Heinrich Graf von **Loeben**, 1807
Ich schreibe nichts über Heidelberg, als dass nie genug von ihm gesagt werden kann und dass jeder hier ein glücklicher Mensch sein muss, der diese einzige Natur verstehen lernt und mit ihr wie mit seiner besten Freundin und Geliebten umgeht. Wo man um Heidelberg steht, steht man auch schön. Man weiß oft gar nicht, wo man hin soll mit all der Lust, die man empfindet. Beschreiben lässt sich Heidelberg nicht; man muss nur seinen Namen nennen und dann schweigen.

Jean Paul, 1817
Ich habe hier Stunden verlebt, wie ich sie nie unter dem schönsten Himmel meines Lebens gefunden. So bin ich denn hier wider mein Verdienst so selig geworden, als ich kaum in einer andern Stadt gewesen. Heidelberg, göttlich in Umgebung und schön im Innern.

Benjamin **Disraeli**, 1826
Heidelberg is in truth a place of surpassing loveliness; where all the romantic wildness of German scenery is blended with the soft beauty of the Italian.

Edgar **Quinet**, 1827
Ce Heidelberg est le pays de l´âme. Sans Heidelberg je n'aurais su ce que c'est vivre!

Victor **Hugo**, 1842
Êtes-vous venu à Heidelberg? surtout vous y êtes-vous arrêté? Car il ne faut pas passer à Heidelberg, il faut y séjourner, il faudrait y vivre. Ici à Heidelberg, dans cette ville, dans cette vallée, dans ces décombres, la vie d'homme pensif est charmante.

Gottfried **Keller**, 1849
Schöne Brücke, hast mich oft getragen,
Wenn mein Herz erwartungsvoll geschlagen
Und mit dir den Strom ich überschritt.
Und mich dünkte, deine stolzen Bogen
Sind in kühnerm Schwunge mitgezogen,
Und sie fühlten meine Freude mit.

Max **Waldau** (Spiller von Hauenschild), 1850
Heidelberg gehört zu den wenigen Punkten, die eines ganz eigentümlichen Reizes wegen nicht zu den Juwelen eines begrenzten Reiches, sondern unter die Kronjuwelen der ganzen Erde gehören. Die Vereinigung des großartig Imposanten mit dem lieblich Anmutigen des Neckartals, Kraft und Weichheit, Sterben und Leben, hart nebeneinander, die zartesten und schroffsten Übergänge, das prächtigste Verschmelzen aller Farben aus Süd und Nord, Ost und West, das ist das Wesen Heidelbergs. Unendlich viel Schönes, Jauchzendes, wohin, man blickt! Man vergisst Heidelberg nie.

Viktor von **Scheffel**, 1851
Heidelberg ist ein guter Ort für Heitere wie für Traurige. Ein Blick ins grüne Neckartal und auf die Ruinen vom Schloss und in die Ebene hinaus bringt ruhige Stimmung in des Menschen Herz, es mag drinnen brausen und arbeiten, was da will.

Viktor von **Scheffel**, 1854
Alt Heidelberg, du feine,
Du Stadt an Ehren reich,
Am Neckar und am Rheine
Kein' andre kommt dir gleich

Joseph von **Eichendorff**, 1855
In dieses Märchens Bann verzaubert stehen
Die Wandrer still. Zieh' weiter wer da kann!
So hatten sie's in Träumen wohl gesehen,
Und jeden blickt's wie seine Heimat an,
Und keinem hat der Zauber noch gelogen,
Denn Heidelberg war's, wo sie eingezogen.

Joseph von **Eichendorff**, 1857
Wo, wie in Heidelberg der Waldhauch der Berge erfrischend durch die Straßen ging und nachts die Brunnen auf den stillen Plätzen rauschten, und in dem Blütenmeer der Gärten rings die Nachtigallen schlugen, mitten zwischen Burgen und Erinnerungen einer großen Vergangenheit da atmete auch der Student freier auf und schämte vor der ernsten Sagenwelt sich der kleinlichen Brotjägerei und der kindischen Brutalität.

Wilhelm **Busch**, 1872
's war Heidelberg, das sich erwählten
als Freudenort die Neuvermählten.
Wie lieblich wandelt man zu zwein
zum Schloss hinauf im Sonnenschein.
Ach, sieh nur mal, geliebter Schorsch!
Hier diese Trümmer, alt und morsch!

Mark **Twain**, 1878
The castle looks down upon the compact brown-roofed town. I have never enjoyed a view which had such a serene and satisfying charm about it as this one gives. One thinks Heidelberg by day – with its surroundings – is the last possibility of the beautiful; but when he sees Heidelberg by night, a fallen Milky Way, he requires time to consider upon the verdict.

Sissi, Kaiserin Elisabeth von Österreich, 1885
Geliebter! Hier willst du weilen,
Wo alles frisch und neu,
Die Burschen mit ihren Liedern,
Der Frühling mit seinem Mai.
Wo dir zu Füßen gleitet
Der Neckar, sanft und mild,
In seinem Schoße tragend
Des schönsten Schlosses Bild.

Hermann von **Helmholtz**, 1886
Die Liebe zu Heidelberg ist ein Stück meiner Seele geworden. Wenn der stille Frieden des Waldes den Wanderer von der Unruhe der Weit scheidet, wenn er zu seinen Füßen die reiche, üppige Ebene mit ihren Feldern und Dörfern in einem Blick umfasst und die sinkende Sonne goldene Fäden über die fernen Bergen spinnt, dann regen sich wohl auch im dunklen Hintergrund seiner Seele die Keime neuer Ideen, die geeignet sind, Licht und Ordnung in der inneren Welt der Vorstellung aufleuchten zu machen, wo vorher Chaos und Dunkel war.

Wilhelm **Meyer-Förster**, 1902
Es war die letzte Fahrt nach Heidelberg, aber vielleicht die Beste. Wir sehen uns nicht wieder, aber wir vergessen uns nicht. Meine Sehnsucht nach Heidelberg und die Sehnsucht nach dir.

Ernst von **Wildenbruch**, 1904

Es gibt Orte, wenn man uns fragt „Wann haben Sie ihn zum ersten Mal gesehen?“, wir wissen's nicht zu sagen, weil das Gefühl in uns lebt, als hätten wir das Bild des Ortes seit der Geburt hinter unseren Augen getragen. Die äußerliche Erklärung ist einfach: Es gibt von solchen Orten unzählige Bilder und unzählige Male haben wir die Bilder gesehen. Aber daneben gibt es eine andere, tiefere Erklärung: Alles Vollendete lebt in den unbewussten Tiefen der Menschheit, wie ein Allgemeinbesitz, wie die Luft, die wir atmen. Wir begrüßen, indem wir einen solchen Ort zum ersten Mal mit eigenen Augen sehen, nicht das Bekanntwerden mit etwas Neuem, sondern die Wiedererneuerung einer in unserem ahnenden Bewusstsein längst vorhanden gewesenen uralten Bekanntschaft. In solchen Gedanken stehen wir auf dem Philosophenweg in Heidelberg.

Ernst **Toller**, 1917

Das Heidelberg der Kriegszeit hat wenig gemein mit der Limonadenromantik der Alt-Heidelberg-Filme. Die meisten Studenten sind Krüppel und Kranke, die der Krieg freigab. Die Wirte erzählen von den schönen Zeiten, in denen Burschenschafter und Korpsstudenten, mit bunten Bändern und Kappen geschmückt, durch die Straßen zogen und das gute Bier in Strömen floss …

Josef **Goebbels**, 1921

Ich hasse dieses sanfte Heidelberg!

Rainer Maria **Rilke**, 1922

Eine schwedische und eine russische Freundin, die beide in Heidelberg studiert hatten und sich darin, etwa nach einem Jahrzehnt, verheiratet, beide wieder trafen, hörte ich vor Jahren bei einem diner ihre Studien-Erinnerungen austauschen, vielmehr, muss man schon sagen, sich gegenseitig zu solchen Erinnerungen steigern und anregen. Ein übers andere Mal musste ich, der Zuhörende, der Heidelberg nicht kennt, mich fragen, ob es denn wirklich denkbar sei, dass es sich da um eine deutsche Stadt, ihre Gärten, ihre Hügelwege, ja ihre Himmel handle: was da ausgerufen wurde, war von so landschaftlichem Überschwang, von solcher Fülle und Südlichkeit von einer so grenzenlosen atmosphärischen Gewährung, dass ich mindestens auf Südfrankreich hätte schließen mögen.

Beda und Ernst **Neubach**
Melodie von Friedrich Vesely alias Fred Raymond, 1925:
Ich hab' mein Herz in Heidelberg verloren
In einer lauen Sommernacht.
Ich war verliebt bis über beide Ohren
Und wie ein Röslein hat ihr Mund gelacht.
Und als wir Abschied nahmen vor den Toren
Beim letzten Kuss, da hab ich's klar erkannt,
Dass ich mein Herz in Heidelberg verloren.
Mein Herz, es schlägt am Neckarstrand.

Gerhart **Hauptmann**, 1928
Es ist ein Erlebnis schönster Art, das mit dem Besuch Heidelbergs in mein Dasein getreten ist. Vom ersten Tage an umfing mich die Sonnenwärme dieser alt-ehrwürdigen, ewig jungen Blumen-, Wald-, Berg- und Neckarstadt und zugleich die Sonnenwärme verwandter Seelen.

Kurt **Tucholsky**, 1928
im Lied *Wenn die Igel in der Abendstunde*
Denn der schönste Platz, der hier auf Erden mein,
das ist Heidelberg in Wien am Rhein.

Bernd **Böhle**, 1953
Den Heidelberger Frühling kann man nicht beschreiben, man kann ihn nur erleben. Es ist einfach etwas Unsagbares in diesem Frühling. Er ist wie eine Lockung im Blut, er ist wie Sehnsucht, wie Lust. Der Heidelberger Frühling ist die Summe aller Frühlinge. Er ist der Höhepunkt des Rausches an der Bergstraße. Die Dinge sind so glücklich verteilt, die Berge, die Ebene, das Schloss, die Stadt, der Fluss, ja, vor allem der breite Fluss, der aus dem Gebirge in die Ebene tritt und in dem sich alles Licht sammelt. Nein, beschreiben kann ich ihn nicht, wie ich Gott in seiner Größe und Herrlichkeit nicht zu beschreiben vermöchte. Manchmal aber denke ich mir, Gott müsste dieses Land, wo Gebirge und Ebene aufeinanderstoßen, wo der Neckar die engen Fesseln des Bergtals abwirft, ganz besonders in sein Herz geschlossen haben, denn er hat es überreich gesegnet aus dem Füllhorn seiner Gnade.

Corinna **Sombart**, 1955
Heidelberg ist klein, sehr klein, nur in unserer Phantasie ist es groß und schön!

Karl **Jaspers**, 1961
Manche, nur vorübergehend hier, sind Heidelberger geworden kraft einer verborgenen Einweihung. Viele haben hier ein lebendiges Feuer empfunden, das in die Welt strahlt. Sie ließen einen Funken von dort in ihr Dasein fallen, der bis ans Ende glimmt, sie befragt und beglückt.

Carl **Zuckmayer**, 1967
Er gab in Heidelberg kein schlechtes Wetter, auch wenn es in Strömen goss ...!

Peggy **March**, 1967
Memories of Heidelberg sind Memories of You
und von dieser schönen Zeit da träum' ich immerzu.
Memories of Heidelberg sind Memories vom Glück
doch die Zeit von Heidelberg, die kommt nie mehr zurück.

Quellen: Heidelberger Geschichtsverein, www.haidelberg.de; Michael Buselmeier (Hg.): *Heidelberg-Lesebuch*. Stadt-Bilder von 1800 bis heute, Frankfurt/Main 1986; eigene Recherchen.

THEODOR W. ADORNO

Der Mythos als begriffslose Erkenntnis

Sie haben als Kind ihre Oster- und Herbstferien häufig in Amorbach verbracht, das Heidelberg in mancher Hinsicht ähnelt. Wie haben Sie die kulturelle Welt der Provinz erlebt und wie haben sich diese Kindheitserlebnisse auf ihre Philosophie ausgewirkt?
Adorno: Läse man es in einem Roman, es wäre unerträglich wie von Schriftstellern, die das Kauzige als unverwüstlichen Humor aufwärmen. Aber ich erfuhr es aus erster Hand; ein Stück der anachronistischen Mitgift, die ich von Amorbach empfing. Wenn der Rentamtmann zu seinem Stammtisch ging, pflegte ihn, sicherlich gegen seinen Willen, seine Frau zu begleiten. Sooft er einen über den Durst trank und für ihren Geschmack allzu lebhaft schwadronierte, ermahnte sie ihn mit den Worten: Siebenlist, beherrsch dich! – Nicht minder verbürgt, wenngleich mehr der Sphäre von Witzblättern um 1910 zugehörig, ist ein Ereignis aus Ernsttal, dem Leiningenschen Besitz. Dort erschien eine Respektsperson, die Gattin des Eisenbahnpräsidenten Stapf, in knallrotem Sommerkleid. Die gezähmte Wildsau von Ernsttal vergaß

ihre Zahmheit, nahm die laut schreiende Dame auf den Rücken und raste davon. Hätte ich ein Leitbild, so wäre es jenes Tier.

Die These Ihrer Dialektik der Aufklärung *lautet, dass schon der antike Mythos Aufklärung sei und die moderne wissenschaftliche Aufklärung in Mythologie zurückschlage. Wie verhält es sich da mit dem Mythos Heidelberg?*
Adorno: Der Mythos war immer dunkel und einleuchtend zugleich. Seit je hat er durch Vertrautheit und Enthebung von der Arbeit des Begriffs sich ausgewiesen. Das Programm der Aufklärung war die Entzauberung der Welt. Sie wollte die Mythen auflösen und Einbildung durch Wissen stürzen. Nur solches Denken ist hart genug, die Mythen zu zerbrechen, das sich selbst Gewalt antut. Das rührt daher, dass Aufklärung auch in den Mythen noch sich selbst wiedererkennt. Auf welche Mythen der Widerstand sich immer berufen mag, schon dadurch, dass sie in solchem Gegensatz zu Argumenten werden, bekennen sie sich zum Prinzip der zersetzenden Rationalität, das sie der Aufklärung vorwerfen. Aufklärung ist totalitär.

Sie möchten also den Mythos vor der Aufklärung retten. Was ist eigentlich der Grund der Mythenbildung?
Adorno: Als Grund des Mythos hat die Aufklärung seit je den Anthropomorphismus, die Projektion von Subjektivem auf die Natur aufgefasst. Das Übernatürliche, Geister und Dämonen, seien Spiegelbilder der Menschen, die von Natürlichem sich schrecken lassen. Die vielen mythischen Gestalten lassen sich der Aufklärung zufolge alle auf den gleichen Nenner bringen, sie reduzieren sich auf das Subjekt. Die Antworten des Ödipus auf das Rätsel der Sphinx: „Es ist der Mensch" wird als stereotype Auskunft der Aufklärung unterschiedslos wiederholt, gleichgültig ob dieser ein Stück objektiven Sinnes, die Umrisse einer Ordnung, die Angst vor bösen Mächten oder die Hoffnung auf Erlösung vor Augen steht.

Diese Hoffnung auf Erlösung und Sehnsucht nach Ursprünglichkeit scheint der Kern des Mythos Heidelberg zu sein. Welche Funktion hat er in der heutigen Zeit?
Adorno: Die bürgerliche Gesellschaft ist beherrscht vom Äquivalent. Sie macht Ungleichnamiges komparabel, indem sie es auf abstrakte Größen reduziert. Aber die Mythen, die der Aufklärung zum Opfer fallen, waren selbst schon deren eigenes Produkt. In der wissenschaftlichen Kalkulation des Geschehens wird die Rechenschaft

annulliert, die der Gedanke in den Mythen einmal vom Geschehen gegeben hatte. Der Mythos wollte berichten, nennen, den Ursprung sagen: damit aber darstellen, festhalten, erklären. Die Mythen, wie sie die Tragiker vorfanden, stehen schon im Zeichen jener Disziplin und Macht, die Bacon als das Ziel verherrlicht. Das Sein zerfällt von nun an in den Logos und in die Masse aller Dinge und Kreaturen draußen.

Kann man denn heute noch den Mythen vertrauen oder sind diese bereits gesellschaftlich vorgeformt?
Adorno: In der aufgeklärten Welt ist Mythologie in die Profanität eingegangen. Nicht bloß mit der Entfremdung der Menschen von den beherrschten Objekten wird für die Herrschaft bezahlt: mit der Versachlichung des Geistes wurden die Beziehungen der Menschen selber verhext, auch die jedes Einzelnen zu sich. Er schrumpft zum Knotenpunkt konventioneller Reaktionen und Funktionsweisen zusammen, die sachlich von ihm erwartet werden. Der Animismus hatte die Sache beseelt, der Industrialismus versachlicht die Seelen.

Ist also der Mythos eine Bereicherung des Menschen in der verwalteten Welt, wie sie unsere Gesellschaft nennen?
Adorno: Das mythische Grauen der Aufklärung gilt dem Mythos. Das Selbst, das nach der methodischen Ausmerzung aller natürlichen Spuren als mythologischer weder Körper noch Blut noch Seele und sogar natürliches Ich mehr sein sollte, bildete zum transzendentalen oder logischen Subjekt sublimiert den Bezugspunkt der Vernunft, der gesetzgebenden Instanz des Handelns. Wann immer neue Schichten den Mythos entschiedener verdrängten, wurde die Furcht vor der unerfassten, drohenden Natur und die Beherrschung der Natur drinnen und draußen zum absoluten Lebenszweck gemacht.

Demnach betrügt nicht der Mythos die Leichtgläubigen, sondern wandelt ...
Adorno: ... Aufklärung sich zum totalen Betrug der Massen um.

Die Antworten stammen aus Adornos Essay *Amorbach*, in: Theodor W. Adorno *Ohne Leitbild*, Frankfurt am Main 1967, und aus dem Abschnitt *Begriff der Aufklärung*, in: Theodor W. Adorno/Max Horkheimer *Dialektik der Aufklärung*, Amsterdam 1947.

Theodor W. Adorno, 1903 bis 1969, Professor für Philosophie, war seit 1930 Mitarbeiter am Frankfurter Institut für Sozialforschung und nach dem Zweiten Weltkrieg bis zu seinem Tod zusammen mit Max Horkheimer dessen Direktor, maßgeblicher Vertreter der Frankfurter Schule kritisch-dialektischer Gesellschafts- und Kulturtheorie. Unter http://de.wikipedia.org/wiki/Bild:Adornohorkhab1.png findet sich ein Foto von Adorno in Heidelberg, zusammen mit Jürgen Habermas.

HUBERT BÄR

Erinnerung an Erica Jong

Nach Erica Jongs Roman *Angst vorm Fliegen* griff ich, nachdem er längst aus den Bestsellerlisten, die er lange beherrschte, verschwunden war. Aus einem Vorurteil heraus habe ich mich lange Zeit geweigert, mich mit dem Text zu befassen. Ich hielt ihn für ein unbedeutendes Stück Unterhaltungslektüre, wahrscheinlich weil er mir seinerzeit als Empfehlung aus allen möglichen Illustrierten entgegenprangte. Bis ich eines Tages wieder einmal Lesestoff für den Urlaub suchte, Taschenbücher, die man mit an den Strand nehmen kann, die es vertragen, durch Sandkörner aufgebläht zu werden und dass Sonnenkrem, Kaffee und Speisereste auf ihren Seiten Spuren hinterlassen, leichte Lektüre. So entschied ich mich für dieses Buch, auch weil mich nun (sehr spät) interessierte, worin dessen Welterfolg begründet sein mochte.

Und ich las es durchaus mit Neugier, bis ich über eine Stelle stolperte, die mich unverhofft in einen Abgrund diffusen Nachdenkens stürzte, aus dem sich dann etwas wie ein Déjà-vu-Erlebnis herauskristallisierte. Von da an wich meine wohlwollende Neugier einer aufs höchste gesteigerten Aufmerksamkeit.

Die Protagonistin, die wohl weitgehend mit der Autorin identisch ist, erzählt dort wortreich, dass sie in ihrer Heidelberger Zeit Artikel für einen Veranstaltungskalender schrieb, unter anderem einen Artikel über die Thingstätte. Sie habe dargestellt, dass dieses seltsame Bauwerk aus dem Dritten Reich stamme. Die Heidelberger hätten es angelegt, weil Hitler hier eine Rede halten sollte. Er sei aber nie gekommen.

Das hatte ich schon einmal gelesen. Oder gehört? Aber wo und bei welcher Gelegenheit? Und allmählich dämmerte mir, dass ich vor Jahren auf einer Abschiedsparty eines frankokanadischen Dozenten namens Monsieur Joly in den Räumen des Romanistischen Seminars mit einer jungen Frau ins Gespräch gekommen war, die ich vom

Sehen her kannte, eine sehr hübsche Frau, die ihre üppige Attraktivität in ein etwas altbackenes Outfit zwängte. Wenn mich die Erinnerung nicht trügt, bestand es in einem grauen Kostüm. Ich sehe sie noch heute in einer Schar von jungen Leuten in Vorlesungen eilen. Sie hatte etwas Gereiftes, das sie von anderen Studentinnen abhob, und sie sei auch bereits verheiratet, wurde mir von Kommilitonen hinter vorgehaltener Hand beschieden.

In unserem Party-Talk entpuppte sie sich jedenfalls als eine interessante Gesprächspartnerin. Ich erzählte ihr von meiner Dissertation über einen unbekannten Dichter der Jahrhundertwende, einem gewissen Paul Scheerbart. Die Arbeit lag in den letzten Zügen und ich habe damals sicherlich manches arglose Opfer mit meinen Theorien geplagt. Meine Gesprächspartnerin aber hörte mir aufmerksam zu. Sie berichtete von einem Romanprojekt, in dem die Sexualität als Metapher eine zentrale Rolle spiele. Sie werde damit aber erst beginnen, wenn sie von einem namhaften Verlag einen Vertrag bekomme. Überflüssig zu erwähnen, dass es sich bei meiner Gesprächspartnerin um die spätere Bestseller-Autorin und bei dem Projekt um das Buch handelte, das ich nun in Händen hielt.

Nun könnte ich das Ganze gleichsam nachträglich imaginiert haben, so wie ich bei manchen Erinnerungen nicht weiß, ob ich eine Szene wirklich erlebt oder nur geträumt habe, und ich wäre mir auch nicht sicher, wenn nicht einige Seiten später der Name meines damals intensiv bearbeiteten Forschungsobjekts aufgetaucht wäre und noch dazu in einem völlig abstrusen Zusammenhang.

„Kommt Dante in den Himmel oder war er schon dort? Und Homer? Und Yeats? Und der Prinz Kalender mit'm Ständer? Kommt Rabelais in den Himmel, mit Raben? Und Mozart, zart wie ein Federwölkchen? Und Scheerbart mit oder ohne Bart?"

Die Erwähnung des skurrilen Dichters der Jahrhundertwende mag Zufall sein, wenngleich ein seltsamer Zufall, da er damals noch weniger bekannt war als heute. Ich schmeichle mir damit, dass es sich um eine Reminiszenz an unser damaliges Gespräch handeln könnte und dass ich mich in einem Weltbestseller entdeckte, wenngleich nur indirekt in einer abstrusen Bemerkung. Es versteht sich von selbst, dass der Roman auf meiner persönlichen Werteskala ab diesem Moment von der schlichten Unterhaltungslektüre in den Kanon der Weltliteratur aufstieg.

Es liegt in der Logik der Sache, dass ich nun meinerseits die Geschichte in einem angemessenen Rahmen an die Öffentlichkeit bringe, und der vorliegende Rahmen scheint mir angemessen genug.

Auch dass ich mich, um der Bedeutung der Autorin gerecht zu werden, nicht auf eine abstruse Bemerkung beschränke, sondern ihr immerhin zweieinhalb seriöse, nämlich diese Seiten widme. Vielleicht wird das Buch, dem sie angehören, ebenfalls ein Welt-Bestseller und fällt Erica Jong in die Hände.

Hubert Bär, geboren 1942, Schriftsteller und Vorsitzender des Verbands deutscher Schriftsteller Regio-Gruppe Heidelberg/Mannheim, lebt seit 1962 in und um Heidelberg, zahlreiche Auszeichnungen und Veröffentlichungen, zuletzt den Satirenband Seitenstiche.

RUDI DORSCH

Eichendorffs Liebe in Heidelberg

Am Schluss des Versepos *Robert und Guiscard* lässt Joseph von Eichendorff (1788 bis 1857) in berauschender Lyrik den Zauber der Stadt und der Landschaft aufleuchten, wenn die Liebenden Guiscard und Marie, die in den Jahren der französischen Revolution alles verloren haben, sich der Stadt ihrer Sehnsucht nähern:

Der Wald indes rauscht von uralten Sagen,
Und von des Schlosses Zinnen über'm Fluss,
Die wie aus andrer Zeit herüberragen,
Spricht abendlich der Burggeist seinen Gruß,
Die Stadt gesegnet seit viel hundert Jahren
Und Schiff und Schiffer, die vorüberfahren.

In dieses Märchens Bann verzaubert stehen
Die Wandrer still. – Zieh' weiter, wer da kann!
So hatten sie's in Träumen wohl gesehen,
Und jeden blickt's wie seine Heimat an,
Und keinem hat der Zauber noch gelogen,
Denn Heidelberg war's, wo sie eingezogen.

Diese späte Lyrik, drei Jahre vor seinem Tode zu Papier gebracht, zeugt von Eichendorffs Jugendsehnsucht an die Heidelberger Studienzeit in den Jahren 1807 und 1808. Keiner hat der Romantik in Heidelberg so begeistert gehuldigt, keiner sie so tief empfunden wie er und er bekennt: „Heidelberg ist ja selbst eine prächtige Romantik;

da umschlingt der Frühling Haus und Hof und alles Gewöhnliche mit Leben und Blumen, und erzählen Blumen und Wälder ein wunderbares Märchen der Vorzeit, als gäbe es nichts Gemeines in der Welt."

Joseph von Eichendorff ist während seines einjährigen Studienaufenthaltes in Heidelberg zum Dichter geworden. Sein Freund und Mentor Otto Heinrich Graf von Loeben ermunterte ihn zum Schreiben und veröffentlichte einige der siebzig in Heidelberg geschriebenen Gedichte. Doch erst die zufällige Begegnung mit Käthchen Förster, entschied sein Dichterschicksal. Hinzu kamen die fruchtbare Landschaft, die romantisch erlebte Natur und die Kollegs beim einsiedlerischen Zauberer Johann Joseph von Görres über Kosmologie und Ästhetik. Heidelberg war der Höhepunkt seiner Jugend und Jugendliebe, die als immerwährende „Poesie des Lebens" bis ins hohe Alter fortwirkte.

Im Familienarchiv findet sich das Gedicht *Zu den Blumen an Kätchen*, das er seiner Jugendliebe mit einem Blumenstrauß am 20. Januar 1808 zum 19. Geburtstag schenkte:

Mag es Winter oder Sommer sein,
Bleibt diese Blume doch ewig rot.
So bleibe auch ich voll Treue Dein,
Fern und nah bis in den Tod.

Dieses Gedicht bildet den Schlüssel zum Kürzel *K*, das in seinem Tagebuch für Käthchen steht. Käthchen lernt er beim Bäcker Förster in der Vorstadt kennen, wo er und sein Bruder Wilhelm am 1. Juli 1807 eine Wohnung beziehen. Käthchen ist dort als Aushilfe bei ihrem Bruder Johann Jakob beschäftigt. Aus einem Flirt wird eine heftige Liebe und an seinem Namenstag schreibt er abends den Namen seiner geliebten Katharina Barbara Förster in den Schnee. Unüberwindliche Hindernisse führen schließlich zur Trennung der Liebenden.

Da war das lutherische Bekenntnis seiner Geliebten, vor allem aber der wirtschaftliche Ruin ihres Vaters von folgenschwerer Tragweite. Der 3. April 1808 wurde „an der wohlbekannten Hecke am Bache" zum langen herzlichen Abschied. Käthchen verlässt Heidelberg, um an einem anderen Ort ihr Brot zu verdienen. Zwei Tage später reisen die Brüder nach Paris. Am 4. Mai 1808 treffen sie auf der Rückreise in Heidelberg wieder für eine Woche ein, um dann weiterzureisen. Joseph von Eichendorff hat Käthchen nicht mehr gesehen und nichts mehr von ihrem weiteren Lebensschicksal erfahren. Sie ist ledig im Alter von 48 Jahren in Heidelberg gestorben und auf dem Friedhof von Sankt Peter beigesetzt worden, wo sie der liebe Gott „ganz mit Mondschein bedecket“ hat. Über ihr Grab fuhr anschließend die Eisenbahn, die das Neckartal erschloss, später die Autos.

Die Käthchenliebe begleitete Joseph von Eichendorff sein Leben lang als Dichtermuse; in Gedichten und Prosa hat er sie vielfach verewigt. Im Lied vom *Kühlen Grunde* hat er ihr 1812 ein volkstümliches Denkmal gesetzt. Mit der Mühle meint er die *Förstersmühle*, die der Onkel von Käthchen im Kühlen Grund in Rohrbach besaß und wo der Bach vorbeirauschte. Joseph scheint das Geschehen offenbar nicht durchschaut zu haben. Da ging einst ein Mühlrad, doch seine „Liebste ist verschwunden, die dort gewohnet hat“. Er scheint noch lange über ihre vermeintliche Untreue so verzweifelt gewesen zu sein, dass er gar mit dem Todesgedanken spielte:

Hör' ich das Mühlrad gehen,
Ich weiß nicht, was ich will,
Ich möchte' am liebsten sterben,
Da wär's auf einmal still.

Rudi Dorsch, 1939 geboren, Studiendirektor a. D., Studium der Wirtschaftswissenschaften an der Wirtschaftshochschule Mannheim und an der Ludwig-Maximilian-Universität München, Lehrer an der Julius-Springer-Schule, kaufmännische Berufsschule, zahlreiche Veröffentlichungen zur Heimatgeschichte in Büchern, Zeitschriften und in der Rhein-Neckar-Zeitung.

KORNELIE HARTMANN

Erinnerungen an meinen Vater Hermann Maas

Mein Vater wurde am 5. August 1877 als Sohn einer Pfarrfamilie in Gengenbach im Schwarzwald geboren. 38 Jahre später, am 1. Juni 1915, mitten im ersten Weltkrieg, wurde er als Pfarrer an die Heiliggeistkirche in Heidelberg berufen. Er war über seine Berufung nach Heidelberg überglücklich, auch wenn ihm und meiner Mutter der Abschied von Laufen, einem kleinen verträumten Weinort im Markgräflerland nicht leicht fielen. Als jung Verheiratete war dieses Dorf ein Stück Heimat. Es war die erste Pfarrstelle meines Vaters. Meine ältere Schwester und ich kamen in Laufen zur Welt. Mit Heidelberg verbanden meinen Vater lehrreiche und glückliche Jahre; drei Schuljahre am

Kurfürst-Friedrich-Gymnasium, die letzten drei Semester Theologiestudium mit Staatsexamen an der Universität Heidelberg mit den Professoren Ernst Troeltsch und Heinrich Bassermann.

Ein weiterer Bezugspunkt zu dieser Stadt war die Heiliggeistkirche. 1886, nahm er als Neunjähriger zusammen mit seinem Vater an der 500 Jahrfeier der Universität Heidelberg teil, die in der Heiliggeistkirche stattfand. Zu diesem Festakt wurde in der Kirche die Mauer, die den Chor vom Langschiff trennte, entfernt. Leider wurde nach der Feier die Scheidemauer wieder errichtet. Der Chor war an die kleine altkatholische Gemeinde Heidelbergs vermietet. Das Langschiff war das Gotteshaus der Protestanten. Am Vorabend der 550-Jahrfeier der Heidelberger Universität am 24. Juni 1936 wurde die Mauer endgültig, dank des großen Einsatzes und Verhandlungen meines Vaters und den Gesprächspartnern des Oberkirchenrats und den erzbischöflichen Ämtern, entfernt. In den Abendstunden fand ein ergreifender Gottesdienst statt. Man zählte ungefähr 5.000 Menschen, eng zusammengerückt in der Kirche, rings um die Kirche, auf dem Marktplatz, vor dem Ritter und in der Hauptstraße.

So siedelten meine Eltern mit uns beiden Kindern nach Heidelberg, ins Pfarrhaus in der damaligen Hirschstraße, heutige Heiliggeiststraße. In diesem Haus befindet sich heute das Gemeindezentrum, genannt Schmitthennerhaus. Die großzügige Wohnung im ersten Stock mit Schlossblick hatte zehn geräumige Zimmer, nur mit Ofenheizung ausgestattet. Das bedeutete: im Winter eine kalte Angelegenheit, mit Kohlenschlepperei verbunden. Im Sommer umso schöner mit Gartenanlagen rings um das Haus, gehegt und gepflegt durch meine Mutter.

Die Gemeinde meines Vaters wohnte in den engen Gassen der Altstadt rund um die Untere Straße. Sie war das Armenviertel Heidelbergs. Arbeitslosigkeit, viel Elend und Leid spielte sich in den verfallenen von Ungeziefer verwahrlosten Häusern ab. Manchmal durfte ich meinen Vater bei seinen Besuchen der Gemeindemitglieder begleiten. Ich habe mich in den dunklen, oft nur mit Leitern und Stricken zum Hochziehen ausgestatteten Hausfluren gefürchtet. Mein Vater war mit Leib und Seele Seelsorger dieser armen Menschen. Gemeindearbeit stand für ihn im Vordergrund seines Lebens, neben anderen Tätigkeiten und Interessen. Gemeindemitglieder vom Schlossberg und vom gegenüberliegenden Neckarufer unterstützten ihn mit ihrem freiwilligen Gemeindedienst und waren ihm eine große Hilfe bei der schwierigen Arbeit in der Altstadt. An Weihnachten war das Pfarrhaus ein

Warenlager mit Kleidungsstücken und Lebensmitteln, alles Stiftungen, die dann unter den Ärmsten verteilt wurden. Einige der getreuen Helferinnen und Helfer möchte ich mit Namen nennen: Frau Walz, die Frau des damaligen Oberbürgermeisters von Heidelberg Ernst Walz, Frau von Gaisberg, Frau Badstübner, Frau Comtesse, Gründerin der Marienhütte, und Herr Rothschild, der damalige Besitzer des Kaufhauses *Kraus*. Er emigrierte Anfang der dreißiger Jahre nach England. Erwähnen möchte ich noch die beiden Gemeindeschwestern Frau Lilly Hausrath und Frau Margarete Bendemann. Sie waren über viele Jahre lang die guten Seelen der Altstadt.

Der Tag meines Vaters begann schon früh am Morgen und endete oft spät in der Nacht. Um fünf Uhr saß er bereits an seinem Schreibtisch, um sich für den Religionsunterricht und den Konfirmationsunterricht vorzubereiten. Gut erinnern kann ich mich auch an die Wochenenden, wenn mein Vater seine Predigten vorbereitete. Sein Studierzimmer war sehr geräumig. Ein runder Biedermeiertisch stand in der Mitte des Raumes und wurde von meinem Vater langsam umkreist, während er mit lauter Stimme seine Predigt vortrug, die er grundsätzlich handschriftlich vorbereitete. Im Gottesdienst am Sonntag jedoch sprach er frei von der Kanzel zu seiner Gemeinde. Während der Sommermonate schon bevorzugte er es, schon in den frühen Morgenstunden in die Wälder rund um Heidelberg zu wandern. Einer seiner Lieblingsplätze war das Schlierbacher Felsenmeer in der Nähe des Wolfsbrunnens. Manch ein Wanderer erschrak vor dem Mann, der da so laut vor sich hin sprach. Und mein Vater: „Habt keine Angst, ich bin der Pfarrer von Heiliggeist und bereite meine Predigt für morgen vor." Erwähnen möchte ich noch seine Tätigkeit als Gefängnispfarrer, die er sehr ernst nahm. Alle zwei Wochen hielt er einen Gottesdienst im Gefängnis am „Faulen Pelz". Er betreute auch viele Gefangene, die nach ihrer Haftentlassung mit Vorliebe an der Pfarrhaustür klingelten und von meiner Mutter mit einer warmen Suppe versorgt wurden.

1918 wurde mein Vater als Mitglied der Deutschen Demokratischen Partei in den Stadtrat von Heidelberg gewählt und übte diese Tätigkeit zwei Wahlperioden aus, obwohl er sich selbst als einen unpolitischen Menschen bezeichnete. Seine Hauptaufgabe als Pfarrer der Altstadt mit ihren dunklen Hinterhöfen, zerfallenen Wohnungen und großem Elend unter den Bewohnern, sah er darin, den Ortsteil Pfaffengrund als neues Wohngebiet mit zu konzipieren. So entstanden dort eine große Anzahl Siedlungshäuser, eine neue Heimat für viele Familien aus der Altstadt.

Nach dem ersten Weltkrieg begann für meinen Vater erneut die Annäherung an die Ökumene, der er schon in jungen Jahren angehörte. Bereits während des ersten Weltkrieges nahm der 1913 am religiösen Weltkongress in Paris teil, 1914 an der Friedenstagung des Weltbundes für Freundschaft durch die Kirchen in Konstanz, 1925 als Delegierter bei der Weltkirchenkonferenz in Stockholm, 1928 Ökumenischer Kongresse in England, Prag und Montreux. Zu seinen Weggefährten und Freunden, die auch regelmäßig zu Gast in unserem Haus waren, möchte ich vor allem den Berliner Pfarrer Sigmund Schulze, George Bell, Bischof von Chichester und den skandinavischen Bischof Nathan Söderblom erwähnen. Unvergessen bleibt mir auch ein Orgelkonzert in der Heiliggeistkirche mit Albert Schweitzer zum Wohle von Lambarene. Ich durfte auf der Empore über dem Westportal in seiner Nähe sitzen und diesem großen Künstler auf Hände und Füße schauen und seinem gewaltigen Orgelspiel lauschen. Mein Vater war mit Albert Schweitzer seit seiner Studienzeit in Straßburg eng befreundet.

Am 27. Februar 1925 starb der erste Reichspräsident der Weimarer Republik, Friedrich Ebert. Die Beerdigung sollte in seiner Heimatstadt Heidelberg stattfinden. Die Witwe war wie Ebert selbst auch aus der Kirche ausgetreten. Auf der Suche nach einem Pfarrer, der bei der Beerdigung mitwirken sollte, bat man meinen Vater dies zu tun, da ja auch das Geburtshaus Eberts in der Pfaffengasse in seinem Gemeindebezirk lag. Die Mitwirkung meines Vaters am Grabe des sozialdemokratischen aus der Kirche Ausgetretenen löste eine Welle der Empörung aus. Auch der Oberkirchenrat in Karlsruhe reagierte. Aus einem Schriftwechsel zwischen dem Kirchenpräsidenten Klaus Wurth und meinem Vater wird hinter dem Vorwurf der Verletzung der kirchlichen Ordnung, bei Beerdigungen von Personen, die keiner Kirche angehören, auch die konservative politische Entstellung der Kirchenleitung in Karlsruhe sichtbar. In den folgenden Jahren beerdigte er auch den bekannten Dirigenten Wilhelm Furtwängler, Dr. Martin Dibelius und die Schriftstellerin Ricarda Huch.

Nun einige Erinnerungen zur Jugendarbeit meines Vaters. Ich denke vor allem an meine Konfirmandenzeit 1926/27, die mich sehr beeindruckt hat. Wir waren 75 Konfirmanden und trafen uns wöchentlich in der Plöck 66, das damalige Jugendzentrum der Gemeinde. Er schrieb regelmäßig im Gemeindeboten einen Bericht, mit dem Titel: „An meine lieben Konfirmanden“. Für uns junge Menschen war dies eine große Lebenshilfe, denn der Inhalt des Berichts bezog sich auf die vorausgegangene Konfirmandenstunde. Unsere Aufgabe bestand nun darin, diese Konfirmandenbriefe auszuschneiden und in ein Heft einzukleben. So habe ich heute noch meine Konfirmandenzeit schwarz auf weiß vor mir zusammen mit dem Thema der Abschlusspredigt: Johannes15, 1 bis 5 „Ich bin der Weinstock, ihr seid die Reben". Auch nach der Konfirmandenzeit gab es die Möglichkeit, in einem Jugendkreis, dem Rütlibund, von meinem Vater ins Leben gerufen, manche Freizeitgestaltung zu erleben: Abende mit interessanten Vorträgen, Musizieren, Spielen, im Sommer Volkstanz im Pfarrgarten.

Am Wochenende wanderten wir über den Zollstock, Weißenstein, Willhelmsfeld nach Eiterbach bei Heiligkreuzsteinach in unser Landheim, ein altes Fachwerkhaus, das wir aus eigener Kraft wieder für uns hergerichtet hatten.

Neben dem Christentum beschäftigte sich mein Vater sehr intensiv mit dem Judentum. Dieser starke Bezug zum jüdischen Glauben wurde schon in seinem Elternhaus in Gernsbach geprägt. Dort lebten christliche und jüdische Familien in harmonischer Eintracht nebeneinander. Die wichtigen Feiertage der beiden Religionen wurden gemeinsam gefeiert. Als mein Vater noch ein Kind war und ein Jude das Pfarrhaus betrat, sagte seine Mutter zu ihm: „Vor Juden musst du Erfurcht haben, denn sie gehören zum Volk Gottes." Ein Satz, der ihn, wie er selbst einmal sagte, durch das ganze Leben begleitete. Er hatte viele jüdische Freunde, die bei uns zu Hause ein- und ausgingen und auch wir in ihren Familien herzlich willkommen waren.

Mit seiner großen Liebe und seinem Verständnis zum jüdischen Volk erkannte mein Vater schon sehr früh die große Gefahr, die sowohl über Deutschland als auch für alle Nichtarier durch Hitlers Machtkampf auf die Menschheit zukommen würde. Im April 1933, während die Nazis brüllend durch die Städte Deutschlands zogen, konnte sich mein Vater einen lang ersehnten Wunsch erfüllen. Eine Reise ins gelobte Land, damals noch Palästina. Neben den wunderbaren Erlebnissen und Begegnungen knüpfte er Kontakte mit führenden Persönlichkeiten, die ihm in den kommenden Jahren dabei halfen, vielen bedrohten Juden die Auswanderung aus Deutschland zu ermöglichen.

Nach Deutschland zurückgekehrt, war unser Pfarrhaus trotz schwerer Angriffe, wie Predigt- und Religionsunterrichtsverbot, Bespitzelung und Gestapohausbesuche, Zufluchtsort vieler Bedrängter und Verfolgter. Dass mein Vater trotz zunehmender Gestapoverhören und Hausdurchsuchungen nicht verhaftet und in ein Lager abgeführt wurde, war wohl ein großes Wunder. Er verdankte sein Leben auch seinen treuen Altstädtern, unter denen sich auch einige Gestapomitglieder befanden, die aber in dieser politisch schwierigen Zeit zu ihm hielten. Diese Solidarität hat ihn vor dem sicheren Tod bewahrt. Am rechten Pfosten der Eingangstür zu unserer Pfarrwohnung war eine „Mesusa“ angebracht. eine Messingkapsel, die sich in Israel an jedem Haus befindet. Die Bedeutung dieser Kapsel ist: „In frohen wie auch in dunklen Tagen birgt der Jude sein Haus und seine Familie in Gotteshand.“ Und so sollte jeder jüdische Besucher wissen, dass auch unser Haus für sie offen stand.

Durch die langjährige Arbeit in der Ökumene und den vielen internationalen Verbindungen gelang es meinem Vater und seinem Mitstreiter Probst Heinrich Grüber, unzähligen Verfolgten den Weg in die Freiheit zu sichern. In den Jahren 1939 und 1940 ermöglichte mein Vater mit Hilfe einiger Hilfsorganisationen 1.700 jüdischen Verfolgten die Emigration in verschiedene Länder. Der Weg in die Freiheit führte in die Schweiz, nach Schweden, Holland und in viele Länder Mittel- und Südamerikas. Solange es noch möglich war auch nach Palästina, um die Verfolgten vor den entsetzlichen Leiden und grausamen Tod in den Konzentrationslagern zu bewahren. Besonders die Rettung von Kindern lag ihm am Herzen. Dank seiner guten Beziehungen zu englischen Hilfsorganisationen gelang es ihm, ungefähr tausend Kindern den Weg in die Freiheit zu ermöglichen.

In den darauf folgenden Jahren wurde die Situation für meinen Vater durch den Druck des Naziregimes immer schwieriger. Er stand unter ständiger Beobachtung und wurde wiederholten Verhören ausgesetzt. 1942 begann eine Kampagne des Ministeriums für Kultus und Unterricht gegen ihn, die 1943 mit der Entlassung endete. Die Gründe waren seine judenfreundliche Haltung und Einstellung, die die weitere Erteilung des Religionsunterrichts nicht mehr zuließen. Auch der Oberkirchenrat in Karlsruhe kann ihn nicht mehr schützen, und somit wurde er schließlich 1943 zwangsweise in den Ruhestand versetzt. Und damit endeten auch die Zeit in unserem geliebten Pfarrhaus, die Predigten am Sonntag in der Heiliggeistkirche und auch die seelsorgerische Arbeit in seiner Altstadtgemeinde.

1944, im Alter von 67 Jahren, wurde mein Vater zur Zwangsarbeit nach Frankreich verpflichtet. Als die Amerikaner in Frankreich einzogen, konnte er in sein neues Zuhause in Handschuhsheim, Beethovenstraße zurückkehren. wo er bis zu seinem Tod mit meiner Mutter lebte. Im Sommer 1946 wurde er wieder in den aktiven Kirchendienst aufgenommen und zum Kreisdekan für zehn Dekanate in Nordbaden ernannt. Ende 1949 bekam er eine Einladung nach Israel. Er war der erste Deutsche nach dem zweiten Weltkrieg, der offiziell vom Staat Israel eingeladen wurde. Einige Jahre später erhielt er den Titel eines Prälaten. An seinem 70. Geburtstag wurde ihm von der theologischen Fakultät die Ehrendoktorwürde verliehen. An seinem 75. Geburtstag, 5. August 1952, wurde er zum Ehrenbürger der Stadt Heidelberg ernannt. Die Ehre galt, wie die Urkunde sagt: „Dem warmherzigen Seelsorger und unerschrockenen Beschützer der Verfolgten in Würdigung seiner vorbildlichen Haltung in Zeiten schwerster Not."

Am gleichen Tag wurde ihm zu Ehren auf dem Gebirge von Gilboah in Israel ein Wald gepflanzt, der seinen Namen trägt. Durch den Botschafter Asher Ben-Nathan wurde ihm am 25. März 1966 in der israelischen Botschaft die Yad-Vashem-Medaille verliehen, verbunden mit der Pflanzung eines Baumes in der „Allee der Gerechten". Gerne erinnere ich mich an die regelmäßigen Weihnachtsgottesdienste am zweiten Feiertag in seiner geliebten Heiliggeistkirche bis zu seinem Tod. Im hohen Alter von 93 Jahren verstarb mein Vater am 27. September 1970. und erhielt auf dem Handschuhsheimer Friedhof ein Ehrengrab.

Kornelie Hartmann, geborene Maas, geboren 1911, aufgewachsen in Heidelberg, Studium der Musik an der Hochschule für Musik in Köln, verheiratet mit dem Pianisten Professor Rolf Hartmann, lebt heute in Bretzfeld/Schwabbach im Hohenlohekreis.

ROSEMARIE

Nach Heidelberg der Liebe wegen

Seit wann arbeiten Sie in Heidelberg?
Rosemarie: Schon seit vielen Jahren. Vorher war ich in Mannheim, aber da hat es mir nicht gefallen.

Was gefällt Ihnen denn an Heidelberg?
Rosemarie: Heidelberg ist ruhiger. Die Männer sind nicht so brutal.

Wie ist Ihr Verhältnis zu Männern?
Rosemarie: Privat möchte ich nichts mit denen zu tun haben. Ich wohne mit einer Freundin zusammen.

Wie sind Sie zu Ihrem Beruf gekommen?
Rosemarie: Ich wurde von meinem ersten Freund dazu gebracht. Dann hat es mir Spaß gemacht. Heute mache ich es, um leben zu können.

Wo gehen Sie Ihrem Beruf nach?
Rosemarie: Mal mache ich Hausbesuche, mal stehe ich an der Straße, mal bin ich in einem der Häuser.

Welchen Häusern?
Rosemarie: Am Güterbahnhof, in der Redtenbacher oder Hardtstraße.

Wer kommt zu Ihnen?
Rosemarie: Meistens Ausländer, amerikanische Soldaten und ältere Männer.

Woher kommen die Deutschen?
Rosemarie: Das weiß ich nicht. Ich habe nur wenige Stammkunden. Aber einige kommen extra nach Heidelberg, um Liebe zu machen.

Wie erklären Sie sich das?
Rosemarie: Weil hier so viel geboten wird. Da kommen dann ganze Männer-Clubs, die zu Hause sagen: Wir machen mal einen Kultur-Trip nach Heidelberg.

Was halten Sie von dieser Art von Kundschaft?
Rosemarie: Die sind mir lieber als die Einheimischen und auch lieber als die Fußball-Fans, die ja wohl bald in Heidelberg einfallen werden.

Rosemarie, geboren 1966, Liebesarbeiterin, lebt seit 1988 in Heidelberg.

NATALJA SCHMIDT

Heidelberg, mon amour

Gar nicht so wenige Filme wurden in Heidelberg gedreht. Die malerische Kulisse und der weltweit hohe Bekanntheitsgrad haben dafür gesorgt, dass immer wieder begehrliche Blicke von Film- und Fernsehproduzenten auf die Neckarstadt fielen. Einen Klassiker wie Alain

Resnais *Hiroshima mon amour* ist jedoch nicht dabei herausgekommen. Was hat die Filmemacher thematisch überhaupt in Bann gezogen? Studentische Proteste in den 60er Jahren etwa? Die Anschläge der RAF? Das Leben Friedrich Eberts? Weit gefehlt. Nicht einmal der Versuch, Heidelberg als deutsches Verona zu etablieren und eine wirklich große und tragische Liebesgeschichte anzusiedeln, wurde je gemacht.

Stattdessen scheint Heidelberg als Filmstadt eher Kulisse für Bieder-Betuliches zu sein – die Essenz der charmanten deutschen Provinz sozusagen.

1923 wurde erstmals von Hollywood die Geschichte des studentischen Prinzen auf die Leinwand gebracht, die das amerikanische Bild des romantischen Städtchens so nachhaltig geprägt hat. Viermal wurde das Thema seitdem wieder aufgegriffen. Erst in der neuesten Version von 1997 erkennt der titelgebende Thronanwärter endlich die Vergeblichkeit seiner Bemühungen in Heidelberg noch zu einem Abschluss zu kommen und schreibt sich stattdessen lieber in Cambridge ein.

Doch kaum war der Prinz gegangen, hielt der Doktor Einzug. Seit den 90er Jahren scheint die Stadt eine ungeheure Faszination für cineastische Mediziner zu haben. Ab 1994 machte in „Hallo Onkel Doc“ ein Doktor Markus Kampmann den geplagten Müttern malader Kinder schöne Augen. Dabei muss es ihm am Neckar so gut gefallen haben, dass er gleich auf dem nächsten Fernsehärzte-Kongress ins Schwärmen geriet und einige Kollegen überzeugte. Jedenfalls verließ laut Pressetext Dr. Stefan Frank („Der Arzt, dem die Frauen vertrauen“) 1999 Berlin, um an der Universitätsklinik in Heidelberg ein neues Leben zu beginnen. Es sei ihm gegönnt.

Es versteht sich fast von selbst, dass Heidelberg in solchen Serien immer nur das bergumkränzte Postkartenidyll bot, das als Staffage für jede Art der Gefühlsduselei herhalten musste. Die einheimischen Kurpfälzer wurden zumeist als herzensgute, wenn auch nicht allzu helle Menschen porträtiert, die einen liebenswerten Dialekt sprechen und sich ansonsten von Wein und Laugenbrezeln ernähren.

Das Jahr 2000 brachte dann echte deutsche Prominenz an den Neckar; Unter der Regie von Stefan Ruzowitzky durften Franka Potente und Benno Führmann als Nachwuchsmediziner in „Anatomie“ etliche grausige Entdeckungen am Klinikum machen. Der Film handelt bezeichnenderweise von einer jungen Großstädterin, die es zwecks eines Ferienkurses ins langweilige, aber renommierte Heidelberg verschlägt, wo sie die Machenschaften einer Geheimloge von Antihippokraten aufdeckt. Antihippokraten? Sowas gibt es doch sicher nur in Heidelberg! Die blutige Schnitzeljagd war jedenfalls ein solcher Kassenschlager, dass 2003 ein Nachfolger gedreht wurde, der allerdings nicht an den Erfolg des Originals anknüpfen konnte.

Da stellt sich nun die bange Frage: Was kommt nach den Ärzten?

Aus Bollywood hört man, dass die Nachfrage nach deutschen Drehorten steigt; Bei Weinheim soll schon die erste indische Produktionsfirma gesichtet worden sein. Wer weiß, vielleicht tanzt bald Sharuk Khan auf dem Schloss?

Ansonsten kann man sich nur wünschen, dass es vielleicht eines Tages gelingt, Heidelberg auf der Leinwand abseits von medizinischer Fakultät und verkappter Royalität zu zeigen und das, bevor der „Student Prince“ ein weiteres Mal neu verfilmt wird. Wenn auch vielleicht als „Heidelberg, mon amour“.

Natalja Schmidt, geboren 1971, Lektorin und Literaturagentin, lebt seit 2000 als Wahlheidelbergerin in die Stadt.

MAREK SZULAKIEWICZ

Gadamer und der Mythos Heidelberg

Heidelberg ist eine Philosophieweltstadt. Sein genius loci ist ein Genius der Philosophie. Bereits im alten Rom war der Begriff *genius loci* bekannt. Die Römer glaubten, dass nicht nur jeder Mensch seinen Schutzgeist habe, der von seiner Geburt bis zu seinem Tod über ihn wachte. Man glaubte auch, dass es besondere Orte gibt, die von Geistern beschützt werden. Wegen dieses Schutzes waren das besondere Orte mit einer ungewöhnlichen Stimmung. Sie zogen besondere Menschen heran, förderten die Entfaltung ihrer Talente, strahlten auf andere Orte aus. Der Schutzgeist ist das Symbol jener geheimnisvollen Kraft, die gewisse Orte und gewisse Städte besitzen.

Was förderte und fördert das Philosophieren in Heidelberg? Hans-Georg Gadamer, einer der hervorragendsten Philosophen Heidelbergs, betonte zwei Aspekte: Aufklärung und Romantik, Verstand und Gefühl, Aktion und Stimmung. Warum spricht man von der Heidelberger Tradition in der deutschen Philosophie? Es ist meines Erachtens kein Zufall, dass sich diese Bezeichnung nicht mit einem philosophischen Begriff verknüpft, sondern eben mit der Stadt Heidelberg. Es handelt sich nämlich nicht um eine philosophische Schule, wie beispielsweise die Frankfurter Schule, sondern um die Tradition des Philosophierens an einem Ort. Natur und Geschichte sind in Heidelberg derart miteinander verflochten, dass sie vorzügliche Grundlagen zum Philosophieren schaffen. Die hier zu erlebende Welt beginnt ihre Offensichtlichkeit und Vertrautheit zu verlieren. Wer hier verweilt, verlässt die herkömmliche Alltäglichkeit, indem er sich wundert, zweifelt, philosophiert. Die Stadt, von Hölderlin *Mutter* genannt, trägt bereits in ihrem Namen eine gewisse Spiritualität. Diese Verknüpfung von Natur und Geschichte schafft die Grundlagen der Romantik und des Mythos Heidelberg. Unter diesem Zauber standen Schriftsteller, Dichter, Philosophen und Künstler.

Dieser Mythos wird zum Ausgangspunkt einer schöpferischen Haltung, determiniert die Annahme einer künstlerischen Haltung. Es handelt sich um einen Mythos ohne Inhalt, ohne mythische Geschichten. Darin kommt jedoch die spezifische Struktur des Bewusstseins, eines Bewusstseins, das den Alltag, die Gewöhnlichkeit überwindet, zum Ausdruck. Wer dem Mythos Heidelberg erliegt, erlebt die Wirklichkeit, indem er sich auf den Weg eines solchen Erlebens der Welt begibt, das sich nicht in sachlicher Erkenntnis erschöpft, sondern über die alltäglichen Situationen hinausgeht.

Wodurch entsteht jene Stimmung, die so wichtig für die künstlerische und philosophische Haltung ist? Wodurch entstehen solche Orte, wo unser Geist und unser Leib eine besondere Harmonie erreichen und wo wir leichter leben und schaffen? Durch die Geschichte und durch die Gestalt des Ortes. Heidelberg ist zwischen zwei Hügel eingezwängt, deren Namen der Herausbildung der philosophischen Haltung nicht fremd sind. Der erste Hügel heißt Heiligenberg. Er verkörpert all das, was sich mit der Spiritualität, Heiligkeit verknüpft und was über die Wirklichkeit hinausführt. Dieser heilige Berg war in der Vergangenheit Ort des Merkurkultes. In der christlichen Zeit wurde er zum Sitz eines Klosters und einer Basilika. Dieser Hügel fördert die Entfernung von der Welt. Und das fand ihren ausdrücklichen philosophischen Ausdruck. An seinem Fuße verläuft nämlich der Philosophenweg. Wenn wir ihn beschreiten, können wir uns nicht der Haltung entziehen, die Platon den Anfang des Philosophierens nennt: die Verwunderung. Was verwundert den Menschen, wenn er den Philosophenweg entlang geht, und allmählich den unten fließenden Fluss und eine am anderen Ufer liegende Stadt wahrnimmt? Er wundert sich darüber, wofür die zweite Erhöhung mit dem Namen Königstuhl ein Symbol ist. Es handelt sich um ein Symbol der irdischen Herrschaft und der Weltmacht. Sie drückt sich in den dort sichtbaren Ruinen des Schlosses aus.

Man sieht: Schon die geographische Lage Heidelbergs begünstigt den Hang zum Philosophieren. Auf einer Seite der Geist, auf der anderen Materie. Je höher man auf dem Weg des Geistes zum Heiligenberg hinaufsteigt, umso mehr enthüllt sich die Welt der Materie: der Königstuhl. Diese Welt hat jedoch in Heidelberg ihren spezifischen Charakter. Sie konzentriert sich um das Schloss und um die Universität. Beide verweisen auf die Vergangenheit als ein notwendiges Element der Gegenwart. Symbolisch ist die Schaffung einer gewissen Stimmung, um die mit dem Schloss auflebende Geschichte zu erblicken. Die Geschichte, die in Heidelberg lebt, ist eine Geschichte zum Nachdenken. Sie ist der Reflexion zugänglich.

Marek Szulakiewicz ist Professor für Philosophie in Polen; sein Text Der Mythos von Heidelberg *ist der überarbeitete Auszug aus einem Beitrag zum Alumni-Treffen der Universität Heidelberg in Krakau.*

HEIDEROSE TEYNOR

Spurensuche nach dem Mythos Neckartal

Der Mythos Neckartal – was ist das eigentlich? Was steckt hinter dem Flair, der jedes Jahr Millionen von Menschen nach Heidelberg und in seine Umgebung lockt? Wird er von der Landschaft und den Menschen geprägt, die hier leben? Ist es das Heidelberger Schloss, das seit Jahrhunderten die Stadt bewacht und das Neckartal von der Rheinebene abzuschließen scheint?

Vor ein paar Jahren war ich mit meinem Mann und meiner Tochter in Siena in der Toskana. Wir stiegen auf den Rathausturm, um den Blick über die Stadt zu genießen. Zufällig trafen wir auf einen Japaner und eine Kanadierin, die sich über Siena unterhielten. Sie fragten mich, ob wir Amerikaner seien. Auf unsere Antwort: „No, we are Germans“, wollten sie wissen, in welcher Stadt wir wohnen. Sie waren beide völlig aus dem Häuschen, als sie hörten, dass wir aus der Heidelberger Gegend kommen. Beide hatten Heidelberg schon besucht und schwärmten uns vom Weihnachtsmarkt vor, den sie so wunderschön fanden. Für mich ist der Weihnachtsmarkt jedes Jahr wieder das Gleiche, denn ich habe das Glück und wohne in Neckarsteinach.

Ich kann also so oft nach Heidelberg fahren, wie mir das einfällt, und muss nicht erst Tausende von Kilometer hinter mich bringen.

Aber warum zieht es mich immer wieder in diese Stadt? Als Schülerin wie als Studentin und später mit meiner Familie bin ich bei jeder Gelegenheit nach Heidelberg gefahren, ohne dass es mir langweilig wurde. Mein Mann meinte schon grinsend: „Fährst du wieder nach Heidelberg in die Hauptstraße?“ Das Schloss überlasse ich freiwillig den drei Millionen Touristen, die jedes Jahr hierher kommen. Da geht es mir wie vielen anderen auch. Nur wenn wir Besuch haben, besichtigen wir es. Vielleicht helfen einige Eindrücke, dem Phänomen auf die Spur zu kommen?

Es ist Frühsommer und ein heißer Tag kündigt sich an. Ich schlendere am frühen Morgen durch die Gassen der Altstadt. Für mich verlieren sie und ihre Einwohner, die oft auch Studenten sind, nie ihre Faszination. Die Menschen hier sind es gewohnt, dass nur immer die Hauptstraße und das Schloss im Mittelpunkt stehen und nicht sie. Das kann ja auch mal ganz anders sein. Ich liebe die Atmosphäre in den kleinen Straßen. Wenn ich Zeit habe, gehe ich immer gerne in die Kneipen oder Gaststätten, einfach nur um die Menschen zu beobachten, die hier ein- und ausgehen. Am liebsten schlendere ich am frühen Morgen hier vorbei, wenn die Eigentümer und Ladenbesitzer ihre Geschäfte und Lokale für den Tag vorbereiten. Ich mag es, die Laden- und Restaurantbesitzer zu besuchen, spreche mit Passanten und Anwohnern. Einen solchen Tag lasse ich gerne im *Roten Ochsen*, einer der ältesten Studentenkneipen in Heidelberg, bei interessanten Gesprächen über Gott und die Welt ausklingen. Was haben Mark Twain, John Foster Dulles, Marilyn Monroe, John Wayne, Kurt Masur, Dieter Kürten und viele andere Promis mit mir gemeinsam? Kaum zu glauben, aber sie alle besuchten den *Roten Ochsen*. Woher ich das so genau weiß? Über dreißig Gästebücher sind die besten Zeugen der jahrhundertealten Gaststätte. Seit 1837 nennt die Familie Spengel das Lokal ihr Eigen. Sie führt es mittlerweile in der sechsten Generation durch alle historischen Irrungen und Wirrungen. Anne und Philipp Spengel, die heutigen Wirte und Eltern von drei Kindern, sind stolz auf diese lange Tradition und wissen auch um den Bekanntheitsgrad des Hauses. Unzählige Bilder von Studenten und anderen Persönlichkeiten sind Zeugen der Geschichte des Hauses.

Auch wenn sich das Publikum geändert hat und heute manchmal internationales Sprachengewirr zu hören ist, sind es viele Reisegruppen und Firmengäste, die den *Roten Ochsen* bevölkern. Es ist überwiegend ein deutschsprachiges Publikum, das dem Haus sein

Flair gibt. Viele ehemalige Studenten schwelgen in Erinnerungen an alte Studentenzeiten und genießen mit allen anderen die stimmungsvolle Musik des Mannes am Klavier, der jeden Abend die Welt der Töne in die traditionsreiche Kneipe holt. Philipp Spengel legt Wert auf seine selbst zubereitete Hausmannskost, denn er steht als gelernter Gastronom oft selbst hinterm Herd. Seine reichhaltige Speisekarte zeugt von seiner hervorragenden Kochkunst und seinem Wissen über Bier und Wein.

Auch der Philosophenweg ist ein Aushängeschild für die Stadt, ein Pflichtprogramm für viele Touristen in Heidelberg. Kaum einer nimmt sich aber die Zeit, am späten Nachmittag hierher zu kommen. Die Straße, die hoch zum Philosophenweg führt, gehört zu den teuersten und besten Wohngegenden der Stadt. Kein Wunder, bei der Aussicht! Ich mag die Abendstimmung im blühenden Frühjahr, wenn ich nach dem steilen Weg oben angekommen bin. Ich staune nicht schlecht, wie viele Sportler hier unterwegs sind. Jetzt ist auch die Zeit der Besucher mit Muße gekommen, die sich auf die Bänke setzen, eine Zeitung lesen oder ein Buch aus der Tasche ziehen.

Ich war schon oft hier oben, hatte aber noch nie Gelegenheit, mich mit der Historie des viel gerühmten Weges zu befassen. Ich glaubte, der Philosophenweg habe schon immer so geheißen. Aber ich habe mich eines Besseren belehren lassen, denn noch im 19. Jahrhundert hieß er Linsenbühlerweg und führte zu den Weinbergen der Neuenheimer Bauern.

Der Mythos Heidelberg lebt zu einem großen Teil mit und durch seine Vergangenheit und von den vielen Künstlern, die hier vor allem in der Zeit der Romantik im 18. und 19. Jahrhundert eine besondere Inspiration für ihre Werke fanden. Vor etwa zweihundert Jahren schufen Clemens Brentano und Achim von Arnim *Des Knaben Wunderhorn*, eine Sammlung alter deutscher Lieder. Hauptthema war die Liebe, die aber manchmal nur auf dem Papier ein Happy End fand. Ein anderer bekannter Name aus dieser Zeit ist Josef von Eichendorff, der Dichter der Romantik schlechthin. Er kam 1807 mit seinem Bruder nach Heidelberg, um Jura zu studieren. Der Dichter genoss es, den Blick von den Ausläufern des Odenwalds hin zum Schloss, über die Stadt und in die Rheinebene und bei klarer Sicht bis zu den Pfälzer Bergen wandern zu lassen. Die Stadt Heidelberg widmete ihm hier eine Gedenkstätte und die Eichendorffanlage. Das Lied *In einem kühlen Grunde* erinnert an seine Liebschaft mit Kätchen Förster, die einige Jahre später an gebrochenem Herzen starb. Neben vielen anderen Künstlern aus Musik, Malerei und Literatur wollte es sich der Dichterfürst Johann Wolfgang von Goethe nicht nehmen lassen, der Stadt am Neckar seine Aufwartung zu machen. Ein ganz anderes Kapitel ist das meist wenig romantische Schicksal der Frauen jener Zeit. Liebe war zwar das Hauptthema der Romantik, aber sie zahlten oft einen hohen Preis, wenn sie versuchten, aus der Enge ihrer bürgerlichen Familien auszubrechen und neue Wege zu gehen. Der Ruhm, den die Künstler der Romantik begründeten, lebt bis heute und lockt jedes Jahr Millionen von Besuchern aus der ganzen Welt an den Neckar.

Von diesen romantischen Ausflügen in die Vergangenheit des Philosophenweges bringt mich ein Blick in die vielfältige Pflanzenwelt am Wegrand wieder in die Gegenwart zurück. Bei meinen häufigen Besuchen habe ich mich schon oft gefragt, wie Palmen und Korkeiche ihren Weg hierher fanden. Sicher hilft das milde Klima, das dem von Lugano und Meran Konkurrenz macht, diesen Pflanzen und Bäumen, in Heidelberg zu überleben. Früher wuchs hier ein guter Wein und in den letzten Jahrzehnten sorgte Dr. Arthur Tischer, ein Heidelberger Jurist, dafür, dass man in Heidelberg einen Hauch von Mittelmeer spürt. Er hatte hier einen Garten, den er täglich besuchte – bis kurz vor seinem Tod im Jahr 2000. Diese Spaziergänge mussten ihn fit gehalten haben, denn er wurde 105 Jahre alt. Er tourte oft in seinem Urlaub durch den Mittelmeerraum und brachte jede Menge Pflanzen mit. Die Stadt Heidelberg sorgte dafür, dass sie am Philosophenweg einen würdigen Platz fanden. Dr. Tischer war der Überzeugung, dass seine Korkeiche die einzige Freiluftkorkeiche in Deutschland ist.

Zum Mythos der Stadt und der Region gehören für mich auch das Neckartal und der Odenwald. Eine wichtige Lebensader für die Menschen und die Wirtschaft der gesamten Region war der *Wilde Geselle*, wie der keltische Name des Neckars lautet, schon immer.

Er war und ist Wasserstraße, Arbeitgeber, Nahrungslieferant, Ausflugsziel und in früheren Zeiten oft genug auch Schwimmbad. Aber das Leben an seinen Ufern war nicht immer leicht und schon gar nicht romantisch. Bis zur Mitte des 19. Jahrhunderts beherrschten die Treidler das Flussbild. Die Schiffe wurden stromaufwärts von Pferden gezogen, flussabwärts nutzte man die Strömung. Drei Tage brauchte man von Mannheim bis Heilbronn, Zwischenstation war Neckarsteinach. Hier erinnert heute noch ein Treidlerbrunnen an diese Zeit. Ein großer Fortschritt war die Kettenschifffahrt. Die Pferde wurden von einer Kette abgelöst, die von Mannheim bis Heilbronn im Fluss lag. Daran konnten sich die Schiffe zunächst von Menschenhand und später mit Dampfkraft entlang hangeln. Aber egal, wie man sich über und auf dem Fluss bewegte, es war immer ein harter Job. Ende des 19. Jahrhunderts eroberten Dampfmaschinen die Binnenschifffahrt.

Welche Fortbewegungsart auch gerade aktuell war, vom Wetter waren die Neckarschiffer immer abhängig. Im Sommer sank die Wassertiefe manchmal auf unter zwanzig Zentimeter und die „Hungersteine", die Schotter im Neckar, zeigten, dass keine Transporte mehr möglich waren. Man konnte kein Geld mehr verdienen und musste hungern. In den 1920er Jahren wollte man dem endlich Abhilfe schaffen und plante die Staustufen, die in den dreißiger Jahren gebaut wurden. Im Sommer war man dann relativ unabhängig, aber im Winter, wenn alles zugefroren war, ging oft nichts mehr. Das Packeis drückte sich an die Brücken und brachte manchen Brückenpfeiler der Alten Brücke zum Einsturz. Deshalb steht heute schon die neunte Alte Brücke, die auch als Erste nicht mehr überdacht wurde. Erst seit den Tagen der Kohle- und Kernkraft ist der Neckar nicht mehr zugefroren.

Heute sorgen 27 Staustufen für den Ausgleich des Höhenunterschieds von 160 Metern zwischen der Quelle in Villingen-Schwenningen und der Mündung in Mannheim. Das Leben auf dem Fluss und an seinen Ufern ist heute deutlich einfacher als früher, wenn auch immer mal wieder ein Hochwasser Teile der Region lahmlegt. In den Zeiten der hohen Energiepreise sind die Staustufen ein wichtiger Stromlieferant. Das jüngste Kraftwerk am Karlstor ging in den neunziger Jahren ans Netz und versorgt etwa fünftausend Haushalte der Heidelberger Altstadt mit Strom. Für viele Besucher ist der Neckar ein schönes Urlaubsziel, ein Ausflug mit der Weißen Flotte lohnt sich immer.

Ich habe mich mit einem Kapitän eines Personenschiffes verabredet, der ein paar Mal die Woche ins Neckartal fährt. Er erlaubt mir sogar, die ganze Fahrt bei ihm in der Führerkabine zu bleiben und ihm über die Schulter zu schauen. Wir legen an der Heidelberger Stadthalle ab und fahren gemächlich vorbei am Marstallhof in Richtung Alte Brücke. Gegenüber begleitet uns der Philosophenweg. Hoch über uns verabschieden sich das Schloss und der Königstuhl für heute. Unter der Alten Brücke hindurch nehmen wir Kurs auf die erste Schleuse am Karlstor. Ich mag es, durch die Schleusen zu fahren, die mir als kleines Kind solche Angst machten. Damals glaubte ich, das Schiff würde versenkt. Heute fahre ich gerne mit den Neckarschiffen, denn ich liebe es, auf dem Wasser zu sein. Bereitwillig erklärt der Kapitän manches Wissenswerte über die Binnenschifffahrt und die Schleusen. Die Schleusenkammern sind 110 Meter lang und 12 Meter breit, die Schiffe können also höchstens 105 Meter lang und 11,45 Meter breit sein. Eine Vergrößerung der Schleusen würde der Binnenschifffahrt gut tun. Schon oft stand ich auf den Schleusenbrücken und bewunderte die Geschicklichkeit der Kapitäne, mit der sie ihre Schiffe auf den Zentimeter genau in die Kammer bugsierten. Mein Kapitän kennt die Schwierigkeiten der Binnenschifffahrt aus eigener Erfahrung, denn er stammt aus einer Schifferfamilie. Ein Binnenschiff kann fast siebzig Lkw-Ladungen Kohle ins Kraftwerk nach Walheim transportieren. Das kommt einer Lkw-Schlange von mehr als einem Kilometer gleich. Das ist fast der ganze Ortsbereich der B 37 von Neckarsteinach. Ich denke mir, das ist ein guter Vergleich und beweist die Umweltfreundlichkeit der Binnenschiffe.

Auf dem Rückweg transportieren die Schiffe Salz in die Mannheimer und Ludwigshafener Industrieregion. Die Schifffahrt auf dem Neckar kämpft heute mit wachsenden wirtschaftlichen Problemen und Nachwuchssorgen, sowohl im Passagier- als auch im Frachtbereich. Das einzige wirkliche Wachstumssegment ist der Containertransport, vor allem seit der Stuttgarter Binnenhafen ausgebaut wurde.

Ich habe mich schon oft gefragt, ob auf dem Neckar auch rechts vor links gilt. Der Kapitän belehrt mich eines Besseren. Wer zu Berg, das heißt flussaufwärts fährt, bestimmt den Kurs. Jetzt weiß ich auch, warum ich mich manchmal über den Linksverkehr auf dem Neckar wundere. Auch wenn die Binnenschiffer und die Kapitäne der Weißen Flotte schon bessere Tage gesehen haben, ist die Schifffahrt auf dem Neckar ein traditionsreiches Gewerbe, das in jedem Fall erhaltenswert ist und eine gesicherte Zukunft verdient hat.

Als wir die Schleuse am Karlstor verlassen, kommt gegenüber das Stift Neuburg, eine Benediktinerabtei, in Sicht. Heute leben hier fünfzehn Mönche, die einen modernen landwirtschaftlichen Betrieb führen und ihre Produkte im klostereigenen Bioladen verkaufen.

In gemächlicher Fahrt geht es weiter nach Neckargemünd mit seinem lang gestreckten Neckarlauer. Die Stadt blickt auf eine über tausendjährige Geschichte zurück und ist heute ein bevorzugtes Wohngebiet für Heidelbergpendler. Besonders interessiert mich der Ortsteil Dilsberg mit seiner Feste, die hoch über dem Neckar thront. Die wunderbare Aussicht vom Turm über große Teile des Odenwalds und die Neckarschleifen bringen mich auf die Idee, irgendwann, wenn ich mal wieder Zeit habe, hinauf zu wandern. Besonders interessant ist Dilsberg beim mittelalterlichen Burgenfest. Man glaubt dann, in eine andere Zeit versetzt zu sein und im nächsten Moment Ritter um die Ecke reiten zu sehen.

Endstation unserer kleinen Reise auf dem Neckar ist meine Wahlheimat Neckarsteinach. Die Stadt besitzt als Einzige in Deutschland vier Burgen aus dem 11. und 12. Jahrhundert und zieht regelmäßig viele Besucher an. Sogar Bollywood schickte schon Filmleute vorbei auf der Suche nach neuen Kulissen für ihre Filme. Vom berühmtesten Sohn der Stadt und Erbauer eines Teils der Burgen, dem Minnesänger Bligger II., sind einige Werke in der Manessischen Liederhandschrift erhalten. Er soll auch ein großes Werk verfasst haben, das allerdings verloren ging. Einige Forscher gehen davon aus, dass es das Nibelungenlied war, da sich einige Übereinstimmungen zwischen Bliggers Leben und diesem berühmten Werk fanden. Die Neckarsteinacher hätten zu gerne, dass ihr berühmter Sohn, Kreuzfahrer und Weggefährte Kaiser Barbarossas, dem sie auch ihr Stadtwappen, die Harfe, verdanken, der tatsächliche Verfasser war.

Neckarsteinach setzt jedes Jahr die vier Burgen mit zwei Burgenbeleuchtungen in ein besonderes Licht. Aber vor ein paar Jahren bei der 625-Jahr-Feier zur Verleihung der Stadtrechte war der Burgensommer eine ganz besonders gelungene Sache. Von einer Schneiderin liehen wir uns ein historisches Outfit und kamen uns vor, als würden wir in einem anderen Jahrhundert durch die Stadt laufen. Wir bewunderten die Szenerie, als Kostüme aus einer anderen Zeit Magistrat, Bürgermeister und Zuschauer in die Epoche zurück versetzten, als Neckarsteinach vom Dorf zur Stadt wurde – ein tolles Schauspiel, nicht nur für Stadthistoriker. Auch Modernes gab es zu sehen und zu hören – für jeden war etwas dabei. Ein Augen- und Ohrenschmaus für die Besucher aus nah und fern. Die Kinder hatten was zu schauen: Die Kleine Bühne Neckargemünd kam mit Jim Knopf und Lukas, dem Lokomotivführer, nach Neckarsteinach gefahren, auch hier begeisterte Gesichter bei Groß und Klein.

Das nächste Highlight entführte die Besucher nach Afrika, in eine musikalische Welt der anderen Art. Lieder, Geschichten und Tänze eines anderen Kontinents – eine beeindruckende Vorstellung des Vokalensembles Sinsheim und der afrikanischen Akteure. *Nkosi Sikele Africa* kannte vielleicht der eine oder andere seit Nelson Mandela, aber wer wusste schon, dass mit der Titel der Equals *Gimme hope Joanna* Johannesburg in Südafrika gemeint war? Die Neckarsteinacher Mittelburg als Kulisse für eine andere musikalische Welt – das Publikum war begeistert. Zum *Tag des Gastes* schließlich meinte es der Wettergott noch mal gut: Neckarsteinach lag für einen unvergesslichen Abend irgendwo am Mittelmeer. Musik und Kulinarisches für jeden Geschmack – das kennt man, auch die

Vierburgenbeleuchtung faszinierte wieder. Aber die Attraktion des Abends waren die fünf Heißluftballons zu Füssen des Dilsbergs. Ballonglühen zu *Conquest of Paradise* und Trompetenklängen über dem Neckar – an dieses Schauspiel werden sich alle Gäste und Neckarsteinacher gerne erinnern.

Meine Fahrt mit dem Schiff hat mir für dieses Mal den berüchtigten Verkehr durch das Neckartal erspart. Wenn man hier mit dem Auto unterwegs ist, macht man oft unfreiwillig Bekanntschaft mit einem Phänomen, das den Mythos Neckartal ganz schnell zum Albtraum werden lässt. Der gigantische Verkehr mit mehreren zehntausend Autos, die sich täglich durch Heidelberg und das Neckartal plagen, beschäftigt alle Politiker auf der Suche nach Auswegen. Er bereitet den Anwohnern im wahrsten Sinn des Wortes Kopfschmerzen, erst recht seitdem Mautflüchtige das Neckartal als Rückzugsstrecke vor der Autobahn entdeckt haben. Als Fußgänger konnte man besonders in Neckarsteinach bis September 2005 nur mit viel Glück und Gottvertrauen über die Bundesstraße zum Einkaufen huschen. Als Autofahrer musste man genauso auf sein „heiligs Blechle" aufpassen, wenn man über die Kreuzung wollte. Aber das ist jetzt, den neuen Ampeln sei Dank, vorbei. Aber der Verkehr wird die Region noch lange beschäftigen.

Und doch ist das Neckartal immer eine Reise wert und für mich existiert der Mythos zu Recht. Ein Gast meinte zu einer Beschäftigten der Weißen Flotte an der Schiffsanlegestelle Neckarsteinach: „Was wollen Sie denn noch mehr? Sie haben bestimmt keine weiteren Wünsche, Sie arbeiten doch schon im Paradies!" Damit ist vieles gesagt. Natürlich bieten das Neckartal und die Region noch viel mehr sehenswerte Ecken, die einen Besuch wert sind.

Ich habe versucht, ein paar Eindrücke von dem einzufangen, was für mich den Mythos Heidelberg und seiner Umgebung ausmacht. Als Besucher lohnt es sich, nicht nur die Touristenpfade abzulaufen, sondern auch etwas Zeit mitzubringen und andere Wege einzuschlagen, die nicht jeder gesehen hat. Aber auch wir Einheimische sollten die Schönheiten in unserer Umgebung sehen, zu denen andere Tausende von Kilometern reisen müssen und die wir vor unserer Haustür haben.

Heiderose Teynor, geboren 1957, Sozialwissenschaftlerin und Industriekauffrau, besuchte in Heidelberg das Willy-Hellpach-Gymnasium und studierte Geschichte und Politologie an der Ruprecht-Karls-Universität, www.teynor-kje.de.

VERA VON ZOBELTITZ

C. G. Jung und der Archetyp Mutter

Wie entstand der Mythos Heidelberg? Der psychische Sinn der Entstehung von Mythen und archaischen Verhaltensweisen ist der Ausgleich von Spannungen, denen die Psyche unterworfen ist. Das Unbewusste der Seele greift kompensierend und regulierend in das Verhaltensstreben des Bewusstseins ein, um einen Ausgleich im Sinne einer Ganzheit herzustellen. Das geschieht für das Bewusstsein auf sinnlich nicht erfassbare Weise. Die magische Anziehungskraft Heidelbergs ist also für den Verstand völlig unerklärlich. Nüchtern betrachtet gibt es viele schöne Städte mit alten Burgen oder Schlössern, die an einem Fluss und zwischen sanften Hügeln liegen. Doch in Heidelberg kommt eine übersinnliche Komponente hinzu: der Geist.

Dieser Geist entstammt der Ansammlung von kulturellen Schätzen in der Universität und in den Bibliotheken sowie in der Konzentration gebildeter Gelehrter und führender Forschungsinstitute. Diese Kombination aus angehäufter Tradition und fortschrittsorientierter Evolution machen die Stadt, optisch in einem offenen Kessel situiert, zu einer geistigen Energiezentrale von ungeheuren Dimensionen, ähnlich wie es einst die monumentalen Kathedralen der Christen und die Pyramiden der Ägypter darstellten. Heidelberg fungiert als psychische Trafostation zwischen Vergangenheit und Zukunft. Die hier konzentrierte Geisteskraft erklärt ihre Faszinationskraft.

Mutterstadt des Weiblichen

Heidelberg ist eine Stadt mit Seele, in der die überpersönlichen Kräfte des Unbewussten wirksam werden. Sie kann im Sinne der Archetypenlehre Carl Gustav Jungs als eine Art Mutterstadt mit der Naturkraft des Weiblichen, mit der übernatürlichen Anziehungskraft einer Frau beschrieben werden. Sie ist der Archetyp Mutter, die Lebenschenkende, Nährende, Schützende.

Archetypen stellen für Jung strukturelle Komponenten des kollektiven Unbewussten dar und repräsentieren die ererbte Grundlage der Persönlichkeitsstruktur. Sie offenbaren universelle Dispositionen der menschlichen Vorstellungsfähigkeit, die sich im kollektiven Unbewussten in einem Zustand potenzieller Bereitschaft befinden. Deren Aktualisierung und Bewusstmachung erfolgt in besonderen Situationen wie Traum, Phantasie, Vision sowie in Märchen und Mythos, und zwar in Form von Symbolen.

Heidelberg weckt archaische geistige Instinkte des Unbewussten und wird so für einige besonders Sensible zur Mutter, für einige auch zur Geliebten und zur Muttergeliebten. Heidelberg löst bestimmte Verhaltensmuster und festgelegte Erlebnisstrukturen aus, die sich in zahlreichen Gedichten und Geschichten niederschlagen. Dem Gefühl der Paradieses-Geborgenheit kommt die Unversehrtheit des Stadtbilds entgegen, das sich über viele Jahrhunderte unverändert erhalten hat und noch heute weitgehend frei von Fabrikschloten und Hochhäusern ist. Heidelberg beheimatet Natur und Geist, also den ersten und den dritten Wirtschaftssektor, und verdrängt den zweiten Sektor, also Industrie und Technik in die Peripherie.

Diese urtümliche Integrität des Stadtbilds verstärkt das Zusammengehörigkeitsgefühl, das in der Zeit der Entzauberung der modernen Welt und der Auflösung von Heimatbindung und Nationalstaatlichkeit in der Globalisierung als psychischer Ausgleich zunehmend wichtiger wird. Aus dieser heimatlichen Verankerung schöpfen viele Menschen Kraft und Orientierung. Die Bindung an das urzeitlich Vertraute erfolgt als Ausgleich für den Verlust an Geborgenheit und für die Bedrohung durch rasche Veränderungen und unbekannte Mächte. Heidelberg fungiert somit als geistige Kraftzentrale und gleichzeitig als Triebkraft des Geistes, vor allem in der Universität und den zahlreichen Forschungsinstituten.

Neben der kreativen, ins Neue und Offene weisenden Perspektive der Wissenschaftsstadt steht die Heidelberg gleichzeitig für die ewige Sehnsucht nach dem verlorenen Paradies, nach einer Rückkehr des goldenen Zeitalters und eine Wiederbelebung früherer Kinderträume. Beide Bewegungen, die rückwärtsgewandte und die vorwärtsgewandte sind typische Reaktionen auf kollektiv-seelische Krisen und Unsicherheiten des modernen Lebens. Sie beruhen auf psychischen Spannungsfeldern des kollektiven Unbewussten. In Notzeiten sehnt sich der Erwachsene nach der Geborgenheit seiner Kinderwelt zurück. Heidelberg personifiziert die heile Welt der Kindheit, die ewige, zeitlose und ortsungebundene Heimat und den Geist, der in die Welt wirken möchte.

Kein Zufall, dass Heidelberg die Gründung eines Klosters ist, dass es hier eine Thing-Stätte gibt und dass dreimal jährlich das nächtliche Gemeinschaftserlebnis der Schlossbeleuchtung gefeiert wird. Heidelberg ist nämlich ein Ort kultischer Rituale. In der kultischen Orgie wird die Unterscheidung zwischen dem Göttlichen und dem Menschlichen, zwischen dem Unbewussten und dem Bewussten aufgehoben. In den Veranstaltungen auf der Thing-Stätte und am Neckar werden diese gemeinschaftlichen Rituale nicht etwa nur symbolisch verstanden, sondern ganz real erlebt. Diese Festlichkeiten gelten der Tiefenpsychologie als mystische Vereinigungen mit dem Göttlichen, als Wiederherstellung der Ganzheit und Rückkehr ins Paradies.

Die über drei Millionen Touristen, die jedes Jahr Heidelberg besuchen und teilweise sehr weite Wege auf sich nehmen, werden magisch angezogen von diesem Glücksversprechen. Man sucht und findet in Heidelberg das Mütterliche, wobei heute in Kauf genommen wird, dass sich zum alten Mütterchen die moderne Geschäftsfrau gesellt hat. Im Ausland fungiert Heidelberg vielfach als Symbol für Deutschland und deutsche Kultur insgesamt. Im Inland steht Heidelberg für unzerstörte Romantik und heile Welt. Für beide Gruppen gilt: Heidelberg birgt einen kollektiven Traum vom Glück.

Fünf Phasen der Mythisierung Heidelbergs

Die Entstehung des Mythos Heidelberg beruht auf einem Schema, dass auch in anderen gesellschaftlichen Bereichen beobachtet werden kann, beispielsweise in der Liebe, in der Politik und in der Kultur. Immer beruht die dazugehörige Wechselwirkung zwischen Ich und Du oder zwischen Ich und Wir auf einem menschlichen Bedürfnis, das auf der Suche nach Befriedigung ist und ein Objekt findet, an das man sich bindet. Diese Bindung wird mit zunehmender Dauer idealisiert. Diese Idealisierung ist so stark, dass sie auch missbräuchlich ausgenutzt werden kann. Die Interaktion zwischen Subjekt und Objekt erfolgt als ein gegenseitiges Geben und Nehmen, das sich selbst verstärkt und abwechselnd aufschaukelt.

In der Liebe führt das menschliche Bedürfnis nach Sicherheit, Bindung und Fortpflanzung zur Suche nach einem geeigneten Partner, nach Gemeinsamkeiten, Sympathie und Vertrauen. Bei der Bindung an eine bestimmte Person und der Vereinigung von Ich und Du tritt die Phase der Verliebtheit und des Glücksrauschs ein, die sich nach einer gewissen Zeit der gegenseitigen Gewöhnung festigt oder aber zur Trennung führt. Festigt sich die Beziehung, tritt mit zunehmender Gewöhnung die Phase der Idealisierung des Partners ein, die im Endstadium zu gegenseitiger Abhängigkeit führen kann.

Der Bindung an eine politische Partei, an eine religiöse, sportliche oder musikalische Gruppe liegt das Bedürfnis nach Sicherheit in der Gemeinschaft, Zugehörigkeit, Gruppensolidarität, nach Erhöhung des eigenen Daseins durch ein höheres Ziel oder eine utopische Vision zugrunde. Diese Gruppe sucht man im kulturellen Umfeld, in das man hineingeboren wurde. Die Bindung von Ich und Wir erfolgt an die traditionell vorgegebene Gruppe oder an die dominierende Gruppe. Durch die dauerhafte Identifikation mit der Gruppe erfolgt eine Fanatisierung der Bindung, die durch die Abwertung anderer Gruppen verbunden ist. Diese Fanatisierung lässt sich zum Zweck der Machtausübung leicht instrumentalisieren und von Interessensgruppen missbrauchen, wie Faschismus, Bolschewismus, Islamismus sowie die Fußball-Hooligans und die rechtsradikale Musikszene gezeigt haben.

Im Mythos Heidelberg manifestiert sich das Bedürfnis nach lokaler Identität, Identifizierung, Bindung und Heimat, aber auch das Bedürfnis nach dem Besonderen und nach Exklusivität. Heidelberg gehört zur Weltliga der Sehnsuchtsstädte wie etwa Venedig, Paris und Rio de Janeiro. In Deutschland vereint Heidelberg die exklusiven Reize von Landschaft und Architektur wie bei Schloss Neuschwanstein und Rothenburg ob der Tauber mit der intellektuellen Attraktivität ehemaliger Geistesmetropolen wie Weimar. Die Bindung geschieht anhand bestehender Bilder, die durch die Kulturindustrie und die Tourismusbranche vorgefertigt und in die ganze Welt transportiert werden. Der anschließenden Phase der Fanatisierung, die zur Bildung des Mythos Heidelberg führte und den internationalen Kult-Status des Stadt am Neckar begründet, folgt die kommerzielle Ausbeutung und die Verkitschung von Klischees, also die Aufladung von Fetischen und Souvenirs mit überdimensionalen oder unechten Gefühlen sowie mit Anleihen aus ähnlichen Biotopen wie etwa Schwarzwälder Kuckucksuhren, Maßkrügen aus dem Hofbräuhaus und Postern von Neuschwanstein.

Dieser Kult-Status muss ständig genährt werden, sonst stirbt er ab, so wie jede Beziehung einschläft, wenn sie nicht gepflegt wird. Heidelberg ist also zum Mythos verdammt. Wenn man ihn nicht hegen würde und sich die Stadt Heidelberg von ihren beiden Hauptwirtschaftszweigen Tourismus und Bildung abwenden würde, müsste sie ihre Industrialisierung nachholen und würde sich dadurch allen anderen Städten angleichen und ihre Unverwechselbarkeit einbüßen. Heute lebt Heidelberg gut von seinem Image als romantischste Stadt Deutschlands.

Dieses touristische Alleinstellungsmerkmal muss erhalten bleiben, um den Mythos Heidelberg am Leben zu erhalten. Der Mythos Heidelberg muss erhalten bleiben, damit Heidelberg seine touristische Attraktivität behält.

Vera von Zobeltitz, geboren 1984, Studentin der Psychologie, lebt seit 2005 in Heidelberg.

SONJA BAUM

Novembertag im Frühling

Als Anna ihre Augen vorsichtig zu öffnen wagte, stand sie an den großen Brunnen im Schlosshof gelehnt. Kleine Sommerwölkchen dümpelten am Himmel dahin und die Sonne warf kurze Schatten. Die Bäume im Schlosshof streckten ihre sattgrünen Äste in den kühlen Schatten der prachtvollen Gebäude. Es musste Spätsommer sein.

Um Anna herum stand der halbe Hofstaat versammelt und ein aufgeregtes Raunen ging durch die Reihen. Fräulein von Winterberg kam eilig über den Hof und direkt auf Anna zu gelaufen. Neben ihr angelangt, keuchte sie außer Atem: „Stellt Euch vor – die Kurfürstin ist doch schon wieder alleine ausgeritten! Dabei müsste sie sich doch jetzt langsam auch schonen! Aber ich fürchte, jetzt geht das wieder los – kaum ist sie schwanger, macht sie nur noch, was sie will. Und wir bekommen erst den Ärger des Kurfürsten ab und dann den der Kurfürstin, wenn sie zurückkommt und der Fürst wieder voller Schwermut in seinem Bett liegt und darüber nachsinnt, warum sie ihm das antut und ihm so viel Sorgen bereitet. Die sind doch alle verrückt." Nach diesem Redefluss ließ sich das Fräulein erschöpft neben Anna auf den Brunnenrand sinken.

„Sie wird schon wieder auftauchen." Mehr fiel Anna auch nicht ein.

„Ja, aber der Kurfürst nähert sich schon und wird ihr Fehlen gleich bemerken! Ich verstehe das auch nicht – will sie denn das erste Bad in den Badegrotten des Monsieur de Caus verpassen? Sie war doch bisher so ungeduldig um die Fertigstellung!"

Darum ging es hier also: Der Hofstaat durfte die neuen Badegrotten begehen. Es musste also schon einige Jahre her sein, dass Anna das letzte Mal da gewesen war. Damals hatte de Caus ja erst die Pläne für den Hortus Palatinus mit seinen Grotten und anderen Wunderwerken vorgelegt. Anna ließ sich von der allgemeinen Aufregung anstecken. Wie die Grotten wohl aussahen? Und der berühmte Schlossgarten erst – ob sie von dem auch etwas zu Gesicht bekommen würde?

Auf einmal war lautes Hufgeklapper zu hören und ein Ruck ging durch die Menge: Die Kurfürstin kam mit wehendem Mantel durch das Tor geritten, sprengte mitten in die Gesellschaft und brachte dort ihr Pferd zum Stehen. Sofort sammelten sich die Hofdamen um die

Fürstin und auch Anna reihte sich ein. Alle waren bemüht, das zerzauste Haar und die Kleider der Prinzessin zu ordnen, die alles über sich ergehen ließ. Sie war ausgelassener Stimmung: „Jetzt kann ich ein Bad auch wirklich gebrauchen! Wo ist der Fürst? Und Monsieur de Caus?"

Eine der Hofdamen wagte es, die Fürstin in ihrem Schwung zu unterbrechen: „Prinzessin! Ihr seid gerade noch rechtzeitig! Wenn der Fürst Euch so gesehen hätte ... Und dann noch nicht mal im Damensattel!"

„Schschsch!", machte die Fürstin mit einer abwinkenden, aber erstaunlich grazilen Geste der linken Hand. Sie wollte sich anscheinend ihre gute Laune nicht verderben lassen.

In diesem Augenblick trat der Kurfürst mit de Caus und einer Gruppe anderer Männer in den Hof und eilte auf die Kurfürstin zu. Er führte ihre Hand an seinen Mund und sein Blick verweilte für einen Moment auf ihrem erhitzten Gesicht, in dem er zweifellos von ihrem Ausritt lesen konnte. Dann setzte sich die Gesellschaft in Bewegung. Anna sah sich nach Johannes um, konnte ihn aber nirgends entdecken. Dafür begegnete sie Martens kaltem Blick. Und es war, als schnürte ihr eine eisige Hand die Kehle zusammen.

Es schien, als würde de Caus dem Fürstenpaar eine persönliche Führung durch seinen Garten geben wollen, denn die Gesellschaft machte einen Bogen um die Stelle, an der Anna die Grotten vermutete. Sie gingen durch in dem Sommerwind herrlich raschelnde Laubengänge eines Wäldchens und gelangten so zu den hinteren Zierbeeten. Gewürze und Halbsträucher, unterbrochen von farbigen Steinchen, bildeten dort verschlungene Linien und wie gestickt wirkende Ornamente aus niedrig blühenden Pflanzen und beschnittenem Buchs riefen wahre Bewunderungsrufe der Damen des Hofes hervor. Die Gesellschaft betrat einen Weg, der zwischen zwei Musen hindurchführte, entlang an Beeten, eingefasst von wellig geschnittenen Hecken, aus denen im Wechsel große und kleine Bäume wuchsen. Anna fiel auf, dass dieses Mal keines der ungezogenen Haustiere der Kurfürstin dabei war. Nur ein kleiner Schoßhund, der allerdings wegen seiner kurzen Beinchen von einem Pagen getragen werden musste, war mit von der Partie.

Es ging weiter durch in Stein gefasste Hochbeete, die sternförmig angeordnet waren und aus denen Orangenbäume entsprangen. Anna begegnete wieder Martens Blick. Er schien sie nicht aus den Augen zu lassen. Ihre Gedanken begannen, sich wieder um ihn und das, was sie im physikalischen Institut von ihm erfahren hatte, zu drehen. Sie begann zu verstehen, dass alles genau geplant und ausgeklügelt war. Er hatte alles inszeniert, um ihr Angst einzujagen. Todesangst. Damit sie ihr Leben lang Angst vor ihm haben würde. Und ihm dann nicht in die Quere kommen würde, wenn es soweit war.

Aber Marten durfte nicht über sie siegen. Sie musste vereiteln, was auch immer er vorhatte.

Ein fröhliches Lachen neben ihr riss sie aus ihren Gedanken und sie bemerkte, wie das Fräulein Winterberg einen hübschen Knaben von drei oder vier Jahren herzte, unter dem strengen Blick eines groß gewachsenen Mannes, offensichtlich dem Erzieher des Kleinen. Zu ihrer Linken befand sich nun ein Pomeranzenhain. Anna fragte sich, wie de Caus die exotischen Bäume hierher bekommen hatte. Sie sah sich einmal mehr nach Johannes um. Sie hatte das dringende Bedürfnis mit ihm zu sprechen. Er musste erfahren, was Marten ihr erzählt hatte.

Das Fürstenpaar hatte an einem runden Blumengarten Halt gemacht, das aus strahlenförmigen Doppelbeeten bestand. Nur drei der Beete blühten, dies aber in den schönsten Farben. Anna hörte, wie de Caus erklärte, dass dieses Beet die Jahreszeiten symbolisiere und jeden Monat jeweils drei der Strahlenbeete blühen würden. Die Kurfürstin klatschte entzückt in die Hände. Sie winkte den strengen Herrn mit dem Knaben heran und pflückte mit dem Kind zusammen einen kleinen Strauß von den Blumen. Friedrich strich dem Knaben flüchtig über den Kopf und wandte sich dann einem Herrn zu, in dem Anna den Camerarius wieder erkannte. Sie sah, wie auch Rowellt-Marten und noch ein anderer Mann hinzu traten. Was hatte das zu bedeuten?

Nach kurzem Zögern zog Anna das Fräulein Winterberg zu sich: „Könntet Ihr mir einen Gefallen erweisen, liebe Freundin?“

„Fast jeden!“ Die Winterberg lachte.

„Geht doch bitte näher an den Kurfürsten heran und hört, was Rowellt zu ihm sagt.“

Das Fräulein war erstaunt, doch Anna sah sie flehentlich an: „Ich kann es Euch nicht erklären. Aber bitte tut doch, worum ich Euch gebeten habe!“

Das Fräulein zuckte mit den Achseln, nickte dann und lief wehenden Kleides zur Kurfürstin hinüber. Anna war sich sicher, von dort würde sie alles hören können. Sie begegnete Rowellts Blick und wusste: Er hatte nicht bemerkt, dass sie das Fräulein auf ihn angesetzt hatte. Nur schwer konnte sie sich ein Lächeln verbeißen.

Als das Fräulein nach einer Weile wiederkam, hatte sie vor Eifer gerötete Wangen: „Amalie, ich komme mir ganz schäbig vor, so andere Menschen zu belauschen!“ Sie lachte schelmisch: „Aber – es war auch ganz amüsant. Ich muss sagen, ich verstehe ja nichts von Politik, aber es klang so, als ginge es um äußerst wichtige und geheime Dinge.“

„Und?“ Anna war ungeduldig.

„Also, Rowellt schien aufgebracht, dass der Kurfürst die Verteidigungsstärke des Schlosses mit seinen ganzen Prunkbauten so geschwächt hat, ohne für anderen Schutz zu sorgen. Stellt Euch vor: Er sprach sogar davon, dass unser Fürst sich bewusst machen müsste, dass er den Kaiser gegen sich habe. Und wenn Friedrich erst die böhmische Krone, die ihm die protestantische Union angeboten habe, annehmen würde, dann würde der Kaiser alle Katholiken heraustrommeln und gegen Heidelberg führen.“

„Und was hat der Kurfürst daraufhin gesagt?“

„Das Heidelberger Schloss sei uneinnehmbar, Rowellt habe Hirngespinste. Worauf dieser erwiderte, wenn feindliche Truppen über den Gaisberg kommen und in den Hortus Palatinus einfallen würden, könne sie nichts mehr aufhalten. Der Fürst müsse eine Schanze oben auf dem Berg anbringen. Daraufhin hat der Kurfürst gelacht – wie denn der Feind seine Kanonen dort hochbekommen würde. Da wieder Rowellt: Auch Hannibal habe es geschafft, die Alpen zu überqueren.“

„Puh. Und dann?“ Anna stieß die angestaute Luft aus ihren Lungen. Das also wollte Marten bezwecken! Sie vermeinte sich zu erinnern, dass ihr Johannes erzählt hatte, der kaiserliche General Tilly sei damals völlig unerwartet mit seinen Truppen über den Königstuhl gekommen. Marten wollte also die Werke des de Caus mittels Mauern schützen.

„Na ja, der Kurfürst war nicht recht überzeugt, aber dafür war der Camerarius auf einmal auf Rowellts Seite. Leider ist die Kurfürstin dann mit Friedrich Heinrich zum Irrgarten hinüber gegangen, und es wäre aufgefallen, wenn ich noch länger dort geblieben wäre. Aber was soll das alles? Seit wann interessiert Ihr Euch für Politik?“

„Ich kann Euch das jetzt wirklich nicht erklären, seid mir nicht böse. Aber seid tausendmal bedankt, dass Ihr mir geholfen habt!“

Das Fräulein lächelte: „Ihr werdet schon wissen, was Ihr tut, meine Liebe. Aber kommt doch weiter – mir scheint, nun geht es wirklich zu den Badegrotten. Vertreibt Eure düsteren Gedanken!“

Anna lächelte dankbar für die Aufmunterung. Aber sie war noch nicht fertig. Sie musste Martens Plan vereiteln. Und wie konnte sie das besser, als über die Kurfürstin? Mit Fräulein Winterberg am Arm näherte sie sich Elisabeth, die ihren Sohn wieder an den Erzieher abgegeben hatte.

„Prinzessin!“

Elisabeth wandte sich zu Anna: „Fräulein von Neuenstein, was bringt Ihr?“

Anna sah sich nach Rowellt um, der sie aber glücklicherweise im Moment nicht weiter beachtete: „Prinzessin, ich weiß, es schickt sich nicht, sich in die politischen Angelegenheiten einzumischen. Aber Ihr solltet wissen, dass die Berater des Kurfürsten dabei sind, Euren Gatten zu einer immensen und dabei unnötigen Geldausgabe zu überreden. Es geht um die Wehrkraft des Schlosses.“

„Fräulein von Neuenstein, seid Ihr sicher, dass Uns das wirklich interessiert?“

Anna wurde schlagartig klar, dass die Fürstin womöglich kein Verhältnis zu Geld hatte und ihr egal war, wofür es der Fürst ausgab, solange genug da war.

„Aber Fürstin! Wenn der Fürst erst einmal zum böhmischen König gekrönt wird, werdet ihr nach Prag ziehen! Da ist es doch unnötig, Heidelbergs Mauern zu festigen und das Schloss zu schützen! Wer wird sich noch für Heidelberg interessieren? Euer Zug nach Prag, nach der Wahl Eures Gatten zum böhmischen König, den wird die Welt interessieren!“

Die Fürstin horchte auf. „Seid bedankt, Fräulein.“

Zu Annas Freude rauschte sie auch tatsächlich gleich davon und zu der Gruppe der Männer hinüber, die den Kurfürsten umgaben. Die Männer hoben erstaunt die Köpfe, als die Fürstin ihren Gatten zur Rede stellte. Anna starrte gebannt auf Rowellt-Marten, der sich ganz langsam zu ihr umwandte. Seine Augen schossen Blitze. Und sie wusste: Sie hatte es geschafft. Die Fürstin würde nicht zulassen, dass Friedrich für die Schanze Geld ausgeben würde. Elisabeth wollte sich und ihr Schloss mit Prunk zur Schau stellen – mit einer Schanze konnte man das nicht. Anna jubilierte. Ein leichtes Grinsen entwischte ihren Mundwinkeln und Marten drehte sich wutschnaubend zum Fürsten zurück, um seine hoffnungslose Überzeugungsarbeit wieder aufzunehmen.

Inzwischen hatte sich die Sonne dem Horizont zugeneigt und färbte den Neckar, dort weit unter dem Schloss, blutrot. Die Gruppe war auf die wenigen Adligen zusammengeschrumpft, die das Privileg hatten, die Badegrotten zu benutzen. Sie betraten durch die prachtvollen Bogenstellungen hindurch die in den Fels gesprengten Höhlen.

Staunend blickte Anna auf den mit Muscheln und Korallen besetzten Fels. Ein feuchtwarmer Dampf lag in der Luft und Kondenswasser tropfte von den zierlichen Bildnissen an den Wänden. Eine sanfte Musik empfing die Gesellschaft, pfeifende Töne, wie aus einer anderen Welt. Anna glaubte, noch nie etwas so Eigenartiges gehört zu haben. De Caus deutete auf eine Reihe Figuren, die im flackernden Licht von Fackeln langsame, gleichmäßige Bewegungen ausführten und Anna an Wassernymphen erinnerten.

„Die Figuren werden mit Wasserkraft und Zahnrädern betrieben. Ich habe mir erlaubt, einige der kleinen Quellen im Berg mit ihrem Wasser, das sie herunterschicken, für meine Technik zu nutzen.“ De Caus blickte mit stolz geschwellter Brust in die Runde.

Anna sah sich um, woher diese Musik kam. Es mussten die berühmten Wasserorgeln des de Caus sein, von denen sie schon gehört hatte. Sie funktionierten irgendwie über hydraulisch komprimierte Luft. Sie bedauerte wieder, dass Johannes nicht in der Nähe war – er hätte es ihr sicher erklären können. Anna begab sich mit den anderen Hofdamen und der Fürstin in einen anderen Teil der Grotten, wo schon Diener mit Tüchern bereit standen. Nach dem Spaziergang an dem kühl gewordenen Sommerabend, dampfte es aus dem dunklen Wasser einladend warm.

Doch schon kurz bevor der Schwindel einsetzte, ahnte Anna, dass es gleich soweit sein würde. Sie empfand Bedauern, als sich ihr der Boden einmal mehr unter den Füßen wegzog.

Anna kam zu sich – gelehnt an die Wand des Kellerraumes im physikalischen Institut. Noch als sie mit der ihr nun schon gewohnten Übelkeit kämpfte, kam ihr überraschend schnell zu Bewusstsein, dass sie hier raus musste. Sie sah Marten, wie er sich nach ihr umblickte, hasserfüllt. Nur einen Augenblick verspürte sie wieder diese Gelähmtheit. Dann riss sie sich zusammen und wankte auf die Tür zu.

Dort endlich wieder im Besitz ihrer ganzen Kräfte, stürzte sie aus dem Raum und rannte. Sie wusste nicht, ob er ihr folgte, sah sich nicht um. Es war wie in einem Traum, in dem man nicht vorwärts kam, viel zu lang kam ihr der Gang vor, der durch den Keller führte. Und dann endlich sah sie das Treppenhaus. Als sie nach draußen stürzte, fühlte sie sich seltsam befreit.

Doch sie wusste, wenn er es wollte, würde er sie später finden.

Anna traute sich nicht, nach Hause zu fahren. Wenn, dann würde er sie dort zuerst suchen. Statt in die Stadt hinunter, schob sie ihr Rad den Philosophenweg weiter hinauf, bis sie hoch über Stadt und Fluss war. Sie lehnte sich keuchend gegen einen der Zäune und sah auf das breite braune Band des aufgewühlten Neckars hinunter. Fast wie ein Spielzeugbaustein wölbte sich die alte Brücke über den Fluss und das Schloss auf dem Berg gegenüber wirkte von hier klein und zerbrechlich. Nichts von dem Majestätischen war geblieben, das sie früher immer in der Ruine gesehen hatte. Vielleicht, weil sie die wirkliche Pracht, die vergangene Pracht, gesehen hatte.

Anna blickte wieder auf die Stadt hinunter und der Anflug von Unbeschwertheit verließ sie viel zu schnell: Marten würde sie suchen. Und er würde nicht aufgeben, an seinem Lebenswerk zu forschen. Würde denn immer alles so weitergehen?

Sie wandte sich dem Schlangenweg zu, der zur alten Brücke hinunterführte, und begann langsam den Abstieg.

Aus: *Novembertag im Frühling*, romantischer Heidelberg-Roman von Sonja Baum, Karin Fischer Verlag, Aachen, ISBN 3-89514-401-0. Abdruck mit freundlicher Genehmigung der Karin Fischer Verlag GmbH, Aachen.

Sonja Baum, geboren 1979, freie Autorin und Wissenschaftsjournalistin, hat fünf Jahre, von 1998 bis 2003, in Heidelberg Molekularbiologie studiert und während dieser Zeit ihren ersten Roman verfasst: den Heidelberg-Roman Novembertag im Frühling, *Karin Fischer Verlag, ihr zweiter Roman erscheint in Kürze, www.sonja-baum.de.*

ANNE CAMP

Herbstglück

Professor Röder kam aus seiner Vorlesung, blieb unschlüssig auf dem Universitätsplatz stehen und schaute auf seine Uhr. Er hatte das Zeitgefühl verloren, seit seine Frau Anne und seine Tochter Maria, die vor einer Karriere als Opernsängerin stand, durch einen tragischen Unfall ums Leben gekommen waren. Beim Gedanken an das Unglück, das jetzt drei Jahre zurücklag, überfiel ihn eine Trostlosigkeit, die an Verzweiflung grenzte, vor allem, wenn er an seinen Geburtstag am 28. Oktober dachte. Seine Frau Anne, eine bekannte Malerin, wusste Feste zu gestalten. Sie hatte immer viele Gäste eingeladen und es herrschte ein fröhliches Treiben. Aber in diesem Jahr würde er wieder ganz allein in seinen einsamen Räumen sitzen. Ein trüber, freudloser Tag für ihn.

Die Ankunft eines Busses brachte ihn wieder in die Wirklichkeit zurück. Er sah eine junge Dame mit einem unförmigen Paket aussteigen. Sofort eilte er ihr zu Hilfe. Zusammen brachten sie das Bild in eine Galerie – für eine Ausstellung. Voller Bewunderung betrachtete er das Gemälde: die Tiefburg in Handschuhsheim. Röder begleitete das Mädchen noch ein Stück ihres Weges und ein lebhaftes Gespräch begann.

„Nein", sagte die junge Dame, „Malerin bin ich nicht. Ich arbeite als Übersetzerin in Heidelberg. Aber von der Malerei träume ich noch immer. Leider vergebens. Ich habe ja keine künstlerische Ausbildung."

Etwas schüchtern wagte Röder den Vorschlag zu machen, sich noch einmal zu treffen, um weiter zu diskutieren. Sie war einverstanden. Er könne sie anrufen. Dann tauschten sie ihre Visitenkarten und gingen auseinander. Diesmal näherte sich Röder nicht mehr so verzagt seiner Wohnung. Er betrachtete ihr Kärtchen. Annemarie Kampen hieß sie. Er wartete nur ein paar Tage, rief sie an und lud sie zu Bachs *h-Moll-Messe* ein. Als sie die Peterskirche verließen, schien Annemarie wie verzaubert. Sie war über alle Maßen glücklich. Und ihr Glück übertrug sich auf Röder. Sie war allem Schönen aufgeschlossen. Eine Woche später führte Röder sie in eine Galerie. Dazu hatte er sonst nie Zeit gefunden. Beide betrachteten eingehend Zeichnungen und Gemälde. Selbst der gelehrte Herr Professor konnte noch viel von ihr lernen. Er wollte nicht zurückstehen, ging mit ihr in das Seitenschiff der Peterskirche und zeigte ihr die Grabplatte der Olympia Fulvia Morata, die ihr unbekannt gewesen war. Aufmerksam lauschte sie seinen Worten.

„Goethe schätzte die gebildete Italienerin, die Psalmen übersetzte, Briefe an die bedeutendsten Gelehrten ihrer Zeit schrieb und, nicht einmal dreißigjährig, im Jahr 1555 zu Heidelberg verstarb."

Annemarie war erstaunt, dass neben Liselotte von der Pfalz eine weitere Briefschreiberin in Heidelberg gewirkt hatte. Röder lebte auf und vergaß allmählich seinen Kummer. Auch der in sich gekehrte Blick verschwand aus seinen Augen. Sie trafen sich noch öfter. Allerdings konnte er Gedanken, die sich ihm aufdrängten, nicht von sich weisen. An eine Trennung wollte er nicht denken. Konnte er dieses zarte, fast kindliche Wesen für immer an sich binden? Den Altersunterschied konnte man nicht wegretuschieren.

Am Tag vor seinem Geburtstag lud er Annemarie zu einem Spaziergang aufs Schloss ein. Sie flanierten durch den Schlossgarten. Es war schon am Eindunkeln. Lampen strahlten Bernsteinlicht aus. Ein wunderbarer Zauber lag über Heidelberg. Die Stadt der Sehnsucht, der unerfüllten Liebe. Plötzlich standen sie vor der Goethebank. An diesem Steintisch saß der alternde Olympier einst mit der jungen Marianne von Willemer. Sie wurde das Vorbild der Suleika im *West-östlichen Divan,* zu dem sie einige Gedichte beitrug. Die beiden teilten eine unerfüllte Liebe.

Röder musste an sein eigenes Schicksal denken. Marianne, Anne, Maria, Annemarie. Namen schwirrten durch seinen Kopf. Namen, die er nicht ordnen konnte, so wenig wie seine Gefühle. Als Annemarie seine Einladung annahm, seinen Geburtstag gemeinsam zu verbringen, lag ein heiteres Lächeln auf seinem Gesicht.

Anne Camp, geboren 1925, Dozentin für Italienisch, lebt in Dossenheim, zahlreiche Theaterstücke, Kurzgeschichten, Erzählungen, Romane, Kinderbücher und Gedichte, u. a.: Das Katzendecamerone, Salieri, der Mörder Mozarts?, Worte wie Träume im Wind, Die ganze Welt ist eine Bühne, Die Bretter, die die Welt bedeuten, Der Gang von Canossa, Die kleine Prinzessin vom blauen Stern, Das Mädchen Pinocchia, Zwei Berühmtheiten auf den Kopf gestellt, Donna Quijote und der Herr von Stein*; Auszeichnungen, u. a.: Literarischer Förderpreis für* Schmierentheater und andere Stücke*, 1987, erster Preis beim Autoren-Oscar für* Nächtliche Gewitterwolken über Würzburg, *1995, Diploma di merito speciale bei il concorso internationale di poesia (Internationaler Lyrikwettbewerb in Beveneto) für das Gedicht* Faust im 20. Jahrhundert, *1995, Auszeichnungen bei il concorso internationale di poesia für die Gedichte* Die Macht des Schicksals *und* Hommage an die Callas, *1997, Lyrikpreis beim V. concorso internationale di poesia Arturo Iannace für das Gedicht* Herbst, *1999, Auszeichnung für das Gedicht* Paradies *bei der Paradies-Ausstellung in Heidelberg, 1999.*

HANS DÖLZER

Kennen Sie Heimweh?

Machen Sie sich gefasst auf eine unflätige Beschimpfung aller Heimatverbundenen. Sollten Sie das *Badenerlied* auswendig singen und den *Student Prince* auswendig spielen können, sollten Sie nachts um drei sämtliche Uni-Rektoren sowie die Jahreszahlen der Schlosszerstörungen parat haben – dann hören Sie jetzt weg und stattdessen SWR 4.

Ich weiß: Der Badener und speziell der Heidelberger ist schnell und gründlich beleidigt, scheint also korsische Vorfahren zu besitzen. Womit sich ja auch verschiedene hiesige Begriffe erklären: Trottwaar, Schesslong und Fisimatenten. – Alla.

Kennen Sie Heimweh? Ich nicht. Ich komme aus Kassel. Das ist die Stadt, in der nicht etwa die Rippchen erfunden wurden, sondern die Parkscheibe. Kassel hat zwei furchtbare Katastrophen erlebt: Die intensive Bombardierung während des Zweiten Weltkriegs und Oberbürgermeister Hans Eichel. Hätten *Sie* Heimweh nach Hans Eichel? – Na, sehen Sie!

Aber ich habe Sie angelogen. Ich komme gar nicht aus Kassel. Sondern aus in der Nähe. Aus Waldeck. Das ist viel schlimmer.

Es gibt ja noch so viel Unerforschtes auf unserer Erde. Zum Beispiel die westliche Antarktis. Das Innere des Nanga Parbat. Oder Waldeck. Da, wo das Sauerland selbst für Westfalen zu sauer wurde, zog man eine Grenze und sich selbst nach NRW zurück. Dahinter, im unbekannten Osten, liegt Waldeck. Der Status eines Fürstentums ist ihm zwar vor Jahrzehnten abhanden gekommen, was die Eingeborenen aber nicht daran hindert, ihn per Autoaufkleber zurückzufordern. Nicht ohne Grund: In Waldecks heimlicher Hauptstadt Arolsen residiert noch heute der Fürst zu Waldeck und Pyrmont. Sein Vater Josias war mal ein hohes SS-Tier in Buchenwald. Weshalb ihn die Waldecker noch immer verehren – ein Buchenwaldecker sozusagen.

Die Lokalpolitik ist recht naturverbunden: saftig grün wie die dortigen Weiden. Und wie bei diesen, wenn man ein wenig kratzt, kommt der braune Grund raus. Waldeck gehört mittlerweile zu Hessen, aber selbst die Kasselaner wollen nichts damit zu tun haben. Kurz: Ich kenne kein Heimweh.

Sobald ich das euphemistisch als Schule bezeichnete Straflager in der Kreisstadt Korbach verlassen durfte, floh ich in den Süden, nach Heidelberg. Hier kann ich relativ gefahrlos die Wahrheit über Waldeck aussprechen, denn vor Selbstmordattentaten fanatischer Waldecker, die sich einen Gürtel aus Mistgabeln umschnallen, bin ich durch drei Umstände geschützt. Zum einen ist die Rhein-Neckar-Region für sie intergalaktisch weit entfernt, gilt doch schon Marburg als Vorort Kapstadts. Und den Edersee hält jeder Waldecker ohnehin fürs Mittelmeer. Zum zweiten lebe ich hier südlich von Frankfurt. Und der Äppelwoi-Limes ist für die Nordwesthessen selbst mit Luft- und Leberanhalten nicht überwindbar. Der Bembel und sein Inhalt stehen zwar zu

Recht auf der Liste der geächteten chemischen Kampfstoffe, aber in diesem Fall ist er mein Schutz und Schild. Zum dritten habe ich durch nachhaltige Heirat meinen Namen ändern können, so dass anonyme Anrufe in unverständlichem Feudaldialekt nur meinen unglücklichen Mädchennamensvetter erreichen, der in Weinheim ein bekannter Sportfunktionär ist. Und vom Sport habe ich mich bereits vor 51 Jahren zurückgezogen.

Ich wollte aber von Heimweh schreiben. Zu ungefährlichen Zeiten, etwa wenn 120 Prozent der Waldecker auf dem dortigen traditionellen Viehmarkt versammelt sind – entweder als Besucher oder als Exponat –, traue ich mich inkognito ins Nordhessische. Nun besteht die Vielfalt der Waldecker Speisekarte aus Salzkartoffeln in Molto-Fill-Tunke, die Vielfalt der dortigen Musikalität aus Schützenvereinsblechblasdissonanzen im Kanon mit 24-stündigem Kirchenglockenradau. So kommt mich denn doch eine Ahnung von Heimweh nach dem Süden an. Ich bin hier allerdings nicht geboren und nenne es deshalb Sekundärheimweh.

Dagegen gibt es aber ein Rezept. Mein Sekundärheimweh lässt sich nämlich ziemlich gründlich dämpfen, indem ich an bestimmte hiesige Gourmetfreuden denke. In krassem Gegensatz zum kulinarischen Dauerklimax, dem man in Baden ausgesetzt ist, wirken manche traditionellen Rezepte auf das Sekundärheimweh wie Mutter Teresa auf die Libido Seppl Ratzingers.

Der eingeborene Heidelberger besorgt sich beispielsweise drei Liter Batteriesäure und garniert sie mit einem grünen Blatt in Fingernagelgröße. Das Ganze nennt er dann Feldsalat.

Während des Bauernkriegs ließen die badischen Haufen in einem unbewachten Augenblick eine Geheimwaffe der Konterrevolution über die schwäbisch-badische Grenze. Jene sorgte dann in kürzester Zeit für die bekannte grausame Niederlage in Blut- und Magenkrämpfen: Linsen mit Spätzle, hin und wieder versetzt mit wurstidentischen Aromastücken.

England, das wissen wir, ist zwar das Land der grotesken Selbstvergiftung, doch selbst dort würde man mit einer Substanz eher Schlaglöcher füllen, die der gemeine Badener als Mittagessen bezeichnet: Apfelkuchen mit Kartoffelsuppe, gerne durch heftigen Transport zu einer bröckchenhaltigen Masse ge-shaked, mit der auswärtige Ahnungslose ihre Gartenmauer vermörteln würden, wenn sie nicht so stänke.

Nehmen Sie nun – aber damit will ich es wirklich bewenden lassen – einen dreiviertel Liter eitrige Flüssigkeit, versenken ein paar gebrauchte Spülschwämme darin und fügen schließlich vier Pfund Zucker hinzu sowie eine Handvoll roter Silikonklumpen. Den entstehenden Problemmüll nennt der Badener Kirschenmichel und schlingt ihn unter Wonnegrunzen in seinen offenbar teflonbeschichteten Magen.

Nein, Schluss jetzt damit! Ich lästere gerne, nehmen Sie mir's nicht übler als anderen. Die Wahrheit ist: Als ich 1974 in den Süden kam, öffnete sich mir ein Schlaraffenland fusioniert mit dem Paradies. Bedenken Sie, ich kam aus Nordhessen!

Ich erfuhr, dass man Wein differenzierter unterscheiden kann als in rot und weiß, dass es außer Salzkartoffeln noch andere Lebensmittel gibt, dass man nicht jedes Brot mit der Kettensäge schneiden muss, dass Bier ein Gattungsbegriff mit vielen Unterarten ist und nicht eine schale schaumlose Flüssigkeit, die ich bis dato für den Mittelstrahl hielt.

Hier im Süden kann es vorkommen, dass die Sonne jährlich länger scheint als eine halbe Stunde. Hier kann ich mich im Biergarten zu einem völlig fremden Menschen an den Tisch setzen, woraufhin derjenige mich weder anschweigt noch anrülpst noch schlägt, sondern freundlich fragt: Wiie donn?

Hier in Baden gab es einen Joß Fritz, einen Friedrich Hecker, eine Bertha Benz, eine südbadische SPD, die auf die Barackenbefehle pfiff, hier gab es Bauern aus Whyl und kommunistische Stadträte. Trotz aller Provinzialität wissen die Heidelberger, dass sie intelligente Promenadenmischungen sind, multikulti seit Tausenden von Jahren, gemixt aus Kelten, Goten, Römern, Hunnen, Alemannen, Franken, Falen und Geheimschweizern. Man soll sogar mal einen Schwaben über die Grenze gelassen haben.

Und vor allem leben hier Menschen, die die laotseanischen Worte beherrschen: Haldemol! Longsom!

Hans Dölzer, 1955 geboren, Journalist, Reifenmonteur, Grafiker, Dozent, Buchbinder, Fahrlehrer, aufgewachsen in der nordhessischen Provinz, 1974 Flucht nach Heidelberg, journalistische Arbeiten, Bücher und Buchübersetzungen meist rund um Motorräder.

BIRGIT ERWIN

Pubquiz

Nach zehn Jahren betrat sie das O'Reilley's wieder. Sie blickte sich um wie jemand, der sich auskennt, ehe sie an dem langen viereckigen Tisch an der Wand Platz nahm. Als die Bedienung an ihren Tisch trat, sah sie sie lange an. Sie lächelte. Es war wieder ein Montag.

„Was möchten sie trinken?"

„Bringen Sie mir doch bitte ein Wasser, einen Kaffee, eine Cola ohne Eis, ein Kilkenny und drei Cider, alles groß", sagte die Frau.

Die Bedienung war noch jung und neu im Geschäft. Sie war sich nicht ganz sicher, ob die elegante Frau Anfang vierzig sich über sie lustig machte. Sie reagierte trotzig.

„Wenn Sie meinen..."

„Oh, eine Frage habe ich noch."

„Ja?"

„Pubquiz findet hier nicht mehr statt?"

„Pubquiz?" Das Mädchen runzelte die Stirn. „Was soll denn das sein? Das hat's hier nie gegeben."

An der Theke führte sie eine leise hitzige Diskussion mit ihrer Kollegin.

„Was ist denn das für eine? Hast du gehört, was die bestellt hat?"

„Da kommen sicher noch andere."

„Trotzdem: So'n weiblicher Schlipsträger. Die passt doch einfach nicht hierher. Und wie bitte kommt sie drauf, dass wir hier Pubquiz veranstalten."

„Was macht sie denn jetzt?"

Die Frau hatte ein Blatt Papier aus ihrer eleganten Lederhandtasche gezogen und begann mit Bleistift und Lineal zu hantieren. Dann zog sie ein Kartenspiel aus der Tasche. Ihr Nagellack schimmerte edel, während sie sorgfältig die Karten mischte. Sie war so vertieft, dass sie nicht bemerkte, wie die blonde Bedienung mit dem beladenen Tablett neben sie trat. Das Mädchen warf einen neugierigen Blick auf das Blatt. Im oberen Drittel stand: Name 42.

Die Frau teilte die Karten aus.

„Wo soll ich die Sachen abstellen?", fragte die Bedienung und bemühte sich, neutral zu klingen.

Die Frau hob den Kopf. „Einen Cider bekomme ich. Den Rest verteilen sie doch bitte einfach auf die leeren Plätze. Vielen Dank."

Sie nahm ihre Karten auf und begann zu sortieren. Inzwischen begann die Kneipe sich zu füllen. Es war jetzt kurz vor neun. Ein junger Mann trat an ihren Tisch.

„Ist hier noch frei?", fragte er und zeigte auf die leeren Stühle.

Die Frau schob die Karten zusammen und legte sie neben ihr volles Glas.

„Nein. Ich erwarte meine Freunde. Aber sie werden nicht kommen." Sie lächelte. Der Mann zog die Augenbrauen in die Höhe.

„Aber... darf ich?" Er legte die Hand auf den Stuhl und grinste charmant. „Bis Ihre Freunde... nicht kommen?"

„Warum nicht."

„Danke."

„Prost." Sie hob ihr Glas und stieß mit den anderen an. Fünfmal klickte Glas leise gegen Glas.

Sie nippte schweigend. Goldene Tropfen verklebten den Flaum über ihrer Oberlippe.

„Ich habe Sie beobachtet", sagte der Mann. „Ich habe mich gefragt, was Sie hier machen."

„Ich versuche eine Antwort zu finden."

Der junge Mann sah sie fragend an. „Eine Antwort?"

„Kennen Sie Douglas Adams?", fragte die Frau.

„Schon, aber..."

Sie tippte mit ihrem lackierten Fingernagel auf die 42.

„Das ist laut Douglas Adams die Antwort auf alle Fragen: 42. So haben wir uns genannt. Als hier noch regelmäßig Pubquiz stattfand. Wir waren jeden Montag hier, meine Freunde und ich. Ich hab damals noch studiert."

„Verstehe ich Sie richtig? Sie waren ein Pubquizteam?"

Die Frau nickte langsam. „Das auch."

„Und wann war das? Ich bin selber recht häufig hier, aber ich habe nie..."

Sie lächelte wieder. Ihr Blick glitt Zentimeter für Zentimeter über das dunkle Holz der Einrichtung und die Teelichter, die in milchigen Gläsern schwammen.

„Das war vor zehn Jahren."

„Ach."

„Sehen Sie, wir glaubten wirklich, die Antwort zu kennen."

„Und die Antwort war 42?"

„42, ja. Wir waren Freunde."

Die Kerze warf ihren warmen Schein über das Gesicht der Frau. Der Mann war stolz darauf, die Frauen zu kennen. Er wusste, sie sah älter aus – bei Tageslicht. Doch in diesem Augenblick war ihr Gesicht weich und jung.

„Vor zehn Jahren saßen wir das letzte Mal alle zusammen an diesem Tisch", sagte sie leise. „Wir haben wirklich versucht, Kontakt zu halten."

„Was ist passiert?"

Sie zuckte die Achseln. „Was eben so passiert. Das Leben, denke ich." Sie nahm die Karten auf. „Ein gutes Blatt. Es ist leicht, die Trümpfe in der Hand zu haben. Sie richtig auszuspielen – das ist das Kunststück."

Er fühlte, wie ihm die Situation entglitt. Er wollte aufstehen, einfach ein Bier trinken und Spaß haben. Und er wollte bleiben und verstehen. In dem Gesicht der Frau fand er keine Antworten. Die vollen Gläser blickten ihn an mit den Augen der Freunde, die nicht gekommen waren. Er fühlte sich plötzlich wie in einem traurigen Dinner for One. Einem, das noch nicht gelernt hat, über den Abschied zu lachen.

Er streckte die Hand aus und berührte die Karten, die umgedreht auf dem Tisch lagen. Für die Dauer eines Herzschlags wünschte er nichts sehnlicher, als ihr Geheimnis zu ergründen.

„Warum werden Ihre Freunde nicht kommen?", fragte er über den Kneipenlärm hinweg.

Sie blickte ihn lange an.

„42", flüsterte sie.

Er kannte Douglas Adams.

Er verstand, dass er die falsche Frage gestellt hatte.

Birgit Erwin, geboren 1974, Lehrerin für Deutsch und Englisch, lebte und studierte von 1994 bis 2004 in Heidelberg; sie hat zwei phantastische Romane veröffentlicht: Lichtscheu *und* Neun Leben.

HANS FEDER

Frieda Eber feiert Geburtstag

Heidelberg, 1. November 2100. Von der Politik kann Altbürgermeisterin Frieda Eber auch im hohen Alter nicht die Finger lassen. Die Jubilarin, die in diesem Jahr ihren 150. Geburtstag in erstaunlicher Frische feiert, zog vor 15 Jahren, als sie nach fünfjähriger Amtszeit aus dem Heidelberger Rathaus ausschied, in ein selbstverwaltetes Altenzentrum im Heidelberger Stadtteil Gaiberg und hat dort seit einiger

Zeit den Vorstandsposten im Verwaltungsbeirat dieser Seniorenwohngemeinschaft übernommen. Nun sitzt sie wieder über Budgets oder studiert Vorlagen für die Vollversammlung wie seinerzeit, als sie im Alter von 130 Jahren das Ehrenamt der Heidelberger Oberbürgermeisterin übernahm. Das hält sie jung und fit. Bei ihrer Geburt kurz nach dem vorletzten Weltkrieg war es ihr nicht an die Wiege geschrieben so alt werden zu dürfen oder gar ehrenamtliches Stadtoberhaupt zu werden. Die um den Jahrtausendwechsel bahnbrechenden Erfolge der Genforschung machten das eine möglich. Gesellschaftliche Veränderungen stellten Erwerbsarbeit und Ehrenamt gleichwertig nebeneinander und ermöglichten das andere. Die Weichen für Frieda Ebers politische Karriere waren gestellt.

Bei so runden Geburtstagen verzichtet die *Rhein-Neckar-Netzzeitung* auf den inzwischen üblichen, aber unpersönlichen Internetkontakt und stattet dem Geburtstagskind einen persönlichen Besuch ab. Seit den siebziger Jahren des neuen Jahrtausends ist Gaiberg von der U-Bahnlinie vom Stadtzentrum Heidelberg nach Sinsheim mit der Vertikalbahn ab dem Knotenpunkt Gaiberg-Tal mühelos zu erreichen. Über diesen Live-Besuch freut sich die Jubilarin sehr.

Zwar leide sie keineswegs an Kontaktmangel, schließlich könne sie in Net-Meetings und Chatrooms Kontakte rund um die Uhr und rund um den Erdball pflegen. Traurig stimme sie aber, dass sie ihre Ururenkel noch nie habe anfassen können und nur via Bildschirm kenne. Aber sie wolle jetzt nicht klagen und auf gar keinen Fall fortschrittsfeindlich erscheinen. Angesicht der neuen Verkehrssysteme kam sie ins Schwärmen, war es doch noch Mitte des Jahrhunderts beinahe unmöglich, in das damals noch selbstständige Gaiberg zu gelangen. Individualverkehr war zwar damals schon längst nicht mehr das Zauberwort. Und die Autos, die um den Jahrtausendwechsel noch als feuer- und giftgasspuckende Monster Menschen und Gebäude erschütterten, waren längst in jeder Hinsicht emissionsfrei. Dennoch war es vor ein paar Jahrzehnten noch fast eine Halbtagesreise, Gaiberg mit dem eigenen Auto zu erreichen. Staus, Parkplatzmangel, hohe Unfallziffern prägten das Leben. Gerade die damals älteren Menschen wurden allzu oft von den geräuschlosen Autos umgesenst. Verkehrsunfalltod galt damals als die häufigste Todesursache der Menschen in und um Heidelberg. Diese Zeiten seien ja nun gottlob vorbei und Frieda Eber erzählt nicht ohne Stolz von ihrem Engagement in der Umweltbewegung um die Jahrtausendwende.

Gerne vergleicht die lebenserfahrene Dame gestern und heute: „Das waren ja völlig andere Zeiten und doch gibt es wieder Parallelen.

Damals wurde der *Euro* eingeführt, genau 100 Jahre später, also im übernächsten Jahr kommt stattdessen der *World*. Na ja, vergleichen lässt es sich ja eigentlich nicht mehr. Damals hatten die Menschen noch Münzen und Scheine und dann dieses Plastikgeld in Kartenform als Übergang. Unvorstellbar wie man damit klar kam." Bedeutungsvoll betrachtet Frieda Eber den Daumennagel ihrer rechten Hand. Was früher Rechenzentren, Aktenordner oder Festplatten füllte und in dutzendfach mitgeschleppten Plastikkärtchen gespeichert wurde, findet auf der laserbeschreibbaren Fingernagelfläche der betagten Dame Platz. Und wieder schwärmt Frieda Eber: „Gerade im Alter ist das Leben bequemer geworden. Früher musste ich immer bei der Bank Geld holen oder beim Arztbesuch ein Krankenversicherungskärtchen mitnehmen. Meinen Daumen habe ich einfach immer dabei und ich muss mich um nichts kümmern. Und wenn demnächst vom Euro auf den World umgestellt wird, so ändert sich für mich nur eine Verrechnungseinheit, mehr eigentlich nicht. Und doch freue ich mich, dass ich meinen Ururenkeln in Neuseeland dann ihr Weihnachtsgeld in der gleichen Währung schicken kann."

Nein, fortschrittsfeindlich ist sie gewiss nicht. Immer war sie eine Verfechterin neuer Verkehrssysteme. Gegen den Widerstand vieler Zeitgenossen hat sie schon damals für die Abschaffung des Individualverkehrs gekämpft. Krönung ihrer Amtszeit als Heidelberger Oberbürgermeisterin war die Freigabe des Neckarufers als Fußgängerzone kurz vor ihrem Amtsende. Nostalgisch hängen über ihrem Kommunikationscenter in der Wohnzimmerecke zwei Bilder: Neckarufer vorher – Neckarufer nachher. Beinahe unglaublich. Gratulation, Frau Altbürgermeisterin, besonders zum runden Geburtstag, verbunden mit den guten Wünschen auf viele gesunde Jahrzehnte im neuen Jahrhundert.

Hans Feder, geboren 1953, Pädagoge, zwar nicht in Heidelberg geboren, hat er dennoch die ersten Lebensmonate im Pfaffengrund verbracht und kehrte nach seiner Speyerer Schulzeit zum Studium nach Heidelberg zurück, im eigenen Institut für Lern- und Lehrbegleitung in Eppelheim tätig, www.feder-eppelheim.de.

FALK FISCHER

Heidelberg, du Leichte

Es ist Samstagabend und ich sitze in meinem kleinen, etwas armseligen Zimmer in der Heidelberger Weststadt, während draußen auf der Straße noch das Leben flirrt. Das tut es fast immer, allemal zwischen Frühjahr und Herbst – dieser angenehme Fluss von Plaudereien und leichtläufiger Geselligkeit. Ab und an fliegt ein helles Frauenlachen wie ein Wetterleuchten durch die Luft, viel eiliger als das hinterherpolternde Männerlachen. Und indem der Kellner im Restaurant unter meiner Wohnung immer wieder mal mit dem Geschirr klappert, malen sich hier die herrlichen Klänge zusammen, die mich an Urlaub erinnern – eine auf Dauer gestellte Urlaubsatmosphäre. Hier gibt es keine Rush-hour wie in Mannheim oder Frankfurt, wo tausende Menschen, ohne sich anzuschauen, wie verabredet ihre Aktenkoffer durch die Straßen tragen oder in vorprogrammierten Staus vor den Ampeln stehen. Das Pochen der Zeit ist kaum zu hören. Der Takt dieser Stadt ist ein heiteres Andante, durch keine Presto-Rufe der Globalisierungstreiber zu schnellerem Schritt zu bewegen, dabei gewiss nicht schläfrig.

Einen Gutteil trägt sicher der so weit ausladende Neckar bei, der sich mit fast immer gleichem Wasserstand so gemächlich durch die Altstadt aalt und sich an Tagen wie heute in einen dieser betörenden, farbverschwenderischen Sonnenuntergänge ergießt. Strömendes Gold. Überall flanieren oder radeln junge Menschen, als würde die Stadt niemals altern – Studenten und Studentinnen, zum Teil auch noch sündhaft schön. All das zusammen macht die Stadt in besonderer Weise reizvoll, schön wie eine Insel, weitgehend unberührt vom Krieg. Ein Stadtreservat. Man muss diese Stadt mögen, jedenfalls wenn man nicht völlig resistent gegen dieses Wohlfühlklima ist oder als hereinschnuppernder Tourist nicht nur auf dem Weg zum Schloss die inzwischen fast vollständig von Handelsketten und Handygeschäften merkantil eingeödete Hauptstraße abläuft.

Die Stadt macht es einem leicht, hier sein Herz zu verlieren, was ich dann auch standesgemäß und -amtlich getan habe. Sie macht es einem nicht ganz so leicht, gleichzeitig trotzdem noch beherzt zu bleiben – ein Faktum, was man nicht so schnell merkt, was auch kaum stört. Nur manchmal, wenn ich morgens aufgewacht bin und der neue Tag schon wieder seine Arme ausbreitete, hat mich dieser leichte Hauch angeweht, mehr eigentlich nicht wollen zu können. Und gerade das hat mich beunruhigt. Wenn ich in der Vergangenheitsform schreibe, dann heißt dass, dass meine Tage in Heidelberg gezählt sind und ich gerade auf dem Absprung bin, an einen anderen Ort zu ziehen. Die neue Stadt ist bei weitem nicht so schön, nicht so weltoffen, ärmer und trotzdem verspüre ich kaum Abschiedsschmerz. Ich sage Ade wie man einem guten Bekannten Ade sagt, ihm alles Gute wünscht und dann einfach geht.

Das ist meine Geschichte mit Heidelberg. 16 Jahre habe ich hier gewohnt, eigentlich Zeit genug, dass ich an diesem Ort hätte Wurzeln schlagen können, Heimat gewinnen. Aber Heimat ist es mir nie wirklich geworden. Die Stadt hat mir viel gegeben, aber wenig abverlangt, wenig Auseinandersetzung, wahrscheinlich zu wenig, als dass wir uns einander hätten spiegeln können. Denn Auseinandersetzen heißt ja, dass ich mich zunächst einfach nur in der Stadt vorfinde wie in einem großen Organismus und dann – in der Auseinander-Setzung auf der einen Seite der Stadt in ihrem Wesenskern begegne und auf der anderen Seite mir selbst – wie Kraft und Gegenkraft. So bin ich eben. Wenn ich Wurzeln schlagen will, brauche ich diese Gegenkraft. Oder der Wind kann mich verwehen.

Eine Bekannte sagte mir kürzlich, jede Stadt habe einen Engel. Einen Engel! Dabei war noch gar nicht Weihnachten. Sie beharrte. Und der Ernst, mit dem sie das sagte, machte mich nachdenklich. Heute glaube ich, sie hat damit Recht. Wenn ich in eine neue Stadt komme, weht mich sofort eine bestimmte Stimmung an, als schwebe ein ganz bestimmter Geist über ihr. Nicht immer erschließt er sich unmittelbar. Manchmal ist es nur ein kurzer Schwapp, der einfach so vorüberzieht, von dem ich später sagen würde, ich hätt's doch gleich gewusst.

Das Wirken des Engels zeigt sich in der besonderen Tendenz, wie sich in einer Stadt alles zu einem unverwechselbaren Ganzen fügt: die Entscheidungen, die Schicksale, der Rhythmus, das Unausgesprochene, das die nächsten Handlungen vorbereitet. Und das liegt in der Luft. Ich habe mir überlegt, wie dieser Engel konkret vorzustellen sei. Er ist in jedem Fall freundlich, lächelt viel, ist aufgeräumt, aber nicht übertrieben, selbstbewusst, aber nur in dem Maße, wie es gesund ist, agil, jedoch nicht überdreht, menschlich. Und manchmal denke ich mir auch, er ist empörend normal – oberster Kandidat, um zum Schutzpatron der Normalität zu avancieren, ganz unaufdringlich.

Berlin strotzt vor Improvisationslust, mit Ring im Ohr, München geht auf Stelzen, klappt abends die Bürgersteige hoch, Köln lebt sein: et is, wie et is und et kütt, wie et kütt. Ein jedes hat seinen Charme und seine Macke, seine kleine Herausforderung ans Leben, seine Ecken und Reibflächen. Davon ist gewiss keine Stadt verschont, aber bei Heidelberg gehören die Schrullen nicht genetisch dazu. Sie ist weder bieder, nicht progressiv – Mann (oder Frau) ohne Eigenschaften. Eine Wohlfühlstadt, ideal zum Pause machen, zur aktiven Entspannung, zum intelligenten Gespräch, weniger zum Leben als solchem. Und sie altert nicht mit.

Tübingen oder Göttingen sind von ähnlicher Natur. Durch das Guckloch der eigenen Seele betrachtet werden die Menschen „draußen" mit den Jahren immer jünger, während man selber doch immer der gleiche bleibt. In den meisten anderen Städten altert wenigstens der Freundes- und Bekanntenkreis solidarisch mit. In Heidelberg wechselt er leichter. So leicht, wie eine Freundschaft errungen ist, so leicht wechselt sie auch oder verfliegt wie ein schönes Parfum, wenn die Bekannten den Ort wechseln. Wer an der Universität arbeitet und dort Karriere machen möchte, muss irgendwann ins Ausland gehen. Eine hohe Wechselfrequenz ist damit sichergestellt. Die Weltoffenheit auch. Und manchmal wünschte ich mir doch, mehr Sorgen oder Widernisse teilen zu können. Oder wenigstens mitzuteilen und daran zu wachsen, auch in der Freundschaft. Heidelberg – Du Leichte.

Ich weiß nicht, wie oft ich an die Neckarwiese gefahren bin. Es genügt, eine Decke mitzunehmen und ein Buch, vielleicht ein bisschen Sonnenmilch und etwas zu trinken und schon ist das Rüstzeug für einen wunderschönen Tag beieinander, ohne sich einsam fühlen zu müssen. Das Kulturangebot platzt ja beileibe nicht aus allen Nähten, dass es einen täglich in Defizitstimmung versetzen würde wie vielleicht in München. Und Heidelberg pulsiert auch nicht so heftig, dass es sich nur in Gesellschaft aushalten ließe, mit Freunden. Die Gedanken können die Hügel hoch und runter klettern, beim Schloss verweilen oder einen kleinen philosophischen Ausflug machen, was mit Freunden freilich noch leichter geht. Belangloses, Akademisches. Ob etwas gesagt oder gedacht ist, ist nicht so wichtig. Nichts Dringliches.

Wenn ich von Heidelberg den Eindruck habe, zu wenig mit dem Leben in Berührung gekommen zu sein, dann fühle ich mich ein bisschen wie der abgebrühte Durchstarter, der nach einer etwas zu langen Universitätskarriere in die Wirtschaft gegangen ist und über sein Universitätsleben nun spricht wie über eine wohlbehütete Kuschelnische. Zählt nicht, sagt er. Unverschämt.

Unmerklich verrinnt die Zeit. Ich sollte mehr arbeiten. Das habe ich mir schon oft gesagt. Aber dann brauche ich nur aus dem Fenster zu schauen oder den Geräuschen zu lauschen und schon ist es so, als habe sich der Engel genau gegenüber auf dem Dachstuhl des Jugendstilhauses niedergelassen, mir zugezwinkert und gesagt: „Na, willst nicht mal Pause machen?" Dann lächelt er sein charmantes, unaufdringliches Lächeln. Ich schüttle den Kopf: Nein. Jetzt wirklich nicht! Völlig unmöglich! Höchstens ganz kurz. Aber wirklich nur kurz.

„Du lebst hier als freier Mensch und kannst tun, was Du willst", entgegnet er.

„Ja", sage ich, jeden Tag muss ich tun was ich will. Findest Du das fair?" Aber da ist er schon wieder weg.

Ich denke an meine neue Wohnstadt, wie es dort wohl werden wird. Wie viel rauer sie ist, weniger lieblich, weniger einlandend, einfacher. Vorfreude? Eher nicht. Aber es muss weiter gehen. Vor allem suche ich Boden unter den Füßen, der trägt, der auch eine Liebe zum Ort tragen kann, die nicht ganz so harmlos ist.

Ich werde Heidelberg oft besuchen, das weiß ich. Mich immer neu vom Engel begrüßen lassen und seinem Lächeln, das jedes Mal fragen wird: Darf es auch ein Tag mehr sein? Es wäre zu romantisch zu behaupten, ich würde verneinen – und trotzdem bleiben. So romantisch ist Heidelberg nicht mehr, nicht mit seinen Kaufhausketten von der Stange, den einzelnen Glaspalästen, dem Laisser-faire. Manchmal werde ich wohl wirklich länger bleiben, manchmal nicht. Ganz normal. Das dürfte dem Engel am besten gefallen.

Falk Fischer, geboren 1960, Physiker, Wissenschaftsjournalist, Hörfunk-Autor, Tonfeldtherapeut (hat nichts mit Tönen, sondern mit Tonerde zu tun), Judoka (Nationalmannschaft), lebte von 1990 bis 2006 in Heidelberg, wo er in theoretischer Chemie promovierte.

WOLFGANG GAST

Philosophischer Saumpfad

Was hat es mit dem Philosophenweg auf sich, jener holprigen Promenade zwischen Gärten und Waldrand, in mittlerer Höhe den Neckar entlang, mit Aussicht auf Stadt und Schloss? Drei Texte der Annäherung an diesen Ort sind hier abgedruckt. Der erste ist ein fiktiver Brief aus dem Vormärz; die beiden anderen betreffen die Gegenwart. Geschrieben wurden alle drei Mitte der 1990er Jahre.

Aus der schriftlichen Beichte des Malers Anselm, Heidelberg, Jahreswende 1847/48

Ein Fluss tritt aus einem engen Tal. Hinaus in lichte, endlos erscheinende Weite. In der Enge, auf schmalem Talgrund, liegt die Stadt. Gewesene Residenz. Arm an Altertümern. Schlicht und planlos wieder aufgebaut nach der Verwüstung. Der Fluss durchzieht die Stadt nicht, er berührt sie nur. Schnürt sie ein, wie ein Leibriemen. Das Ufer gegenüber reicht für eine Landstraße. Dann steigen die Hügel steil an. Einige hübsche Landhäuser nisten darin. Über ihnen, in mittlerer Höhe, ein Weg in Flussrichtung. Mit kühnem Namen: Philosophenweg. Nicht, dass die Weisheitsjünger dort hausen würden. Der Weg ist philosophisch an sich. Deinem Geist offeriert er jede Ansicht und Richtung. Taleinwärts ins Mystische. Der Tiefe und grünen Düsternis einer Schlucht entgegen. Die sich später, zwei Stunden hinter der Stadt, zu bukolischer Idylle öffnen wird. Oder mit dem Fluss hinaus ins Weite. In die schmerzhaft lockende Ferne. Ein Meer flirrenden Lichtes. An den klarsten Tagen Prospekt einer ganzen Welt. Nahe Dörfer und ferne Städte. Gärten, Felder und Wiesen, von Alleen durchzogen. Die Geometrie der Verlockung. Im fernsten Westen der Halbkreis blauen Gebirges. Dahinter die Sonne untergeht und alle Sehnsucht mit sich fortzieht. Mein Abt, mir droht hierorts noch Dichterschaft. Die Feder schwinge ich bald treffender als den Pinsel. Um die Vielfalt des beschriebenen Weges zu ermessen, gehe ihn ohne Begleitung. Kein Gespräch soll Deinen Sinn gefangen nehmen. Und keine Leibesnähe Dein Gefühl. Dem Schmerz der Erfahrung des Schönen gib Dich hin. Ein archimedischer Punkt ist hier. Welten zur Auswahl. Drunten die beschränkte Siedlung. Ein Nest der Wissenschaften. Der rechte Laufstall für dogmatische Übungen. Das Gegänge der Würmer im Holzblock. In geringer Höhe über der Stadt das altrote Schloss. Breit über einen Hügelbogen gezogen. Vollkommene Ruine. Dem Dogmatiker vor Augen gestellt: Siehe, Dein Ziel. In seine Buchnisse versenkt, nimmt er den roten Überbau gar nicht wahr. Ich habe mir die andere Seite gewählt. Die lockende Weite draußen. Das Unfassliche, das den Künstler peinigt. Künstler ist, wer sich diesen Qualen verschrieben hat. An wie vielen Tagen stehe und hocke ich dort oben. Liefere mich der Ansicht unserer schönen Welt aus. Kämpfe gegen das Ungenügen meiner Mittel. Die mir das Geschaute einfangen sollen. Es binden und bannen. Mir fehlt zur Weisheit, dass ich die Dinge sich selbst überlasse. Ihren Anblick schenken sie mir – dies sollte genug sein.

Eine Waldnacht, August, in unseren Tagen

Gestern Abend bin ich bergauf gestiegen. Zum Philosophenweg. Und weiter auf dem Weg zur Thingstätte. (Faschistische Restlandschaft. Arena für rabiate Güter der Nazion.) Bergab flammt Rockmusik. Auch eine Art Waldbrand. (Die Brutalität der Jetztzeit, auf Tonleitern gebracht. Musik, die nichts beschönigt. Sondern krass unterstreicht. Noch ein Beitrag zur Verwüstung der Welt.) Zurück also. Die kleine Hölderlinanlage menschenleer. Randzone zwischen Wald und Gärten. Mit Bänken. Der Stadtlärm fern. Noch ferner die Gewitterzeichen. Auf einer Bank bin ich eingeschlafen. (Luxusmensch: weiche Decke unter dem Corpus.) Das Gewitter weckt mich. Mitten in der Nacht. Umstellt von Blitzen. Kein Regen. Ich liege still. Mir gelingt keine erhabene(re) Empfindung. Nur daliegen. Naturwidrig furchtlos. Ganz Homo sapiens. Ich & der Kosmos. Dieser vertreten durch irritierte Energiefelder. Was haben wir miteinander zu tun? In der Frühe heftiger Regen. Durchnässt hinab in die Stadt. Café Journal: Grog im August.

Kulisse für ein Gespräch mit R., Herbstnachmittag

Unter freiem Himmel. Refugium für ein Gespräch zum Nulltarif. Der Philosophenweg. Laufrichtung: go west (sonnentodwärts). Das Rheintal von gnädigem Dunst verhangen. So lässt sich vergessen, was er zudeckt. Die Alleen der Strommasten. Lockpfade der Autobahnen. Horizont aus Fabrikpylonen. Türmepaar des Kernkraftwerks. Männerwelt. Arkadien, geschändet.

*Wolfgang Gast, geboren 1940, lebt seit 1968 in Heidelberg, Jurist, Schriftsteller, Publizist, Kabarettist (*Sinnstoff. Das Kabarett mit philosophischer Schlagseite*); Werkauswahl:* Juristische Rhetorik. *Lehrbuch, vierte Auflage 2006;* Erstes Hologramm. 1003 Bagatellen, *1992; Tommaso Da Ponte (Pseudonym):* Recht hat keiner. *Aphorismen, 1994;* Auch Arkadien. Ein Jahrestageroman, *1999; als Koautor zusammen mit Ursula Gast:* paarweise, *2001;* Glücklich sein mit Sisyphus, *2004.*

LUDWIG C. HEYER

Ostermarkt

Sie schauen. Es ist gut, dass sie schauen, denn davon lebe ich. Hauptsächlich schauen sie auf die Waren, die vor mir auf dem Tisch ausgebreitet sind. Ab und an schauen sie auch mich an, direkt, aber das kommt seltener vor. Anfangs verwunderte mich dies, inzwischen habe ich fast Verständnis dafür entwickelt. Nicht jeder Kunde schaut den Verkäufer gerne direkt an. Das könnte in heutigen Zeiten zum Kauf verpflichten und offensichtlich wird auch an Blicken gespart.

Es ist Ostermarkt im Kopfklinikum von Heidelberg. Eine handvoll Stände reiht sich im Halbrund des Eingangsfoyers lose aneinander und bietet Passendes zum Fest. In der durchdachten Architektur und Farbgestaltung des Foyers wirken die bunten Stände wie Fremdkörper.

Der normale ambulante Betrieb läuft währenddessen für uns Anbieter im Hintergrund weiter – was ist Hintergrund, was Vordergrund? Durchsagen, Aufrufe, Hinweise und kryptische Nummernennungen, die die Neuaufnahmen in die speziellen Räumlichkeiten befehlen. Was oder wer ist für wen da? Aufnahme? Patient? Personal?

Es ist ein grauer, kalter und verregneter Tag, der durch die riesige Glasfront in den Raum zu dringen scheint. Wie im Leben draußen die Kundenfrequenz auf- und abebbt, so auch hier. Eine solche Ebbe ist momentan. Wie wird sich dieser Tag vom Umsatz gestalten? Mäßig? Normal? Außergewöhnlich? Zeit, die wenigen Menschen ausgiebig zu betrachten, und den Gedanken freien Lauf lassen zu können. Wer ist Patient, wer Besucher? Könnte er etwas an den Ständen kaufen wollen? Wenn ja, an welchem Stand? Etwa bei mir? Falls er Patient ist, an was könnte er leiden? Kommt dieser Mensch nur heute ambulant oder muss er täglich zu bestimmten Zeiten hier erscheinen? In kurzer Zeit entstehen ganze Biographien mit gewagten Verästelungen, die plötzlich vergehen, wenn die anvisierte Person überraschend in den Lift steigt und verschwindet.

Das sich nähernde Klackern von Krücken reißt mich aus den Gedanken. Eine Frau hohen Alters – was immer das auch heißen mag – grüßt mich und schaut mir direkt ins Gesicht. Während ich noch abwartend schweige und sie ebenfalls betrachte, beginnt sie das Gespräch. Es geht nicht um eines meiner Produkte, nein, sie fragt mich über den Ostermarkt aus, wer das initiiert hat, wie lange er dauert und so weiter. Ich antworte ihr, etwas enttäuscht, da sie scheinbar nichts zu erwerben trachtet, und es entsteht ein Gespräch, das sich langsam anderen Themen zuwendet, dem Ort angemessen: dem Kranksein und dem Krankenhaus. Es wird von uns so angeregt durchdacht und besprochen, dass mir gar nicht auffällt, wie sie ihre Krücken an meinen Stand lehnt und zum besseren Festhalten einige Dinge achtlos zur Seite schiebt. Inzwischen bin ich aufgestanden und merke nun, wie klein und zierlich sie ist. Ähnlich einem Pingpongspiel tauschen wir Meinungen und Empfindungen über den Sinn des Lebens und des Leidens aus. Freuen uns über Gemeinsames, lächeln tolerant über Unterschiedliches. Unmerklich ist eine halbe Stunde vergangen, als sie mich plötzlich nach dem Preis eines Bechers fragt.

Dieser Becher hat einen Henkel, ist umlaufend mit einer grünen Wiese bemalt, sowie einigen Bäumen und Häusern. Über den lichten Himmel wölbt sich ein Regenbogen. Etwas irritiert von diesem Themenwechsel nenne ich ihr den Betrag. Sie habe sich verplaudert, lässt sie mich wissen, muss noch einiges erledigen und regeln vor der großen Operation. Von was für einer Operation, frage ich mit Blick auf die beiden angelehnten Krücken, wir sind doch in der Kopfklinik. Nein, lacht sie, nicht deshalb. Es ist wegen des Tumors im Kopf, der unter anderem auf den Sehnerv drückt. Heute ist Freitag, am Montag muss sie unters Messer. Und vorher möchte sie ihr letztes Getränk aus diesem positiv anmutenden Becher trinken, sie habe das soeben beschlossen. Becher und Geld wechseln den Besitzer, wir geben uns lange die Hand und sie klackert davon.

Der verbleibende Tag ist vom Verkauf her betrachtet flau und meine Gedanken schweifen oft an das intensive Gespräch ab.

Tage später, das Wochenende lag dazwischen, richte ich früh am Morgen im Schnelldurchlauf meinen Stand her, denn ich habe verschlafen. Die Frau des Nachbarstandes, sonst recht distanziert, kommt zu mir und drückt mir einen Zettel in die Hand. Für Sie, von einer Kundin, sagt sie. Ich lese: *Lieber Herr Regenbogenbecherverkäufer, schade, dass Sie heute (Samstag) und morgen (Sonntag) nicht da sind. Am Montag werde ich operiert. Ich kann also frühestens Mittwoch oder Donnerstag wieder aus dem Zimmer. Ich bräuchte aber noch so einen Regenbogenbecher. Können Sie mir diesen reservieren oder aufs Zimmer bringen? Dritter Stock, Neurochirurgie, Zimmer 484. Vielen herzlichen Dank und gute Geschäfte. J. O.*

Überrascht, gerührt und berührt stehe ich wortlos da. Am Mittwoch, den gewünschten Becher in der Hand, fahre ich sofort mit dem Lift auf die Station, zu der ich mich mühsam durchfragen muss, da jede weiß gekleidete Person mich in eine andere Richtung weist. Endlich, da ist es. Leise öffne ich die Tür zum Krankenzimmer. Hier liegt sie, in einem Einzelzimmer, direkt am Fenster. Den Kopf bandagiert bis zur Unkenntlichkeit, nur Mund, Nase und ein Auge sind sichtbar. Erkannt habe ich sie am Regenbogenbecher auf dem Nachttisch, vor ihrem Bett. Sie war wach und ich muss mich zu ihr auf die Bettkante setzen, damit sie mich sehen kann. Der Besucherstuhl ist ihr zu weit entfernt.

Zu Ihrer Jugendzeit war sie, aus Norddeutschland stammend, nach Heidelberg gekommen, zum Studium, auf ihren eigenen Wunsch hin. Sie hatte sich, wie sollte es anders sein, in einen Kommilitonen verliebt und er sich in sie. Man studierte gemeinsam und machte gemeinsam den Abschluss, wohnte jedoch getrennt, in der Altstadt, direkt unterhalb des Schlosses. Das war damals so. Er wollte, dass sie mit ihm in seine Heimatstadt geht, um dort zu heiraten, gemeinsam zu wohnen und eine Familie zu gründen. So sehr sie ihn liebte, sie lehnte ab, wie von Sinnen, denn sie fühlte sich noch zu jung für ein gesetztes Leben. Sie zogen in verschiedene Himmelsrichtungen, zu weit voneinander und dachten hin und wieder aneinander zurück, eine mehr, einer weniger. Ein anderer Mann machte ihr dort dann den Hof und sie ihn zu ihrem Ehemann. Kinder kamen, die Arbeit lenkte ab und dennoch konnte und wollte sie die Jugendliebe nicht vergessen. Jetzt, nach so vielen Jahren, die Kinder mit Familien im Ausland und sie, als Oma, schon lange Witwe, bot sich ihr die Möglichkeit auf Grund ihrer Erkrankung speziell diese Klinik auszusuchen. Seit ihrer Ehe hatte sie Heidelberg gemieden, die Erinnerungen schmerzten noch immer. Doch jetzt war sie da und fühlte sich frei. Und glücklich! Wie angekommen. Trotz der Umstände.

Ich erfahre, dass ihr erster optischer Eindruck nach der OP der Regenbogenbecher auf dem Tisch war, dahinter, im Klinikgarten, ein über und über blühender Baum und hinter diesem, weit entfernt, das sonnenbeschienene Schloss mit den direkt darunter stehenden Häusern; ihren Häusern. Nach einer Ewigkeit verabschiede ich mich von ihr, schweren Herzens, denn der Stand ist unbemannt.

Tags darauf, in der Frühe, mache ich mich auf zu ihr, kurz einen guten Morgen wünschen. Ich klopfe, öffne die Tür, das Zimmer ist leer. Verwundert schaue ich mich um, gehe zurück auf den Gang und frage eine vorbeihuschende Person in weiß, in welches Zimmer die Dame verlegt wurde. In keines, wird mir geantwortet, sie sei in der Nacht gestorben.

Ludwig C. Heyer, 1955 in Heidelberg geboren und aufgewachsen, Hochbau-Ingenieur, lebt in Hirschhorn.

Karsten Hohage

Nach dem Spiel ist vor dem Spiel

Es ist der frühe Abend des zehnten Juli 2006 – ein Montag und der Tag, nachdem die Fußballweltmeisterschaft 2006 zu Ende ging. In den Pizzerien der Stadt ist man verkatert, denn die Siegesfeier der Italiener war lang. Die Pizzaöfen sind trotzdem schon angeheizt, denn es ist immer noch Sommer und immer noch sonnig und immer noch ist viel Volk in den Straßen, den Parks und Cafés unterwegs. Und noch so mancher und manche trägt schwarz-rot-gold auf dem Hemd, auf die Stirn oder Wange gemalt oder als Fahne am Fahrrad oder Auto. Wenn man dem Tenor der letzten Wochen glauben darf, sind wir zwar schon wieder wer, seit Rahn 1954 aus dem Hintergrund schoss, aber erst seit 2006 sind wir wieder wer, den die Welt auch mag und bei dem die Welt auch ganz gerne mal vorbei schaut.

Auf der Neckarwiese sieht es auch tatsächlich so aus. Viele haben hier heute vorbei geschaut und schauen in der Abendsonne noch immer auf den Neckar. Und die, die da schauen sind ganz offensichtlich nicht alle Volks-Heidelberger.

Auf dem Weg von der Theodor-Heuss-Brücke nach Westen komme ich, auf der Wiese laufend, zuerst an einigen äußerst entspannten Franzosen vorbei, die kein bisschen so wirken, als hätte sich für sie am Vortag eine nationale Tragödie abgespielt. Am Ufer fotografiert ein chinesischer Tourist, vielleicht auch ein koreanischer, gerade zwei junge Frauen, die ihn darum gebeten haben. Der Chinese versteht zwar anscheinend kaum Deutsch und die beiden jungen Frauen, fast noch Mädchen, von denen ich nicht ausmachen kann, woher sie kommen mögen, sprechen es schlecht, aber die Verständigung über ein Foto von den beiden am Neckar funktioniert auch so. Allseits unverständliche Worte schwirren zwischen drei lachenden Gesichtern hin und her.

Auch woher die Fußballer auf den drei, nur durch sie selbst abgesteckten, Feldern jenseits von Kiosk und Spielplatz kommen, ist nur teilweise auszumachen und egal wie so vieles. Auf einer Bank am Kiesweg sitzen vier Männer, die Iraner sein könnten. Sie begutachten und probieren eine Flöte, die einer von ihnen gerade ausgepackt hat. Einige weitere Grüppchen auf Bänken und im Gras diskutieren über Zidanes Kopfstoß gegen Materazzi, darüber, was Materazzi gesagt haben könnte und ob Italien oder Frankreich den Sieg verdient hatte. Die Gruppen mit diesem Thema scheinen zumeist aus Deutschen zu bestehen. Italiener sind keine da, die Franzosen reden vom Wetter und ihrem Plan für den Abend, die Iraner verstehe ich nicht, unter den Fußballern sind einige Engländer und unter einer Gruppe Jongleure ein Amerikaner – über Zidane und Materazzi diskutieren sie alle nicht. Auch nicht die Volleyballer aus Spanien und vermutlich auch nicht die Familie, die irgendeine slawische Sprache spricht, die ich nicht erkenne. Weder diskutieren sie über den Kopfstoß, noch sieht irgendwer von ihnen so aus, als wolle er in nächster Zeit einen Kopfstoß austeilen oder habe das in jüngerer Zeit getan.

Eine Japanerin sitzt alleine am Fluss und dreht dem ganzen Treiben den Rücken zu. Dieses Treiben muss man nicht wachsam im Auge behalten. Man kann es, wenn man will, in Ruhe betrachten. Aber im Auge behalten muss man es nicht, denn es wird hier nichts passieren, was Wachsamkeit erfordert. So wie auch in den vier Wochen Weltmeisterschaft auf den Straßen des Landes kaum etwas passiert ist, das negativ aufgefallen wäre. In Heidelberg schon gar nicht, denn erstens ist Heidelberg mit seinen Studenten, Touristen, Akademikern und Ruheständlern eine besondere Perle des Friedens in Deutschland und zweitens gab es in Heidelberg ja nicht mal einen so genannten *Public Viewpoint* für den Fußball. Vermutlich ließ einer der berühmtesten Doktoranden Heidelbergs wegen genau dieser Beschaulichkeit seinen Romanhelden Michael dieses sanfte Heidelberg hassen lernen. Der Doktorand, berühmt, jedoch von Heidelberg nicht gerne zu Werbezwecken für die Stadt benutzt, hieß Joseph Goebbels und promovierte hier unter Anleitung des jüdischen Professors Freiherr von Waldberg in Germanistik, schon vierzehn Jahre bevor er dann 1935 die Thingstätte auf dem Heiligenberg einweihte. Und Goebbels' Held, der Kriegsheimkehrer Michael, hasste es, dieses sanfte Heidelberg.

Heutzutage aber ist es manchmal gar nicht so sanft, wie es an einem Sommertag nach dem WM-Finale zu sein scheint, dieses Heidelberg. Manchmal, wenn es Nacht ist und man über die Theodor-Heuss-Brücke zur Neckarwiese kommt, hört man es schreien und rennen unter der Brücke. Und manchmal schaut man dann nach, was in dem sanften Heidelberg, denn zu so viel Schreien und Rennen führen mag. Manchmal, wenn man dann um die *Alte Krone*, den heutigen *Irish Pub*, herum von auf der Brücke unter die Brücke kurvt, kommt einem dann ein junger Mann mit blutender Nase entgegen. Da gab es dann Ärger, weil einer zu lange geguckt hat oder auch selbst ohne diesen schon nicht allzu triftigen Grund. Und wenn man dann eine Streife ruft, weil der Blutende sagt, dass sich da noch ein

Dutzend andere prügeln, dann ist die schnell da. Und manchmal geben die einen dann zu Protokoll, dass seien auf einer der Seiten Ausländer gewesen und die anderen, dass die aber nicht angefangen hätten. Immer jedoch sind alle, die wirklich dabei waren, dann schon längst weg, eingeschlossen den, der aus der Nase blutete.

Dann bleibt die Streife noch eine Weile vor Ort, um Präsenz zu zeigen, aber kann sonst nicht viel tun und ist irgendwann wieder weg. Ob dann bald die wieder da sind, die vielleicht angefangen hatten oder auch nicht, das weiß man nicht. Und ob der ältere Herr, der das Eintreffen der Polizei aus seinem Fenster beobachtet hat, denkt, dass so was hier 1935 nicht passiert wäre, das weiß man auch nicht. Und ob Joseph Goebbels und sein Michael Heidelberg etwas lieber gewonnen hätten, wenn sie gesehen hätten, wie irgendwer des Nachts nicht rechtzeitig weggeschaut hat und es blutige Nasen gab, das weiß man auch nicht.

Vermutlich aber hätte Dr. Goebbels auch nach dieser Szene Heidelberg noch als zu sanft empfunden. Ganz abgesehen davon, dass es zu Füßen seiner Thingstätte wohl keinen *Irish Pub* gegeben hätte. Denn so etwas passiert in Heidelberg wirklich nur manchmal. Meistens, fast immer, ist es auf der Neckarwiese so wie an diesem sonnigen Tag gleich nach dem letzten Spiel. Und das ist gut, dass es hier in der Stadt am Fluss meistens so ist. Aber selbst an diesem Montagabend nach der Fußballweltmeisterschaft hat eines der Paare auf den Bänken an der Neckarwiese ein etwas seltsam anmutendes Problem, wie ich im Vorbeigehen höre.

„Der ist einfach gestorben, ohne was zu sagen."

Ich nehme nicht an, dass die beiden von Goebbels reden. Aber vielleicht, denke ich, hat auch der, der da starb, ohne was zu sagen, sich gedacht: Nach dem Spiel ist vor dem Spiel.

Karsten Hohage, geboren 1968, kam 1999 nach Heidelberg, um bei SAP zu arbeiten, nachdem er Heidelberg zuvor nur als Tourist und Besucher entfernter Verwandter kannte; ist seit 2003 in der Poetry-Slam-Szene aktiv und führt seine Texte vornehmlich live auf; ist Mitorganisator und Co-Moderator des Heidelberger Poetry-Slams Wordup!, *www.grohacke.de.*

Annie Huault-Glock

Am Ufer

Sie sitzt auf der Bank und genießt die Herbstsonne. Sie trägt einen blauen Mantel, der schon bessere Zeiten erlebt hat, eine Wollmütze, die ihre Haare platt drückt. Überhaupt, alles an ihr scheint abgetragen, als ob sie Tag für Tag immer das Gleiche anziehen würde. Auf der rechten Wange zwei dicke schwarze Punkte; man hätte Lust, sie auszudrücken. Was aber am meisten auffällt, ist ihre Zunge, ja ihre Zunge. Hin und her ist sie in Bewegung, aus dem halb offenen Munde. Ein Lallen würde man erwarten, ein Nicht-normal-sprechen-können und dann ...

„Ich finde den Platz so wunderschön hier am Neckar. Und dass sie den Kinderspielplatz erweitert haben, einfach wunderbar! Ich komme sehr gerne hierher“ sagt sie in einem Zuge. Sie spricht, sie spricht ganz klar. Darauf war ich nicht vorbereitet.

„Früher bin ich im Neckar geschwommen. Und hinter der Brücke war ein Schwimmbad. Es war schön. Wohnen Sie hier? Ich wohne in der Happelstraße. Als mein Vater das Haus bauen ließ, war es das erste Haus in der Straße.

„Wann wurde das Haus gebaut?“, frage ich neugierig. „Vor oder nach dem Krieg?“

„Wann war der Krieg?“, erwidert sie plötzlich unsicher.

Das sie im Neckar geschwommen ist, das weiß sie noch, aber wann der Krieg war, ausgelöscht aus ihrem Gedächtnis.

„Ich komme gerne hierher“, wiederholt sie lächelnd. Sie kreuzt ihre Hände übereinander, die Haut sieht fast transparent aus. Und wieder ihre Zunge. Hin und her. Woran denkt sie? Ist sie als kleines Mädchen im Neckar ...? Ganz weit von ihr scheint sie plötzlich zu sein, dieser Welt entrückt. Langsam geht die Sonne unter. Es wird kühler. Ich stehe auf, verabschiede mich. Sie bleibt sitzen, die letzten Strahlen noch. Es ist so schön da am Neckar.

Annie Huault-Glock, 1957 in Evron (Frankreich) geboren, wohnt seit 1979 in Heidelberg, das sie als ihre zweite Heimat bezeichnet; lehrte 1985 bis 2004 Französisch an der Universität Heidelberg; seit 2005 freie Autorin, 2006 erschien ihr erstes Werk Etoffes & Stoff *im Eigenverlag.*

Walter Jost

Mord in Heidelberg

Diese Geschichte beruht auf einer wahren Begebenheit. Unterlagen der Heidelberger Kripo und viele Aussagen älterer Heidelberger ermöglichten es mir, diese Story zu schreiben. Die Namen der Personen in dieser Geschichte sind allerdings von mir erfunden.

Im Jahre 1959 erregte ein Mord in der Sandgasse, also mitten in der Altstadt, die Heidelberger. Das damals noch verschlafene und romantische Heidelberg hatte noch nie einen Mord in ihre Geschichtsbücher schreiben müssen, höchstens in den Filmen, die zu Dutzenden in Heidelberg gedreht wurden. Die Polizei hatte außer ein paar Fahrraddiebstählen und einigen Schlägereien in den Kneipen nicht viel aufzuklären.

Aber das änderte sich schlagartig mit diesem Mord. In der Hauptwache, die sich damals noch in der Hauptstraße gegenüber dem Karlsplatz befand, ging es zu wie in einem Taubenschlag. Alles war in Bewegung. Die Ermittler stürzten sich in ihre Aufgaben. Manche waren froh, dem Bürotrott endlich einmal entfliehen zu können. Der Fall wurde Kommissar Fred Geiger und seinem Assistenten Gerd Kraft übertragen. Das würde keine leichte Aufgabe für die beiden sein, denn Computer, Haarproben und ähnliche Hilfsmittel gab es zu dieser Zeit noch nicht.

„Meine Herren, ich erwarte rasche Ergebnisse. Die ganze Stadt ist in Aufruhr“, sagte der Chef des Morddezernats zu den in seinem Büro versammelten Kriminalisten, „also an die Arbeit.“ Er war froh, endlich mal eine Aufgabe zu haben, die ihn ausfüllte.

Geiger und Kraft machten sich auf den Weg in die Sandgasse. Sie schlenderten zu Fuß durch die Hauptstraße, denn es war nicht weit bis dorthin. Am Tatort angekommen, wurden sie schon von den drei Beamten der Spurensicherung und dem Kriminalarzt, Doktor Scholl, empfangen.

„Hallo“, begrüßte sie der Doktor. „Ich habe die Tote schon untersucht. Ihr wurde fünfmal mit aller Gewalt mit einem Messer in den Rücken gestochen. Zwei der Stiche waren sofort tödlich.“

„Sie muss ihren Mörder gekannt haben, denn wir konnten keinerlei Einbruchsspuren feststellen“, sagte Gessler, einer der Ermittler.

„Gut, dann schauen wir uns das mal an. Kommen Sie, Kraft“ sagte der Kommissar zu seinem Assistenten. Sie stiegen die schmale Holztreppe, die nach frischem Bohnerwachs roch, nach oben in den ersten Stock.

„Hier ist es“, sagte der Doktor und öffnete die Tür zu Luise Brenners Wohnung. Geiger und Kraft traten ein. Ein sauberes kleines Zimmer, eine winzige Küche und eine Dusche. Alles machte einen gepflegten Eindruck. Der kleine Beistelltisch im Wohnzimmer war umgestürzt. Davor lag Luise Brenner in einer Blutlache in verkrümmter Haltung auf dem Bauch. Nachdem sich Geiger umgesehen hatte, sagte er: „Bitte kein Wort an die Presse oder an sonst jemand. Ich möchte nicht, dass die Todesursache bekannt gegeben wird. Kraft, klären Sie das mit dem Hausbesitzer ab!“

„Bin schon unterwegs“, antwortete der. Er stieg die Treppe wieder nach unten und klopfte bei Müller, dem Hausbesitzer und Vermieter, der im Erdgeschoss wohnte. Müller öffnete ihm die Tür und bat Kraft herein, nachdem sich dieser vorgestellt hatte.

„Herr Müller, lassen Sie bitte kein Wort über das Opfer oder die Todesursache verlauten. Zu niemanden. Das ist für unsere Ermittlungen absolut wichtig.“

„Keine Angst, ich schweige wie ein Grab“, versprach dieser. Er hatte die Ermordete gefunden, nachdem er nach mehrmaligem Klopfen und Rufen an der Wohnungstür von Luise Brenner keine Antwort erhielt, obwohl er einen Termin mit ihr hatte wegen ihres defekten Gasofens. Danach öffnete er die Tür mit einem Nachschlüssel und fand Frau Brenner tot in ihrem Blut liegen. Er verständigte sofort die Kripo. Kraft bedankte sich bei Müller und kehrte zum Tatort zurück.

„Alles klar. Müller wird kein Wort sagen. Er hat es mir versprochen“, sagte er zu Geiger.

Als sie wieder in ihrem Büro saßen, sagte der Kommissar zu Kraft: „Ich denke, wir werden uns mal bei *Waffen-Lux* und *Unholz* umsehen. Da es sich nach Aussage von unserem Doktor um ein großes Messer, wenn nicht gar ein Jagdmesser handelt, fangen wir dort mal an mit unseren Ermittlungen.“

„Das ist eine gute Idee“, meinte Kraft. „Vielleicht ergibt sich daraus ein Hinweis. Wir könnten es gebrauchen.“

Sie machten sich auf den Weg zu *Waffen-Lux*, der ganz in der Nähe des Tatorts in der Hauptstraße lag. Nachdem sie den Laden betreten und sich vorgestellt hatten, beantwortete der Verkäufer die Frage des Kommissars nach den Messern. „Ja, wir führen solche Messer. Am meisten werden sie von Jägern gekauft und einige wenige von Sammlern, denn diese Messer sind teuer.“

„Könnten wir solch ein Messer mal sehen?“, fragte Geiger.

„Selbstverständlich. Haben Sie etwa Interesse an so einer Waffe?“, fragte der Verkäufer geschäftstüchtig.

„Nein, nein. Wir möchten uns so ein Messer nur mal ansehen“, antwortete der Kommissar.

Der Mann verschwand hinter einem Vorhang, der den Blick auf den dahinter liegenden Raum verbarg. Dann kam er mit einem Tablett zurück, auf dem drei Messer lagen.

„Mein lieber Mann“, entfuhr es Kraft beim Anblick der Waffen, „damit könnte man ja einen Bären abstechen.“

„Wenn man nah genug an ihn herankommt schon“, scherzte der Verkäufer.

„Übrigens unterliegen diese Messer der Waffenscheinpflicht und werden bei einem Verkauf registriert.“

Geiger und Kraft verabschiedeten sich und machten sich auf den Weg in das nächste Waffengeschäft, zu *Unholz*, ein ebenfalls bekanntes Geschäft in Heidelberg. Dort erhielt sie ungefähr dieselben Antworten auf ihre Fragen nach dem Messer. Der Mann konnte ihnen sogar fünf solcher Messer zeigen.

„Hören Sie mal. Könnten wir uns diese Messer ein paar Stunden ausleihen? Es wäre wichtig für uns“, fragte Geiger den Verkäufer.

„Ich glaube, das lässt sich machen. Bis wann habe ich sie wieder, Herr Kommissar?“

„Ich bringe Sie Ihnen am Nachmittag zurück“, antwortete Geiger. Der Mann packte die Messer in eine mit Samt ausgelegte kleine Holzkiste ein. Bevor er sie Geiger übergab, legte er einen Zettel auf den Ladentisch.

„Nur eine Formsache. Bitte unterschreiben Sie mir hier den Erhalt der Messer“.

Geiger unterschrieb den Zettel und reichte ihn zurück, dann verließen sie das Geschäft.

„Sehen Sie, nicht einmal uns wird noch getraut“, sagte Kraft grinsend zu Geiger.

Beide Waffenhändler hatten versprochen, sich durch die Kaufbelege zu wühlen, nachdem der Kommissar die Notlüge angebracht hatte, die Kripo brauche das für statistische Zwecke. Doch es konnte dauern, bis alle Belege gesichtet waren.

„Ich finde, das ist wenigstens schon mal ein Anfang“, meinte Kraft zu seinem Kollegen, als sie wieder in ihrem Büro zurück waren und am Schreibtisch saßen.

„Das denke ich auch. Da der Doktor, dem ich die Messer zeigen will, beim Essen ist, gehen wir auch erst etwas essen“, meinte Geiger.

Sie machten sich auf den Weg zum *Roten Ochsen*, der nur ein paar Meter von der Polizeistation entfernt war und den sie öfters aufsuchten, um dort zu speisen. Sie wurden auf das herzlichste begrüßt. Der Chef persönlich kümmerte sich um ihre Wünsche.

„Meine Herren, ich empfehle heute unseren Sauerbraten mit Knödeln und Rotkraut, dazu zwei Freibier und einen köstlichen Nachtisch“, sagte er.

„Einverstanden“, sagte Geiger, „oder wollten Sie etwas anderes essen?“, fragte er seinen Assistenten.

„Nein, ich schließe mich gerne an“, beeilte sich dieser zu antworten, denn ihm lief jetzt schon das Wasser im Munde zusammen, war doch die Gaststätte für seinen wahrhaft königlich schmeckenden Sauerbraten und andere Gerichte weit über die Grenzen Heidelbergs bekannt. Seit Geiger einmal einen Einbruch in die Wirtschaft aufgeklärt hatte, wurde er im *Roten Ochsen* bevorzugt behandelt.

Als sie nach dem Essen in ihr Büro kamen, war auch der Doktor zurück von seiner Mahlzeit. Geiger und Kraft suchten ihn in seinem Büro auf und zeigten ihm die Messer.

„Das könnte durchaus solch ein Messer gewesen sein“, meinte der Doktor zu Kommissar Geiger.

Geiger bedankte sich und sagte zu Kraft: „Ich bringe jetzt die Messer zurück. Sie können heute mal früher gehen. Ich glaube, dass ich Sie heute nicht mehr brauche.“

„Ich bin schon weg“, sagte dieser und verließ mit einem kurzen „tschüss“ das Büro.

Die Nachforschungen im Mordfall der Luise Brenner hatten ergeben, dass Frau Brenner nicht so harmlos war, wie es der erste Eindruck erscheinen ließ. Geiger hatte herausgefunden, dass sie regelmäßig im *Rodensteiner,* einem Lokal am Anfang der Sandgasse, nicht weit von ihrer Wohnung entfernt, verkehrte. Der *Rodensteiner* hatte nicht gerade den besten Ruf, denn dort trieb sich allerlei lichtscheues Gesindel herum und fast jeden Abend gab es eine Schlägerei.

Auch im *PF*; dem *Prinz Friedrich*, in der Kettengasse war sie oft zu Gast. Es stellte sich nach und nach heraus, dass Frau Brenner eine Edelnutte war mit unzähligen Freiern. Sie führte ein perfektes Doppelleben. Tagsüber arbeitete sie in der *Herrenmühle* als Sekretärin und nachts ging sie ihrem anderen Job nach, der ihr bestimmt mehr Geld einbrachte. Ihre Geschäfte betrieb sie nur in den Autos der Freier. Niemals hatte sie einen mit nach Hause genommen.

Kommissar Geiger und Assistent Kraft zogen abends los, um sich in diesen Lokalen umzuhören. Sie gingen in den *Rodensteiner,* setzten sich an die lange Theke und bestellten sich Bier. Auch hier wurde über nichts anderes gesprochen, als über den Mord in der Sandgasse. Als Geiger Kraft fragte, ob er auch noch ein Bier wolle, bestellte er nochmals zwei Bier.

Ein Mann trat neben Geiger und sprach ihn an.

„Hallo, Herr Kommissar. Sind sie schon fündig geworden auf der Suche nach ihrem Messerstecher? Entschuldigen Sie, mein Name ist Bernd Beisel. Ich bin Reporter beim *Tageblatt*, daher meine Neugier."

„Guter Mann, der Stand der Ermittlungen geht Sie überhaupt nichts an. Und ich bin privat hier. Ich möchte nur in Ruhe mein Bier trinken."

Sein Assistent unterhielt sich angeregt mit der Bedienung hinter dem Tresen, bekam aber mit einem Ohr das Gespräch der beiden mit.

Beisel sagte: „Schon in Ordnung, Herr Kommissar, Ich wollte doch nur wissen, ob Sie dem Kerl, der die Frau erstochen hat, schon auf den Fersen sind. Einen schönen Abend wünsche ich noch."

Dann setzte er sich wieder an seinen Tisch.

„Zahlen", rief Geiger der Bedienung zu. Kraft hatte sein zweites Bier gerade erst angetrunken.

„Wieso denn auf einmal diese Eile?", fragte er Geiger.

„Das sage ich Ihnen auf dem Revier."

„Mein schönes Bier", jammerte Kraft und rutschte vom Barhocker, nicht ohne vorher noch einen kräftigen Schluck zu nehmen. Das Bier von Geiger blieb unangerührt stehen.

In ihrem Büro angekommen, nahmen sie am Schreibtisch Platz.

„Passen Sie mal auf. Wenn Kommissar Zufall heute Abend mitgespielt hat, dann haben wir vielleicht unseren Mörder" sagte Geiger.

Kraft sah ihn verständnislos an.

„Wieso denn das?", wollte er wissen.

„Haben Sie mein Gespräch mit Beisel mitbekommen?"

„Ja, aber nur nebenher. Ich war mit der Bedienung beschäftigt."

„Ich würde sagen, Sie haben mit ihr geflirtet, aber das ist mir egal. Beisel fragte mich wörtlich, wer die Frau erstochen hätte."

„Eben fällt auch bei mir der Groschen."

Kraft war aufgesprungen und stützte seine Hände auf den Tisch. „Woher konnte er das wissen? Kein Wort drang an die Öffentlichkeit über die Todesursache von Frau Brenner."

„Ganz genau", sagte Geiger.

„Wir werden Beisel mal aufsuchen, nicht aber ohne vorher noch ein wenig zu recherchieren. Wenn Beisel wirklich unser Mann ist, dann hat er einen riesigen Fehler gemacht und er hätte mich besser nicht angesprochen.“

Am nächsten Morgen führte der Weg der beiden Kripobeamten noch einmal in die Sandgasse, zum Tatort. Sie trafen den Hausbesitzer dort an.

„Guten Morgen, Herr Müller. Es tut uns leid, Sie nochmals belästigen zu müssen, aber unser Besuches ist wichtig für unsere Ermittlungen“, sagte der Kommissar, nachdem Müller die Tür geöffnet hatte. Müller bat Geiger und Kraft herein und bot Ihnen frisch gebrühten Kaffee an.

„Vielen Dank, das ist nett von Ihnen. Wir nehmen dankend an“, sagte Kraft. Sie nahmen am Küchentisch Platz. Müller brachte den Kaffee.

„Herr Müller“, begann der Kommissar das Gespräch, „können Sie sich an einen Herrenbesuch erinnern, seit Frau Brenner bei Ihnen wohnte?“

„Jetzt da Sie mich fragen, fällt mir ein ... in den letzten zwei Wochen war mal jemand da. Ich habe mich noch gewundert, denn vorher hatte Frau Brenner nie Besuch. Zwei-, dreimal war ein Mann vor ihrer Tür und klopfte bei ihr an. Doch Frau Brenner öffnete nie die Tür. Bei seinem letzten Besuch hat dieser Mann fast die Tür eingeschlagen, so heftig hämmerte er dagegen. Ich bin nach oben gegangen und habe ihn gebeten, diesen Krach zu unterlassen.“

Der Kommissar zog ein Zeitungsfoto aus seiner Jackentasche, das Bernd Beisel zeigte, und gab es Müller.

„War es dieser Mann?“, fragte Geiger.

Müller warf einen Blick auf das Foto und antwortete, ohne zu zögern: „Ja, genau das war der Mann.“

„Vielen Dank. Sie haben uns sehr geholfen“, sagte Geiger.

„Wir werden Beisel mal einen Besuch abstatten“, meinte Kraft, nachdem Sie auf dem Weg zurück zum Revier waren.

„Dasselbe dachte ich auch gerade“, gab Geiger zur Antwort.

Geiger und Kraft waren auf dem Weg in die Grabengasse, wo der Reporter wohnte. Auf ihr Klopfen blieb es einen Moment still hinter der Tür. Geiger glaubte schon, Beisel sei nicht zu Hause, doch dann öffnete er die Tür.

„Ach, der Herr Kommissar. Ehrlich gesagt. Ihr Besuch überrascht mich. Hallo, Herr Kraft. Treten Sie doch ein, ich wollte gerade in die Redaktion, aber für Sie habe ich noch einen Moment Zeit.“

Geiger und Kraft traten in die enge Diele, die zu der eigentlichen Wohnung führte. In diesem Moment drehte Beisel durch. Unvermittelt schlug er Geiger die Faust ins Gesicht und gab gleichzeitig Kraft einen Stoß vor die Brust, sodass der zurücktaumelte, strauchelte und zu Boden fiel, wobei er das kleine Schränkchen in der Diele mit sich riss, das krachend zu Bruch ging. Geiger hielt sich seine blutende Nase. Er war ebenfalls in die Knie gegangen.

Beisel rannte schon die Treppe hinunter und hatte den Ausgang zur Grabengasse erreicht. Geiger hielt sich sein Taschentuch auf die Nase, stand mit unsicheren Beinen da.

„Rufen Sie eine Funkstreife!“, rief er Kraft zu, der sich ebenfalls wieder erhoben hatte. Dann nahm er die Verfolgung von Beisel auf. Als er auf die Straße trat, sah er Beisel in Richtung Hauptstraße rennen. Geiger rannte ihm nach. Beisel bog nach rechts in die Hauptstraße ein und rannte dann am Marktplatz vorbei. Geiger keuchte hinterher. Er wollte Beisel auf keinen Fall aus den Augen verlieren. An der Mönchgasse, kurz vor der Polizeiwache, bog Beisel in die Mönchgasse ein und rannte weiter in Richtung Neckar. Er war zwar langsamer geworden, aber auch der Kommissar schnaufte schwer.

Als Geiger die Mönchgasse erreichte, sah er gerade noch, dass Beisel seine Flucht zum Neckarmünzplatz fortsetzte. Geiger blieb einen Moment stehen, holte Luft und wischte sich wieder das Blut aus dem Gesicht. Dann rannte er die Mönchgasse hinunter und schlug ebenfalls den Weg zum Neckarmünzplatz ein.

Beisel hatte den Platz erreicht, blieb stehen und drehte sich um, um nach seinem Verfolger zu sehen. Dann rannte er weiter zu den Arkaden und weiter auf den Mühlkanal zu. Er stieg über das Geländer und rutschte die glatte Böschung zum Wasser hinunter. Er wollte sich unter der Brücke, die zum Neckar führte, verstecken und stand nun auf dem glitschigen, schmalen Rand des Kanals. Die Warnschilder „Vorsicht Lebensgefahr! Gefährliche Strudel. Baden und Betreten des Bereichs Mühlkanal verboten“ ignorierte er. Am Austritt der Turbine an der Herrenmühle entstanden starke Strudel, die schon zwei unvorsichtigen Menschen, die alle Warnungen in den Wind geschlagen hatten, zum Verhängnis wurden. Sie ertranken im Mühlkanal.

Als Geiger am Neckarmünzplatz ankam, sah er nichts mehr von Beisel. Er blieb einen Moment stehen, um sich zu orientieren. Dann lief er ebenfalls zu den Arkaden. Er schaute über das Geländer des Mühlkanals. Als er sich gerade zum Karlstor aufmachen wollte, denn woanders konnte Beisel ja nicht hinfliehen, sah er einen Schuh unter der Brücke hervorlugen. Nur für eine Sekunde, doch Geigers geschultes Auge hatte die Bewegung wahrgenommen.

„Beisel, kommen Sie da raus. Sie sitzen in der Falle. Los, machen Sie schon!“

„In Ordnung, Kommissar, ich gebe auf!“, rief der unter der Brücke hervor. „Sagen Sie mir eins, wie sind Sie denn ausgerechnet auf mich gekommen?“

„Sie selbst haben uns auf Ihre Spur geführt. Sie fragten mich im *Rodensteiner*, wer denn nun Frau Brenner erstochen hätte. Dass sie erstochen wurde, wussten nur wir und ihr Mörder. Wir hatten noch keine Beweise gegen Sie, aber da Sie die Nerven verloren habe und flüchteten, brauchen wir die auch nicht mehr.“

„So eine Sch.....“, fluchte Beisel. „Das war doch nur eine Drecksnutte. Als ich dahinter kam, musste Sie sterben.“

„Heben Sie sich das für das Gericht auf“, sagte Geiger ruhig. Beisel kam langsam unter der Brücke hervorgekrochen. Geiger hatte seine Pistole in der Hand.

„Machen Sie keine Dummheiten. Beim geringsten Anlass schieße ich Ihnen ins Bein“, sagte Geiger.

„Schon in Ordnung, ich komme rauf.“

Der Kommissar fischte seine Handschellen heraus und wartete. Beisel wollte von dem schmalen Steg auf die Böschung wechseln. In diesem Moment rutschte er aus und fiel mit einem Aufschrei in das Wasser des Mühlkanals. Er ruderte wild mit den Armen, aber der Sog hatte ihn schon erfasst und zog ihn zur Turbine hin.

„Ich komme runter“, rief Geiger ihm zu. Er benutzte die kleine Treppe, die zu einem Holzboot rührte, das die Arbeiter der Herrenmühle benutzten, um im Kanal Reinigungsarbeiten durchzuführen. Er stieg in das Boot, das unter seinem Gewicht anfing zu schwanken.

„Geben Sie mir Ihre Hand, kommen Sie, los doch, machen Sie schon!“

Im selben Augenblick tauchten am Geländer oben die Besatzung der Funkstreife und Assistent Kraft auf. Beisel war eine Sekunde abgelenkt, als er nach oben sah, und griff neben den ausgestreckten Arm Geigers. Das war dessen letzte Chance. Geiger beugte sich noch weiter vor, doch er konnte Beisel nicht mehr erreichen. Gnadenlos wurde dieser vom Sog des Wassers angezogen. Verzweifelt schrie er um Hilfe. Dann zogen ihn die Strudel in die Tiefe. Geiger und die anderen mussten tatenlos zusehen. Sie konnten nichts mehr für Beisel tun. Noch einmal tauchte er kurz auf, dann verschwand er endgültig in der Tiefe des Neckarkanals. Kraft half dem Kommissar aus dem Boot.

„Wir bringen Sie sofort in die Orthopädische Klinik. Ich fürchte. Ihre Nase ist gebrochen“, sagte Kraft. Er gab den beiden Polizisten des Streifenwagens noch einige Anweisungen, dann fuhr er Geiger nach Schlierbach in die Klinik. Als der Kommissar versorgt war und eine Schiene seine Nase zierte, kam Kraft zu ihm in das Krankenzimmer, wo Geiger für einige Tage bleiben musste.

„Ob Sie es glauben oder nicht, wir haben sogar die Mordwaffe gefunden. Als ich gegen den Schrank krachte und der zerbrach, fiel mir das Messer genau vor die Füße.“

„Manchmal gibt es eben doch den Kommissar Zufall“, scherzte Geiger und lächelte, so gut es seine verletzte Nase zuließ.

Die Taucher der Polizei fanden Beisel erst nach zwei Tagen intensiver Suche. Er hatte sich am Schutzgitter der Turbine festgesogen und konnte erst geborgen werden, nachdem diese abgestellt wurde.

Mit ein wenig Aberglaube hätte man denken können, es sei die Hand seines Opfers gewesen, das wenige Meter weiter im Büro der Herrenmühle gearbeitet hatte, die Beisel da unten festgehalten hatte.

Walter Jost, 1946 in Heidelberg geboren und aufgewachsen, Autor, Rockmusiker und Filmvorführer.

DIETLIND KREBER

Der Fehlschlag

Er hatte soeben den Liebhaber seiner Frau getötet. Seit Arnold von Nathalies Betrug erfahren hatte, lauerte diese Verletzung wie ein zorniger Tiger in seinem Bauch. Doch was ihn wirklich bis ins Mark erschütterte, war die Tatsache, dass seine Frau in den letzten Wochen so fröhlich und ausgelassen wirkte. Und das alles wegen einem Mann, der in seinen Augen ein Schwachkopf war. Maximal sechzig Kilo auf ein Meter siebzig. Aber mit einem eigenen Friseurladen in der Heidelberger Altstadt.

„Ich möchte dich heute Abend treffen“, hatte Nathalie in den Hörer gesäuselt und mit dem Friseur ein Treffen in der Klosterruine St. Michael auf dem Heiligenberg vereinbart.

Arnold kannte diesen Ort zu genau. Hatte er Nathalie nicht zwischen den Mauern des 1023 gegründeten Klosters vor sieben Jahren einen Heiratsantrag gemacht. Im fahlen Mondlicht mit einer

Flasche Champagner. Tränen stiegen in seine Augen. Gleichzeitig wunderte er sich darüber, dass sie so unvorsichtig war und für diese Verabredung das Telefon im Flur benutzte. Diese Dreistigkeit machte ihn wütend und er beschloss, den beiden das Zusammensein zu vermiesen.

Warum seine Frau nicht zu dem vereinbarten Zeitpunkt erschien, wusste er nicht. Der Friseur saß unter einem der Türme und wartete über eine halbe Stunde auf sie. Schließlich hielt es Arnold nicht mehr aus und ging zu ihm. Er wollte diese Angelegenheit ein für alle Mal erledigen. Es kam zu einem lautstarken Streitgespräch, in dem der Schwächling alles abstritt und das Arnold damit beendete, dass er blindlings mit dem mitgebrachten Hammer zuschlug.

Er warf einen Blick auf den zusammengesunkenen Mann, der auf einer ausgebreiteten Decke lag und leicht aus einer Kopfwunde blutete. Die Decke, die als flauschige Unterlage für ihr Liebesspiel dienen sollte. Zitternd vor Wut trat er den Friseur in die Seite. Er regte sich nicht. Arnold fühlte seinen Puls. Nichts.

„Verdammt", murmelte er. Das hatte er nicht beabsichtigt. Eine Abreibung, das war okay. Mord war eine andere Sache. Weg, er musste weg von hier. Schnell verließ er die Klosterruine und raste mit dem Auto die schmale Straße nach Heidelberg hinunter. Dass der Vollmond rechts von ihm einen Märchenwald hervorzauberte, blieb Arnold verborgen. Bäume flogen an ihm vorbei. Kuppeln, bremsen, beschleunigen. Die abschüssige Strecke mit den serpentinenartigen Kurven forderte seine ganze Konzentration. Warum hatte er nur diesen verfluchten Hammer mitnehmen müssen?

Endlich erreichte er seine Stammkneipe an der Alten Brücke. Der *Goldene Hecht* war heute fast leer. Nachdem er ein paar Halbe getrunken hatte, beschloss er, zurückzufahren und den Toten verschwinden zu lassen. Arnold suchte im Wagen nach einer Taschenlampe. Es war jetzt halb zehn. Bis er auf dem Berg angekommen war, würde es stockdunkel sein.

Die Fahrt hinauf zog sich in die Länge. Er hätte nicht so viel trinken sollen. Obwohl er niemandem begegnete, wurde er das Gefühl nicht los, beobachtet zu werden. Der Heiligenbergturm des Stephansklosters streckte sich im Scheinwerferlicht des Wagens gespenstig in den Himmel. Kurz vor der Waldschänke ließ er den alten Polo stehen und eilte an der Thingstätte vorbei zu der Ruine. Als er oben ankam, war er nassgeschwitzt. Im matten Schein des Lichtes suchte er nach der Leiche. Wo verdammt noch mal hatte er den Friseur niedergeschlagen? Hektisch begann er, jeden Quadratzentimeter abzuleuchten. Nichts. Der Mann blieb verschwunden. Verwirrt fuhr Arnold zurück nach Rohrbach, wo das Haus stand, das er vor zwei Jahren von seiner Großmutter geerbt hatte.

Nathalies Wagen parkte in der Hofeinfahrt, hinter den Fenstern war es dunkel. Leise schlich er sich ins Wohnzimmer. Bevor er zu Bett ging, wollte er sich auf diesen Schreck einen ordentlichen Whiskey genehmigen. Er schaltete das Licht ein und glaubte, seinen Augen nicht zu trauen. Auf der Couch lag der Tote, neben ihm auf dem Boden das Mordwerkzeug: der blutige Hammer.

Immer wieder fuhr er sich mit der Hand über die Augen, dann wandte er sich ab und goss sich einen doppelten Whiskey ein, den er mit einem Zug austrank. Ein zweiter folgte. Als er sich wieder umdrehte, hatte das Bild sich nicht verändert. Es war der Friseur, den er vor ein paar Stunden niedergeschlagen hatte. Außer, dass der Tote eine andere Hose, und wenn er sich recht erinnerte, auch ein anderes Hemd trug.

„Was hast Du hier zu suchen?", nuschelte er und wankte zu dem regungslosen Mann, um ihm den Finger an die Halsschlagader zu legen. Er war wirklich tot.

Hatte dieser Jammerlappen tatsächlich noch gelebt, als er ihn dort oben allein zurückließ? Und warum lag er jetzt in seinem Haus? Die Sirenen im Hintergrund drangen nicht in sein Gehirn vor. Nathalie kam die Treppen herunter und ließ einen ihrer spitzen Schreie hören, die sie immer von sich gab, wenn sie etwas aus der Fassung brachte.

„Was hast du getan?", schrie sie ihn mit vor Entsetzen geweiteten Augen an und ging rückwärts zur Eingangstür.

Bevor er antworten konnte, strömten mehrere uniformierte Polizisten herein. Handschellen schlossen sich mit einem lauten Klicken um seine Handgelenke. Arnold verstand nicht, was geschehen war. Ein kleiner Mann mit einer Glatze sprach mit seiner Frau.

„Haben Sie uns angerufen?"

Wie durch einen Schleier sah er sie nicken.

„Ich habe Geräusche im Wohnzimmer gehört", sagte sie mit stockender Stimme. „Nach meinem Anruf bei der Polizei bin ich zur Treppe geschlichen und habe Arnold neben meinem...", sie zögerte, „...meinem Liebhaber sitzen sehen." Nathalie fing an zu weinen.

Arnold wollte etwas erwidern, doch seine Zunge klebte an seinem Gaumen. Nachdem ihm seine Rechte vorgelesen worden waren, wurde er abgeführt. Aus den Augenwinkeln konnte er sehen, wie ein ihm unbekannter Mann seine Frau in den Arm nahm und sie behutsam zum Sessel führte. Die beiden schienen sehr miteinander vertraut zu sein.

In der kargen Zelle, in dem sich nur ein schmales Bett und eine Toilette befanden, versuchte er einen klaren Gedanken zu fassen. Wie war der Tote in sein Wohnzimmer gekommen? Wer war der Unbekannte, der seine Frau getröstet hatte? Diese Fragen beschäftigten ihn während der nächsten Tage, ohne dass er darauf eine Antwort finden konnte. Das Gefühl, das etwas total daneben gegangen war, ließ ihn nicht mehr los.

Ein paar Tage später teilte ihm sein Pflichtverteidiger mit monotoner Stimme das Ergebnis der Obduktion mit. Arnold war überrascht: der Tote hatte nach dem ersten Schlag noch mindestens eine Stunde gelebt. Wahrscheinlich war diese Verletzung nicht einmal tödlich gewesen. Darum hatte der Täter ihm wenig später den Rest gegeben.

Arnold Beteuerungen, den Mann nur auf dem Heiligenberg niedergeschlagen zu haben, blieben ungehört. Die Untersuchung des vermeintlichen Tatorts brachte keine Ergebnisse und auch an der Kleidung des Toten wurden keine Spuren von dort gefunden. Dafür fand die Spurensicherung jede Menge Blutspritzer im Wohnzimmer. Ein Blick in Arnolds Polizeiakte ließ die wenigen Zweifel schwinden.

Nathalie ging den langen Flur des Gefängnisses hinunter, der zum Besucherraum führte. Sie hatte viel darüber nachgedacht, ob sie Arnold noch einmal sehen wollte. Zehn bis fünfzehn Jahre würde er hinter Gittern sitzen hatte der Staatsanwalt ihr gesagt. Er wollte auf eine besondere Schwere der Schuld plädieren.

Fünfzehn Jahre waren eine verdammt lange Zeit, auf die sie sich wahnsinnig freute. Heute war Nathalie hier, um sich gebührend von ihm zu verabschieden. Zu groß war ihr Hass: Seine ständige Eifersucht, die aus dem Nichts kommende Gewalttätigkeit, die er immer wieder mit neuen Ausreden rechtfertigte, bis sie es nicht mehr ertragen konnte. Aber mit Männern hatte sie noch nie Glück gehabt. Ihr toter Liebhaber war genauso brutal gewesen, wenn auch subtiler in seinen Methoden. Ich sage ihm alles, hatte er ihr ständig gedroht, wenn sie das Verhältnis beenden wollte. Sie saß in einer neuen Falle.

Nathalie wurde aus ihren Gedanken gerissen, als Arnold in Handschellen hereingeführt wurde. Sie saß reglos da, ganz in schwarz, zerbrechlich wirkend. Redete zunächst kein Wort, fixierte ihn unablässig. Wie viel konnte sie ihm gefahrlos verraten? Sie musste ihm einen

Hinweis auf ihren Freund geben. Dass der sein Geld im Rotlichtmilieu von Heidelberg verdiente, brauchte er ja nicht zu erfahren.

„Du warst schon immer ein rabiater Vollidiot" sagte sie leise und spielte dabei mit dem neuen Brillantring an ihrem Finger.

„Du hast also einen neuen Lover, der dir geholfen hat", stellte er fest und konnte den Blick nicht von dem Ring wenden. Dabei kannte er die Antwort schon, bevor sie mit den Augenlidern zwinkerte und ihn triumphierend anlächelte.

Er hatte es die ganze Zeit über geahnt, als er in seiner Zelle saß und keine Antwort auf seine Fragen finden konnte: Sie hatten ihn in eine Falle gelockt.

Dietlind Kreber, geboren 1962, Diplom-Betriebswirtin, Mitglied der Sisters in Crime Deutschland, *Preisträgerin 2006 beim Kurzkrimi-Wettbewerb* Literatur-Feder.

HERBERT KOLLENZ

Stadt mit Herzkammer

Von der Mitte der neuen Brücke hat er die rechte Distanz. Mit einem Blick erfasst er die ganze Stadt. Und was er mit einem Blick erfasst, zeigen schon die alten Stiche: die Altstadt, den Fluss und über ihn gespannt die Alte Brücke. Sie sind, wie sie immer schon waren. Nur das Schloss scheint im Laufe der Jahre etwas tiefer herabgesunken, als wolle es die Stadt in den Fluss schieben. Vielleicht hatte die Stadt früher einmal oben auf dem Berg gelegen. Vielleicht ist sie aber auch aus dem Wasser gekrochen und drängt nun wieder zurück in ihr Element. Anscheinend ist sie sich immer gleich geblieben. Nur in der Erinnerung ist alles ein wenig höher. Hinter der Alten Brücke hat der Berg seinen Fuß weit vorgesetzt. Natürlich lässt sich der Fluss nicht ungestraft in den Leib treten. Jedes Jahr setzt er die Stadt unter Wasser.

Die wenig dramatischen Berge beeindrucken keine starke Menschenseele. Die Natur ist hier weder erhebend noch beängstigend. Sie ist lieblich. Vielleicht ein wenig romantisch. Nicht zu viel Natur, nicht zu viel Stadt, von beidem gerade genug. An diesem Morgen hat sich zwischen den Bergen eine Nebelwand aufgetürmt. Nun sieht es erst recht aus, als endete hier mit dem Fluss die Welt.

Die Stadt liegt ruhig da und schläft. Es müsste ein großes Vergnügen sein, sie ein wenig zu erschrecken.

Der Fluss beherrscht die Szene, mehr noch als das tief hängende Schloss. Ein großes Staubecken scheint der Fluss. Lange Platanen- und Kastanienreihen säumen die Ufer. Die beiden Uferstraßen teilen sich die Hausnummern. Diesseits die geraden, jenseits die ungeraden Zahlen. Der Fluss dazwischen, als Wasserstraße ihre Fortsetzung mit anderen Mitteln. Das ist die alte Stadt.

Die Alte Brücke greift über den Fluss hinüber zur Neustadt. Wenige Häuser übereinander gestapelt den Hang hinauf. Oben leuchtet in giftigem Neon das grüne Haus. Ein grelles Rot wäre nicht auffälliger vor dem schwarzen Waldgrün.

Links ist ein schmaler Streifen Uferwiese. Hunde werden ausgeführt. Ein paar toben herum, beschnuppern und bespringen einander. Dann laufen sie zu Herrchen und Frauchen zurück. Die werfen etwas und die Hunde scheinen sich zu freuen, dass sie beschäftigt sind. Einer jagt die verschlafenen Schwäne und Enten, die ins Wasser flüchten. Eigentlich müsste das Bellen zu hören sein. Doch kein Tierlaut dringt zu ihm herauf auf die Brücke. Ein lebhaftes, aber völlig stummes Schauspiel. Als wäre er taub und würde ein Konzert aufgrund der Mimik und der Gestik der Sänger und Musiker genießen. Eine Kehrmaschine fährt Zickzack über das Gras.

Links, am rechten Ufer das Restaurantschiff. Für immer vor Anker. Den Bug stromaufwärts, gegen den Fluss. Davor eine Mini-Armada von Tretbooten, in Dreier- und Viererreihen aneinander gebunden. Der Steg zum Ponton ist mit Ketten doppelt abgesperrt. Das Bootshäuschen mit der Kasse hat die Läden geschlossen. Auf dem Ponton ein gewaltiger Sonnenschirm. Der entspannte Stoff bewegt sich leicht im frischen Windstrom, der von Osten kommt. Strömt kalte Luft von Westen und legt sich über die Warmluft, deckt sie die Stadt zu wie einen Kochtopf. Die Luft ist dann kaum zu atmen. Über dem Schalter eine vom zusammengelegten Schirm teilweise verdeckte Schrift. Boot- und Aus…ahrten. Darunter Sight-see…tours.

Der lange Wiesenstreifen den Fluss entlang ist nach den heißen Sommertagen vergilbt. Es hat lange nicht geregnet. Bis auf den warmen Niederschlag vor wenigen Tagen, der aber folgenlos blieb. Doch es war ein so wunderbarer Regen, dass selbst die Würmer neugierig wurden und aus dem Boden krochen, wie sonst nur die Touristen zum Feuerwerk kommen an lauen Sommerabenden. Gestern hatte es noch ein kurzes, heftiges Gewitter gegeben. Es ging nahezu trocken nieder.

Im Herbst laufen hier die Kinder und lassen ihre Drachen steigen. Unter Jungen artet das wie jedes Spiel zu einem Wettstreit aus. Welcher steigt am höchsten? Vom Wickelholz läuft die Schnur Meter für Meter aus der Hand in die Höhe. Kaum mehr ist der bunte Papiervogel im blauen Himmel zu erkennen. Noch immer rollt die Schnur, hält den steigenden Drachen. Der stolze Junge muss befürchten, dass die Schnur nicht reicht. Da zieht mit einem Mal der Drachen nicht mehr. Er steht am Himmel und schaukelt gemütlich hin und her. Das leichte Gewicht des dünnen Fadens, mit dem der Junge seinen Flieger führt, ist zu schwer geworden.

So früh am Morgen ist keine Menschenseele unterwegs. Ganz selten rattert eine Straßenbahn hinter seinem Rücken über die Brücke. Nur gelegentlich fährt ein einzelnes Auto die Uferstraßen entlang. Aus der Nebelwand lösen sich einzelne Schwaden und schweben über dem Fluss. Sie dekorieren Berg und Gebäude. Indem sie sie verbergen, werden sie erst interessant im magischen Licht der aufgehenden Sonne, das den von Osten kommenden, dampfenden Fluss von innen heraus zu beleuchten scheint.

Die Erde wendet diesen Ort der Sonne zu. Sie tut´s mit demselben Gleichmut wie eine Mutter, die gerecht sein will und ihre Liebe gleichmäßig über ihre Kinder verstreut. Aus der Nebelwand lösen sich einzelne Schwaden und treiben gegen die neue Brücke. Sie folgen zögerlich dem Lufthauch, den die Strömung des Wassers auslöst. Den Winter über sind am eisernen Geländer grüne Holzgitter angebracht gegen den eisigen Ostwind, der aus dem Flusstal kontinentale Kaltluft bringt.

Zwischen den beiden Brücken, zur neuen Brücke hin, weitet sich das enge Tal ein wenig. Die Stadt quillt zwischen den beiden Bergen heraus. Auf diese, sich nach hinten verjüngende Fläche passt nicht all zu viel. Grund und Boden sind kostbar. Die Berge ein klein wenig auseinander geschoben, würde vielleicht helfen. Doch selbst der finanzkräftigste Bauträger hat sich damit abzufinden, was ihm die Natur vorlegt. Alles, was zu Füßen der Berge keinen Platz mehr gefunden hat, kann sich nur vor der Stadt in der Ebene breit machen. Alle überschüssige Kraft, alles, was sie nicht in sich behalten kann, schüttet sie aus übers flache Land. Als wolle sie sich, wie ein Fluss ins Meer, in die Welt ergießen. Eine Mauer würde helfen. Dass sie alles in sich behielte und ihre Kräfte staute. Sie würde in sich selbst ertrinken. Dieser Trichter einer Mündung ist genau der rechte Ort für diese alte, merkwürdige Stadt.

Man nennt ihren Namen und meint doch nur diesen Teil. Das widerfährt selbst ihrer großen Schwester. Man sagt New York und meint Manhattan. Gleich bleibend jung ist sie in die Jahre gekommen. Man weiß nicht so recht, wie. Ist sie nun jung oder alt? Die Zeit kann ihr nichts anhaben. Sie durchläuft immer wieder aufs Neue die Phase der jungen Menschen, die sie herlockt, Jahr für Jahr, Jahrhunderte lang. Dass sie von ihr lernen. In Wahrheit taugt diese Stadt am Fluss überhaupt nicht zum Lernen. Still sitzen, während draußen das Wasser in einem fort weiter strömt! Den Jungen raubt sie die Jugend. Während sie bei ihr lernen und altern. So hält es sich jung. Das alte Mädchen.

Aus der gelben Nebelwand schaut von Osten gelegentlich das etwas oberhalb gelegene Kloster in die Stadt. Direkt neben die Universität haben die Jesuiten ihre Kirche im italienischen Stil gesetzt. Eine Straße weiter hat er seine Werkstatt.

Von seinem Platz aus sind die nächsten Häuser durch die lange Platanenreihe verdeckt. Das erste sichtbare Gebäude ist das alte Hospital. Eine Fachklinik für Brust und Lunge, an die sich ein vor der Stadt- und Kongresshalle liegender kleiner Park mit einer gepflasterten Wasserlandschaft anschließt, in der Kinder an heißen Tagen herumhüpfen. Mittendrin, von der Brücke her nicht einsehbar, liegt die stadtbeherrschende Universität. Die Altstadt hat vier Kirchen. Drei protestantische und eine katholische. Historisch gesehen ist sie eine Calvinistin.

Die Stadt hat einen Zoo und der Zoo einen riesigen grotesken Affen, eine abstoßende Kreatur mit haarlosem Hautsack und einem leuchtend roten Hinterteil. Kinder bleiben fasziniert stehen, Männer wenden sich beschämt ab und die Frauen versuchen herauszufinden, an wen er sie erinnert. Ein forsches Frollein fordert fromm, dass sie nicht in den Zoo mehr komm, wenn man nicht, was sie möge, an Sonn- und Feiertagen dem Untier eine Hos´ anzöge.

Jeder Versuch, sich diese Stadt zur Heimat zu machen, muss scheitern. Schon der bloße Versuch ist eine sträfliche Nachlässigkeit gegen sich selbst. Eine große Dummheit, hier bleiben zu wollen. Hier bleiben heißt scheitern. Schon der Wunsch, bleiben zu wollen, zeugt von einer Scheiternatur. Die Stadt ist voll von Losern, denn ihre Verlockungen sind für schwache Naturen einfach zu groß. Allmählich kommen sie jetzt aus den geschützten Eingängen der Geschäfte, aufgescheucht vom aufschließenden Personal und laufen sich warm. Die Gerade Straße rauf und runter, den ganzen Tag lang. Am Wochenmarkt, unter den Arkaden, sah er tagein, tagaus bei Sonne und Regen eine alte Frau mit ihrem Weidenkorb, die Brezeln verkauft. Sie stützt sich auf ihren Stock und den Tisch, auf dem der große Korb steht. Sie bleibt auf ihrem Klappstuhl sitzen, nur zum Bedienen und Kassieren steht sie kurz auf. Niemand wusste von welchem Bäcker sie die Brezeln hatte. Aber es waren die besten.

Die Sonne wird schon früh eine große Kraft haben und heiß auf den Kopf sengen. Auch ein Stadtmensch kann das Wetter beobachten und seine Lehren daraus ziehen. Nur, wie soll er seine Regeln heißen? Bauernregeln? Den Vogel, der morgens fröhlich singt, holt abends die Katz. So ergeht es auch dem Tag, der seinen Morgen mit strahlend blauem Himmel und starken Sonnenstrahlen beginnen will. Der ist bereits am Mittag zu Ende. Er muss es langsam angehen lassen. Die Nebel sollen lange liegen und sich erst allmählich heben. Dann wird der ganze Tag bis in den Abend schön. Wer aus dem Haus geht, muss bereit sein, auch mal nass zu werden. Aber was macht er sich Gedanken über das Wetter? Bald ist er auf und davon. Über die Alpen. In Italien. Sein Zug geht um zehn.

Durch den leichten Nebel kommt ein frühes Schiff. Als es aus seinem Blickfeld verschwindet und unter seinen Füßen in die Brücke einfährt, erwartet er unwillkürlich einen heftigen Stoß. Aber es passiert nichts. Es ist nicht ganz einfach, etwas Aufregendes über einen zu sagen, der regungslos da steht. Er steht zu früh auf, um morgendliche Erektionen zu haben.

Er sieht sich um. Dann langt er unter den Mantel und öffnet den Hosenladen. Er nestelt seinen Zipfel heraus und hält ihn mit den Spitzen von Daumen und Zeigefinger. Die andern Finger und die hohle Hand bilden einen Windschutz. Er stellt sich nah ans Geländer. Der Zipfel ist klein, vor Kälte fast ganz in den Sack gekrochen und kaum zu greifen. Als das warme Abschlagwasser durch den Schwellkörper fährt, wird er ein wenig größer. Er brunzt in den Fluss, verfolgt den Strahl. Während er brunzt, vibriert an seiner Hüfte das Handy. Das Motorola am Gürtel meldet sich nach drei Vibrationen mit einem kläglichen Plastik-Tatütata. Er hat alle Hände voll zu tun. Er schüttelt die letzten Tropfen ab und steckt seinen Zipfel zurück in die Hose. Er zieht den Reißverschluss hoch, schlägt den leichten hellen Mantel zurück und langt sich das Handy. Er klappt den selbst in seinen schmalen Händen klein wirkenden Apparat auseinander.

„Hello, ich bin's. Was machst du?"

„Ich steh auf der Brücke."

„Und was machst du da?"

„Ich schau mir die Stadt an."

„Bist du schon reisefertig? Hier ist es die ganze Nacht hell. Wie gern wäre ich jetzt bei dir. Ich bin fertig. Und du? Ein Nachbar fährt mich zum Flughafen. Ich bin jetzt allein, alle sind aus dem Haus. Morten musste früh raus, eine Notoperation. Ich habe ihn ins Krankenhaus gefahren. Danach bin ich gleich aufgeblieben, habe Kaffee gekocht, fertig gepackt und in meinem Archiv gewühlt. Ich hätte noch bei Mette oder Lisbeth reinschauen können, hab's mir aber dann doch anders überlegt. Morten war freundlich und fast zärtlich und hat mir für die Reise alles Gute und viel Glück gewünscht. Die Straße und auch das Meer sind ganz still. Das Haus ist jetzt ruhig und bald verlassen. Morten wird wieder Berge von Pizzaschachteln produzieren, bis ich zurückkomme. Mette hat mir versprochen, dass sie rüberfährt und nach ihm schaut. Barnet hatte mitten in der Nacht angerufen. Er hat Liebeskummer.

Ach, was erzähl ich da. Ich will dich bald sehen und fühlen und ganz bei dir sein. Ich sehne und verzehre mich nach dir. Oder meine Sehnsucht nach dir verzehrt mich. Irgendetwas in der Art. Du verstehst, was ich meine. Ich meine, du verstehst, was ich sagen will. Ich kann's noch gar nicht glauben, dass wir in wenigen Stunden zusammen sind. Ich freu mich auf dich. Ich kann's kaum erwarten. Bring mir diesen Morgen mit. Ciao, mein Liebster! Ciao!"

Er mag nicht so recht glauben, dass sich da ein Mensch hoch im Norden seinetwegen auf den weiten Weg macht. Nur um ihn zu sehen.

Irgendetwas hat ihn aus dem Gleichgewicht gebracht, als sie wieder aufgetaucht war nach dreißig Jahren. Do you know, where hell is? Hell is in Hello. Hinter ihm rattert eine Straßenbahn. Sie fährt leer in die Neustadt hinaus. Vollbesetzt wird sie in die Innenstadt zurückfahren. Gerade schlägt es sechs.

Tief atmet er die kühle Morgenluft ein. Ihn fröstelt. Die nächtliche Kühle hat er doch unterschätzt. Nebelfetzen wehen durch die blaugrünen Metallstäbe des Geländers. Etwas voreilig, dass er seine Kleider nach den klimatischen Verhältnissen seines Reiseziels ausgewählt hat. Nicht nur seine Gedanken waren weit vorausgeeilt in südlichere Gefilde. Eine helle, dünne Wollhose und ein blaues, dunkles Polohemd. Immerhin hat er den hellen Mantel übergezogen. Er muss niesen. Sein ganzer Körper ist feucht. Selbst auf das braune, nur an den gewellten Seiten ein wenig angegraute, dichte, streng gescheitelte Haar hat sich Tau gelegt. So lange steht er schon. Die gewölbten Locken bürstet er in flache Wellen herunter. Was ihn älter aussehen lässt und strenger. Die leichten Halbschuhe mit Ledersohle, schwarz, glänzend, weil frisch gewienert, halten die Füße nicht warm. Der nachtkalte Betonboden zieht die Körperwärme aus seinen kleinen Füßen. Bis über die Knie hinauf spürt er den Entzug. Die aufsteigende Auskühlung macht dem dürren Körper zu schaffen und sein altes Leiden bemerkbar. Immerhin, die Nieren funktionieren tadellos. Er zieht den Mantel fester um sich, so eng, dass das superflache StarTac 130 von Motorola, das kleiner ist als eine Zigarettenschachtel und samt integriertem Vibrationsmelder weniger als hundert Gramm wiegt, sich an seinem Gürtel unter dem hellen Stoff abzeichnet. Aber es hilft nicht viel. Er ist von Kopf bis Fuß auf Wärme eingestellt und dabei ganz ausgekühlt.

Er dreht sich kurz um und sieht der Bahn nach, die in die Neustadt hinausfährt. Der Katholik hat hier die ganzen Jahre ein unaufgeregt protestantisches Leben geführt. Er schaut durch den sonnendurchfluteten Nebel auf die Stadt. Es fällt schwer, von ihr Abschied zu nehmen. Er bewegt die Beine im Stand, tritt auf der Stelle. Er schaut auf die Uhr. Allmählich wird es Zeit. Er muss sich auf den Weg machen.

Er macht kurze Schritte. Er geht ein wenig staksig. Er schiebt die Oberschenkel weit vor. Er schickt die Beine voraus, nur um sie wieder zurück- statt einzuholen. Er setzt den Fuß nicht am weitesten Punkt auf. Er lässt den Unterschenkel immer etwas zurück schwingen. Ist der Fuß dann zurückgependelt unters Knie und die Ferse in einer Falllinie mit dem Knie, setzt er schwer den Fuß auf. Nicht mit dem Ballen zuerst. Er klatscht mit der ganzen Sohle auf den Boden, als hätte er Badeschlappen an. Es wirkt, als wäre er verärgert. Oder ungeduldig. Oder einfach unbeholfen. Ein wenig erinnert das Baumeln von Fuß und Unterschenkel an eine Marionette. Bewegt sie ein Glied, bewegen sich alle. Der Fuß nicht ohne die Hand. Auch der Kopf wackelt ein wenig.

Er verlässt die Brücke stadteinwärts. Die ersten Schritte unsicher vom langen Stehen in der Morgenkälte. Kurzbeiniger Fersengänger. In der Ferse sticht etwas, als steckte ein Dorn in der Haut. Er greift danach und reibt mit nassem Finger; aber es ist nichts. Die Gründe, dass ein Mensch in die Stadt geht, sind die großen Geschäfte, das Krankenhaus und das Gymnasium. So hat ein Stadtbesuch dreierlei Voraussetzung: Geld, fehlende Gesundheit, Hunger nach Bildung und Durst nach Wissen. Einkauf, Krankheit und Bildung. Wer darüber nicht verfügt, wer darunter nicht leidet, bleibt am besten im Dorf.

Ägypten hat seine Pyramiden, Dresden sein Grünes Gewölbe. Jede Stadt verfügt über eine eigene Schatzkammer. Diese Stadt muss eine Herzkammer haben, einen *tesoro cordiale*. Sie liest alle in einer milden Sommernacht verloren gegangenen Herzen auf, sammelt sie ein und trägt sie in ihre Herzenkammer. So schlägt ihr Puls seit Jahrhunderten.

In weitem Bogen spuckt er seinen Kaugummi aus. Im Weitspucken ist er noch immer ein großer Meister. Keiner spuckte Kirschkerne weiter als er. In hohem Bogen. Und zielgenau. Er hatte lange geglaubt, dass aus jedem Kern ein neuer Baum wächst. Er mochte das bittere, matte Holz bald mehr als das süße Fleisch der Frucht. Er behielt den Kirschkern lange im Mund und rollte ihn mit der Zunge hin und her. Früher hat er seine alten Kaugummis aufbewahrt. Nicht nur, weil sie teuer und etwas Besonderes waren. Wegen der unterschiedlichen Bissformen hat er sie in einem kleinen Karton gesammelt. Er hat sich nicht das Gebiss verdorben. Er hat nie eine Spange tragen müssen.

Natürlich verjüngt die Rückkehr einer Jugendliebe. Aber es ist auch ein Rückfall. In seinem Alter noch den Zwanzigjährigen spielen! Vielleicht ist er jetzt erst reif dafür. Von seiner Bereitwilligkeit war er selbst überrascht. Es ist etwas mit ihm passiert. Manchmal hält er es für eine Schwäche. Ganz und gar unamerikanisch, dass einer nicht sein Leben, sondern das Leben ihn im Griff hat. An anderen Tagen glaubt er, dass es etwas wie Selbstbestimmung sei, zumindest, dass es eng mit seinem Wesen zusammenhängt. Dann hat er das Gefühl, er käme jetzt erst dazu, der zu sein, der er in seiner Jugend schon einmal war. Nach seiner Jugend hatte er Ruhe gehabt. Für immer Ruhe. Jetzt erinnert er sich mehr an früher als früher, weil es früher gerade immer jetzt und das vor dem Gegenwärtigen Gelegene die Kindheit war, der man in der Jugend entkommen wollte; schließlich will die Jugend nicht in der Jugend, sondern im Erwachsenen sein.

Die Brückenstraße stadteinwärts. Schlenkert hie und da noch mal das Bein. Ein paar Schritte. Probeweise. Er bleibt stehen, geht langsam weiter. Vorbei an der Villa des alten Gymnasiums. Man spricht Griechisch. Vorbei am alten Buchladen, neben Mega-Markt und Spielwaren. Der Buchladen fallierte vor ein paar Tagen und wurde von Investoren aufgekauft. Die Stühle am Bistro-Eck sind noch zusammengekettet. Der Rest der Häuserfront ist Kleidung. Ecke Brücken-/Gerade Straße zögert er. Der Zigarrenladen neben der Apotheke hat schon auf. Er kauft die Tageszeitung. Er bezahlt sein Lotto. Seit Jahren spielt er immer die gleichen Zahlen. Er hat sie vom alten Meister mit der Werkstatt übernommen. 5, 24, 36, 38, 40, 47. Er hat sie behalten aus Anhänglichkeit.

Er wirft einen raschen Blick in die Zeitung. Ein Ehrensenator der Universität wird mit dem Stifterpreis des Bundesverbands Deutscher Stiftungen ausgezeichnet. Mit dieser Ehrung würdigt der Bundesverband Deutscher Stiftungen eines seiner hervorragenden Mitglieder und den größten Einzelstifter mehrerer Förderpreise für Künstler und Wissenschaftler für seine besonderen Verdienste um das Stiftungswesen. So stiftet sich der Bundesverband Deutscher Stiftungen einen eigenen Ehrenpreis. Sie selbst kämen ja sonst zu kurz. Weil's sonst keiner tut, ehren sie sich eben selbst. Im Geschlechtlichen heißt das Onanie. Er rollt die Zeitung zusammen und steckt sie in die Manteltasche. Er spürt, dass es ihn gepackt hat. Ihr Anruf. Ihre Stimme. Nicht, was sie sagt. Nicht ihre Worte. Nur der Klang ihrer Stimme. Hello! Manchmal denkt er, er würde sich lächerlich machen. Aber dann ist er wieder ganz von sich überzeugt. Er verspürt Heißhunger auf eine Brezel.

Er dreht sich um und sieht auf den großen Platz. Von Nord und Süd, vom Osten und Westen kommt hier alles zusammen. Die Berge im Osten bilden eine natürliche Grenze. Nach Westen hin ist das Land offen, auch den Norden hinauf, den Süden hinunter. Einsteigen, aussteigen, umsteigen. Die hohe Sandsteinsäule ist grün bemoost vom rinnenden Wasser. Auf ihr scheinen alusilbrige Bänder zu wedeln. Die Kaufhausgalerie macht erst um halb zehn auf. Der gläserne Lift hängt ganz oben.

Er schwenkt ein in die Gerade Straße. Christine-Moden ist seit ein paar Tagen der dritte Siggi-Due-Laden der Stadt. Zwei davon in der Geraden Straße. Douglas gehört schon zu den Alteingesessenen.

Der alte Buchhändler hat an den Bahnhofsbuchladen verkauft. Im Body Shop war früher das schönste Café der Stadt. Nach dem Neubau des ganzen Quadrats ist inzwischen auch die Kaufhalle raus, Sport-Klamotten rein. Die Kinos halten sich alle. Fernsehen ist doch anders als Kino. Das hat sie gerettet. Auch Schuhgeschäfte können sich halten und vermehren sich. Das Städtchen scheint eine Buch- und Schuhladenstadt zu sein. Dazwischen immer wieder für kurz oder länger eine Schaufensterfront mit Zeitungen oder Packpapier zugehängt. Neue Mieter gesucht für reichlich Verkaufsfläche in hoch frequentierter Lauflage.

Immer wieder einmal wollte er durch die Gerade Straße gehen und die Fronten der Häuser mit einer Panoramakamera aufnehmen. Jahrgangsweise die meterlangen Bildstreifen übereinander legen und die Veränderungen festhalten. Wann hätte er mit dem Fotografieren anfangen sollen? Als die Straßenbahn noch durch die Gerade Straße fuhr? Eine Frau wurde totgefahren. Danach musste die Tram raus. Er hat es aufgegeben. Aber es bleibt ein gedanklicher Zeitvertreib. Er ist in einem Alter, da die Alten nach und nach wegsterben und er in die vorderen Reihen der Sterbekandidaten aufrückt. In der Hose trägt er ihren Brief. Er vergewissert sich mit der Rechten immer wieder. Nur falsch Liebende verabreden sich. Wahre Liebende brauchen keine Verabredung. Er muss sich bremsen. Sein Zug geht doch erst um zehn. Bring ihr diesen Morgen mit!

Fast fährt ihm ein Radler in die Haxen. Großer, leuchtend roter Plastiksack auf dem Rücken. Später schießen sie aus allen Himmelsrichtungen herbei. Aus heiterem Himmel überfallen sie die Fußgänger. In dieser Stadt wird immer einer über den Haufen gefahren. Allen ist es hier zu eng. Bald wird die Gerade Straße völlig zugeparkt sein von Lieferwagen, Lastern und Personenwagen.

Herbert Kollenz, geboren 1949, Lehrbeauftragter für Deutsch am Internationalen Studienzentrum der Universität Heidelberg, lebt seit 1969 in Heidelberg.

PATRIZIA PRUDENZI

Alla tschüss!

Sie kam mit der Bergbahn zum Schloss. Sie suchte sich eine Bank in der Sonne, die noch nicht belegt war. Sie wollte allein sein, konnte kein alltägliches Gerede ertragen. Sie setzte sich direkt neben den Springbrunnen und beobachtete das Geschehen um sie herum.

Ihre Augen folgten der Anordnung der breiten Wege aus Kieselsteinen, die das geometrische Muster der Wiesen unterbrachen. Das kurze Gras der Wiesen war wie volles, dichtes Haar. Die alten, hohen Laternen im Jugendstil aus grünem, verwittertem Metall standen wie schweigsame Wächter in konzentrischen Kreisen. Alles ist hier Kreis und konzentrisch, dachte sie, und geordnet, nicht wie in meinem Leben.

Sie schaute auf den inneren Kreis, die Fontäne und die explodierenden roten Töne der Petunien, die um das Wasser wuchsen. Rot, die Farbe des Lebens und des Blutes. Sie fühlte sich in diesem Moment unendlich schwach und müde. Das Geräusch des Wassers lenkte sie ab. Dieses Geräusch dominierte diesen Ort.

Sie sah den Spaziergängern zu, die sich völlig geräuschlos vor der Wasserkulisse bewegten. Sie konnte ihre Gespräche nicht hören. Jemand machte Fotos von der Fontäne, als wolle er ihre unbändige Sprungkraft festhalten. Dieser Versuch kam ihr albern vor. Als würde jemand versuchen, die Zeit zum Stillstand zu bringen. Sie schaute auf ihre Uhr. Ja, die Zeit war tatsächlich schon fast vergangen. Bald musste sie weitergehen.

Sie spähte noch einmal hoch und versuchte sich alles einzuprägen. Viele Pflanzen hatten schon ihre Herbstkleider angezogen und spielten mit der Sonne ein Fest. Das Licht war kräftig und warm, doch in den scharfen Schatten konnte man bereits die erste Ankündigung des Winters spüren. Der Sommer war endgültig vorbei. Der letzte in ihrem Leben, dachte sie.

Plötzlich machte das Wasserspiel eine Pause und der Lärm der Stadt setzte sich durch. Motorgeräusche und Gesprächsfetzen erfüllten die Luft. Jetzt, dachte sie, jetzt muss es sein.

Sie stand auf und hob ihren langen Schleier, sodass ihr Gürtel aus Plastiksprengstoff sichtbar wurde. Einige der Passanten sahen das und blieben stehen. Sie schrie „Allah ist groß!“ und zog den Zünder.

In diesem Moment fing die Fontäne wieder mit ihrem Wasserspiel an. Das Wasser färbte sich sofort rot.

Patrizia Prudenzi, geboren 1963 in Mannheim, aufgewachsen in Italien mit italienischem Vater und deutscher Mutter, Studium der politischen Wissenschaften in Italien und der Wirtschaftsinformatik in Deutschland, Software-Entwicklerin, hat mehrere Bücher zum Programmieren veröffentlicht, in Kürze erscheint ihr erster Kriminalroman Der König gewinnt immer, *Mitglied der* Sisters in Crime Deutschland.

SABINE REGELE

Heidelberg immer wieder neu erleben

Schreie, Quietschen und wieder waren Schreie zu hören. Dann war es still. Das Auto kam zum Stillstand und Andreas flog über den Pkw. Was war geschehen? Wir, eine Gruppe Jugendlicher unternahmen als 13/14-Jährige einen Ausflug mit unserer Klassenlehrerin. Ziel war das romantische Heidelberg. Daran, dass wir als Rasselbande das Schloss und Heidelberg besichtigten und unsicher machten, erinnere ich mich wenig. Dafür jedoch umso mehr, dass wir schon alle abfahrtbereit vor dem Bus auf dem Neckarmünzplatz standen und nur noch auf unseren Schulkameraden warteten. Dieser ging abenteuerlustig wie er war, öfters eigene Wege. So auch an jenem Tag. Unsere Lehrerin zählte ab und siehe da, Andreas fehlte. Wo konnte er sein? Er war so fasziniert vom Neckar und der Alten Brücke, dass er noch auf der anderen Straßenseite am Neckar verweilte. Auf unser Rufen hin wollte er sofort kommen und nahm die kürzeste Verbindung – direkt über die Straße. Er achtete weder auf den Verkehr noch auf die Straße. Er wollte nur schnell bei uns sein und nicht noch den Umweg nehmen, um über den Zebrastreifen zu gehen. Wir sahen, wie er vom Auto erfasst wurde und in die Höhe flog. Wie des Öfteren machte gerade, Gott sei Dank; sein Schutzengel keine Mittagspause – ihm wurde kein Häarchen gekrümmt. Er hatte mehr Glück als Verstand. So konnten wir dann auch bald unsere Heimreise antreten.

Das war mein erster bleibender Eindruck von Heidelberg. Damals ahnte ich nicht, dass ich jemals in diese Stadt zurückkehren würde, um dort zu wohnen und zu leben. Wichtig war mir nur schon als Kind, mich für Dinge einzusetzen, die mir wichtig erschienen, egal wo ich mal wohnen würde. So machte ich mich auch später als Heidelbergerin in der Arbeitsgemeinschaft der Heidelberger Frauengruppen und Verbände stark und bin heute auch Bezirksbeirätin in Heidelberg.

Kinder wollte ich schon immer haben. Als Kind stellte ich mir vor, drei eigene zu haben und eines zu adoptieren. Schließlich bekam ich zwei Kinder. Meine Kinder sind hier in Heidelberg zur Welt gekommen und auch zur Schule gegangen. Ab und zu versuchen wir alle Heidelberg mit den Augen von Touristen zu sehen, um Neuigkeiten zu entdecken oder Altes wieder neu aufzunehmen. Das führte unter anderem dazu, dass meine jüngste Tochter noch als Jugendliche unbedingt in einem Heidelberger Hotel übernachten wollte, unmittelbar in der Nähe unserer Wohnung. Also eigentlich rausgeschmissenes Geld – oder? In ihren Augen nicht. Sie bekam den Wunsch als Weihnachtsgeschenk erfüllt und genoss das Leben zusammen mit ihrer Freundin als Gast in Heidelberg.

Wenn Touristen es aus der ganzen Welt nach Heidelberg zieht, dann dürfen wir nicht den Alltag immer Alltag sein lassen und gedankenlos durch das schöne Heidelberg gehen. Oder?

Sabine Regele, geboren 1958, Journalistin und Autorin, interviewt berühmte Politiker, Schauspieler, Künstler, Sänger, Lobbyisten, Kritiker, Journalisten, Fernsehmoderatoren, Herausgeber, Weltenbummler, Wirtschafts- und Sozialmanager, Geschäftsführer, Schriftsteller.

SUSANN ROSEMANN

Das Altstadthaus

Dieses Gebäude ist älter als ich, so viel steht fest. Das war das erste, was mir durch den Kopf ging. Ich sah die vom Straßendreck geschwärzten Mauern einer verwinkelten Seitengasse irgendwo in der Heidelberger Altstadt, die schief hängenden Fensterläden mit ihrer abblätternden Farbe, die irgendwann in besseren Tagen ein hoffnungsvolles Grün gewesen sein musste. Dieses Gebäude ist älter als ich und meine gesamte Familie zusammen und doch, es ließ sich nicht leugnen, ich mochte es.

Der Makler trippelte in seinen glänzenden Schuhen durch den vom Regen aufgeweichten Grünstreifen, schloss auf und winkte mich mit einem unterwürfigen und gleichzeitig verschwörerischen Blick heran. Mir gefiel es nicht, dass er dieses Haus betreten konnte, wann immer er wollte und mit wem er wollte. Es war zu schade für ihn. Ich merkte, wie mein Gesicht einen unfreundlichen Ausdruck bekam, auch wenn ich mich selber schalt dafür. Was wollte ich, er war Makler und mein Haus hatte im Laufe der Jahre sicher viele Kreaturen wie ihn gesehen.

„Ihnen gefällt das Objekt wohl nicht?“ dienerte er und sah mir noch immer nicht in die Augen.

„Das Objekt schon“, begann ich, beinahe hätte ich etwas Unhöfliches hinterher geschoben, aber ich riss mich zusammen. Ich wollte dieses Haus, egal, was es kostete. Aber vielleicht war es ja gut, dass der Makler das nicht so mitbekam, ihm traute ich allemal zu, den Preis in die Höhe zu treiben. Ich beschloss, mein Pokerface aufzubehalten, ignorierte das ausweichende Verhalten des Zwergs und schob mich, Abstand haltend, an ihm vorbei durch die Haustür.

Ein muffiger Geruch ließ mich für einen Moment zaudern, doch da hörte ich bereits die schrille Stimme hinter mir.

„Einwandfreie Bausubstanz, sie könnten sofort einziehen, es muss nur hier und da etwas gerichtet werden, Heizung ist so gut wie neu und hier, sehen sie“, er ging voraus in eine Küche, die den Namen nicht verdiente, „die Möbel sind Tipptopp in Schuss“.

Ich ließ meinen Blick über die Hängeschränke aus Sperrholz wandern, deren Ecken und Kanten abgestoßen waren, die Plastikoberfläche zerkratzt. Ein Gasherd, der im vorigen Jahrhundert das letzte Mal gereinigt wurde, stand einsam in einer Ecke, direkt neben einer Glastür, die in einen verwunschenen Dornröschengarten führte. Nicht dass ich in meinem Entschluss wankte, nein, ich war mir sicher, ich wollte dieses Haus. Nur das mit dem Preis, das würde ich überdenken müssen. Ein Poltern aus dem Flur ließ uns zusammenzucken. Der Makler schien mir nervöser denn je, seine Stimme war nur noch ein Flüstern, als er mir vorschlug, doch jetzt den Garten anzusehen. Ich schüttelte nur den Kopf, blieb stehen, lauschte. Es schien, als käme jemand die Holztreppe herunter, die ins obere Stockwerk führte.

„Wer ist da schon wieder“, rief eine männliche Stimme, die ich nicht recht einordnen konnte. War sie mir sympathisch oder eher unheimlich? Sie hatte einen Unterton, wie das Heulen eines Wolfes, das mir ein ums andere Mal eine Gänsehaut auf den Rücken treibt, sobald ich es höre. Der Fremde verharrte im Türrahmen. Grüne Augen fixierten mich und wieder kam mir der Wolf in den Sinn, freiheitsliebend, struppig und unberechenbar. Die Farbe seiner Augen passte perfekt zu der Tapete hinter ihm. Ich starrte ihn an. Er starrte lauernd zurück. Mit diesem Grün, das direkt aus dem Haus selbst zu kommen schien, als wolle es seine Treue zu diesem Gemäuer unterstreichen. Der Makler trippelte auf der Stelle und begann, wirres Zeug zu reden.

„Ach, Sie, ich wusste nicht, dass Sie hier sind, darf ich vorstellen, eine verehrte Kundin, ich möchte ihr ...“ Seine Stimme schien eine Etage höher gerutscht zu sein. Ich hatte das Gefühl, mich nicht bewegen zu können. Wir starrten uns immer noch an, ohne auf die Worte des Maklers zu achten. Als ob die Zeit still stehen würde und in ihrem Stillstand alle Wörter verschluckte. Endlich brachte ich heraus: „Wer sind Sie?“

Seine Hand strich über den Holzrahmen der Tür, als berührte er etwas, das ihm sehr vertraut war.

„Wer ist es, der das fragt und warum?“

Seine Stimme war so grün wie seine Augen. Ich beschloss, dass ich ihm sein seltsames Verhalten nicht übel nehmen konnte. Stattdessen setzte ich mein freundlichstes Lächeln auf, ging drei Schritte auf ihn zu mit den Worten „Mein Name ist Katrin Kluge. Ich bin interessiert an einem Kauf. Sie sind der Besitzer, nehme ich an?“

Meine zur Begrüßung ausgestreckte Hand blieb nutzlos in der Luft hängen. Ich zog sie wieder zu mir heran. Der Fremde drehte sich wortlos um und verschwand in den Tiefen des Hauses. Meines Hauses, so viel war sicher, da konnte sich dieser Kerl noch so sehr daneben benehmen, wer auch immer er war. Ich drehte mich zu dem Makler, der unruhig an seiner Tasche nestelte.

„Wer war das?“

„Der?“

Er schaute sich hektisch um.

„Nicht wichtig, kommen Sie, kommen Sie, wir gehen in den Garten!“

Der Natur zur alleinigen Nutzung überlassene ehemalige Grünfläche, so hätte ich das genannt, was sich hinter dem Haus abspielte. Garten kam mir zu optimistisch vor, aber es war mir gleich. Ich hatte genug Geld angespart. Kombiniert mit einem kleinen Kredit sollte ich mir auch einen Gartengestalter leisten können. Das würde nicht das Problem werden. Das Problem, darin wurde ich mir immer sicherer, stand hinter einer der stumpfen Scheiben im Obergeschoss und beobachtete uns. Der Makler wollte mir noch immer nichts Näheres über den Mann sagen. Er brach kurz darauf die Besichtigung ab mit dem Hinweis auf einen weiteren wichtigen Termin. Ich stand in dem dunklen, grünen Flur und wollte noch nicht gehen.

„Hören Sie, ich habe das obere Stockwerk nicht gesehen. Ich möchte bleiben, der Besitzer wird mich herumführen.“

Seine kleinen Augen blickten unruhig, als er sich mit einem feuchten Händedruck verabschiedete.

„Versuchen Sie Ihr Glück. Vereinbaren Sie einen neuen Termin mit mir, sobald sie sich entschieden haben. Und bringen Sie den Schlüssel in mein Büro.“

Er hatte es eilig, kein Zweifel. Die wurmstichige Eingangstür fiel quietschend ins Schloss. Unschlüssig darüber, was mich oben erwarten würde, stöberte ich noch ein wenig in den unteren Zimmern herum. Ein Gästeklo, das komplett erneuert werden musste, ein Wohnzimmer mit Kamin, ich beschloss, die viergeteilten Fenster zum Garten, wenn es eben ging, bei der Renovierung zu erhalten, ebenso das abgenutzte Holzbohlenparkett. Im Kamin schien erst vor kurzem Feuer gebrannt zu haben. Ich stocherte mit einem Schürhaken in der Glut, die in kleinen Funken knisterte und wurde mir plötzlich der Gegenwart des anderen bewusst, so als hätte ich einen Luftzug an der Wange gespürt. Ich ließ den Haken fallen und drehte mich um. Außer mir und ein paar abgewohnten Möbeln war der Raum leer. Ich lauschte, kein Geräusch war zu hören, es schien, als verhielte er sich absichtlich ruhig. Als warte er auf etwas, auf mich?

Ganz unvermittelt bewegte sich die Tür. Dann stand er da, an den Rahmen gelehnt, seine grünen Augen fixierten mich quer durch den Raum.

„Wollen Sie mir nicht endlich sagen, wer sie sind?“

Ich hatte Mühe, meine Stimme unter Kontrolle zu halten. Lass dich nicht so verunsichern, schimpfte ich innerlich mit mir, allein, es half nichts. Hin- und hergerissen zwischen dem Gedanken, den Schürhaken wieder aufzuheben oder gleich durch die Gartentür zu fliehen, blieb ich stehen und rührte mich nicht.

„Warum wollen Sie das wissen?"

„Weil Sie sich in meinem zukünftigen Haus befinden."

Nun lachte er, kurz und trocken. „Das wüsste ich."

„Wollen Sie denn nicht verkaufen?"

Meine Stimme hatte schon wieder einen zu hohen Ton und die Widersinnigkeit meiner Frage half mir auch nicht weiter.

„Ich kann es gar nicht."

Erneut dieses Lachen und auf einmal schien das Grün in seinen Augen einen warmen Schimmer zu bekommen.

„Weil Ihnen das Haus nicht gehört?"

„Exakt. Ich bin genauso Kunde dieses netten Maklers wie Sie."

Ich brauchte eine Weile, bis ich diese Information verarbeiten konnte. Also hatte er den Schlüssel auf demselben Weg bekommen wie ich. Und ging seither ein und aus. Ich konnte es ihm nicht verdenken. Vorsichtig bewegte ich mich drei Schritte auf ihn zu und bemerkte seine glänzend geputzten schwarzen Schuhe und den Cashmere-Pulli. Beides wollte so wenig in die Umgebung passen, dass es mich wunderte, dass es mir jetzt erst auffiel. Sein Lächeln kam so unvermittelt wie sympathisch.

„Aber wenn alles gut geht, wird es bald mir gehören", sagte er.

„Somit sind wir Rivalen."

„Konkurrenten", verbesserte er mich und lächelte sein Lächeln, das bis in die Augen strahlte, als er mich anblickte.

„Kaffee gefällig?"

Mit einer Hand deutete er in Richtung Küche, die andere spürte ich auf meiner Schulter. Sie hinterließ ein Kribbeln, das in Richtung Magen zog.

„Vielleicht können wir uns ja einigen, Sie den unteren Stock, ich den oberen." Er zwinkerte. „Oder Sie die rechte Hälfte, ich die linke?"

„Aber das Parkett bleibt drin."

„Und die Sprossenfenster auch", grinste er.

Ich nickte, sah ihn an, nickte erneut und war mir plötzlich in einem ganz sicher: Etwas Besseres als dieses Haus mitten in der Heidelberger Altstadt hätte mir nicht passieren können.

Susann Rosemann, geboren 1969, studierte von 1990 bis 1997 Ur-

und Frühgeschichte, klassische vorderasiatische Archäologie in Heidelberg, Veröffentlichung von Kurzkrimis in Rhein-Neckar-Zeitung *und* Funk Uhr *und von Liebesgeschichten in Romanzeitschriften des Pabel Moewig Verlags, Kurzgeschichte* Chaosqueen *in der Anthologie* Das Helena-Syndrom, *Website Verlag 2005, www.susannrosemann.de.*

SUSANN ROSEMANN

Heidelberger Schlossgespenst

Jens kannte sie von einem gemeinsamen Seminar, Marina war ihm von Beginn an aufgefallen mit ihren langen pechschwarzen Haaren. Er hatte sie von seinem Platz aus beobachtet und war fasziniert von ihrer Anmut. Zurückhaltend hatte sie gelächelt, als er sie das erste Mal auf einen Kaffee einlud, nur langsam taute sie auf, erzählte von sich, von ihrem Studium. Drei Treffen hatte es gedauert, bis sie ihm ihr Geheimnis offenbart hatte und nun stand er mit ihr vor dem Schloss kurz vor Mitternacht und wusste nicht so recht, was er von alldem halten sollte. Es war eine Dummheit, diesen Ausflug zu machen. Das wurde ihm nicht erst jetzt klar. Trotzdem, Marinas Behauptung war zu absurd gewesen. Und die Tatsache, dass sie ihn einen technikgläubigen Unromantiker genannt hatte, wollte er so auch nicht stehen lassen.

Jens rieb die Hände in den Handschuhen aneinander, sah nach oben auf den Mond am klaren Nachthimmel. Eine runde Scheibe, die kaltes Licht auf die Schlossruine warf. Ein Käuzchen stieß einen klagenden Schrei aus, ein Rascheln im Gebüsch neben der eingefallenen Mauer ließ ihn zusammenzucken. Nur die Ruhe bewahren, es gab keinen Grund, nervös zu werden. Tagsüber liefen hier etliche Touristen vorbei und nur die Tatsache, dass es nun dunkel war, machte den Ort nicht gefährlich. Marina rückte ein Stück näher an ihn heran, er spürte ihre Berührung an seinem Arm und schüttelte über sich selbst den Kopf. Sie könnten jetzt bei ihm zu Hause im Warmen sitzen, einen heißen Tee neben sich am Rechner bei einem Computerspiel, stattdessen stand er hier draußen, fror sich die Zehen zu Eis und machte sich zum Deppen. Und das alles nur, um Marina etwas zu beweisen. Was, wenn sie es gar nicht ernst gemeint hatte, ihn in eine Falle locken, ihn bloßstellen wollte? Vielleicht waren ihre Freundinnen ihnen gefolgt, kauerten hinter einem der Büsche und machten sich lustig über ihn. Wäre ihr das zuzutrauen? Er sah auf ihre von der Kälte geröteten Wangen und schüttelte erneut den Kopf. Nein. Trotzdem war ihre Geschichte unwirklich genug gewesen. Und er Esel musste sich darauf einlassen, um ihr zu zeigen, dass ihn nichts schrecken konnte, keine alten Mauern bei Vollmond, keine Schauergeschichten und wenn sie noch so gut erzählt wurden. Er gab sich einen Ruck, nun war er so weit gekommen, nun würde er es durchziehen, je schneller desto besser.

Er nahm ihre Hand und zog sie mit sich. Mit großen Schritten durchquerte Jens den steinernen Torbogen, dann standen sie im Innenhof. Links von ihnen ragten die Mauern der Ruine in den sternklaren Himmel, rechts der intakte Bau mit dunklen Fenstern. Vor ihnen die Sonnenuhr hoch oben an der Wand. Erneut hörte er den Schrei eines Vogels, ein Windhauch ließ ihn frösteln, das Geräusch schien kein Ende nehmen zu wollen und ihm war, als sehe er im Augenwinkel einen Schatten. Doch als er sich umdrehte, bewegte sich nichts. Nicht durchdrehen, sagte er sich, beobachtete Marina, wie sie in der Mitte des Schlosshofs stand, die Arme um den Oberkörper geschlungen. Sie suchte die Umgebung ab, doch sie schien nichts zu finden. Woher auch? Jens zog den Fotoapparat aus der Tasche. Das ist doch alles lächerlich hier. Es gibt keine Geister.

„Ich gehe da heute Nacht nach oben und beweise dir, dass du Halluzinationen hattest“, hatte er zu ihr gesagt, am Nachmittag, als sie sich in der Stadt getroffen hatten. „Und als Beweis, dass ich da war, mache ich dir ein paar Fotos“.

Sie hatte genickt und weiterhin behauptet, sie habe ein Schlossgespenst gesehen, letztens, bei der Nachtführung. Er wollte nicht streiten und zudem schien ihm alles so absurd. Geister gab es nicht.

„Ich komme mit“, hatte sie schließlich betont.

„Das ist komplett unnötig. Ich mache die Fotos, dann komme ich wieder. Ich verspreche dir, ich lüge dich nicht an. Sollte ich einem Geist begegnen, erfährt du es“, er hätte am liebsten gelacht, so absurd war ihm das alles vorgekommen. Doch nun spürte er erneut diesen Hauch, so als streiche eine unsichtbare Hand durch seine Haare. Er schüttelte sich, schloss die Augen, atmete tief durch. Es war nicht mehr nötig zu fotografieren, doch das Hantieren mit dem technischen Gerät gab ihm seine Sicherheit zurück. Er machte Fotos in jede Richtung. Fotos, von einem leeren Schlosshof, auf dem der Wind die Blätter durcheinander wirbelte.

Als er sie die Treppen hinunter in die Altstadt liefen, versuchte er ihr Schweigen zu brechen, sie aufzumuntern.

„Siehst du, da war nichts.“

Sie lächelte nur und lief weiter.

In seiner Wohnung setzte er als erstes heißes Wasser auf, um einen Tee zu kochen, an dem sie sich aufwärmen konnten. Marina saß mit untergeschlagenen Beinen auf dem Sessel, als er ihr den Becher überreichte. Sie hatte noch immer kein Wort gesprochen.

„Keine Ahnung, was du da oben gesehen hast, aber jetzt war doch alles easy. Da ist nichts", versuchte er es und endlich reagierte sie.

„Du weißt genau, was ich gesehen habe. Ich lüge nicht."

„Der Schlosshof war leer und es war kalt. Marina ..." Er fasste sie am Arm. Warum konnte sie nicht endlich Ruhe geben, einsehen, dass sie Unrecht hatte?

„Lass das doch jetzt. Kommst du am Samstag mit ins Kino?"

„Kann ich die Fotos sehen?"

Jens verdrehte die Augen. Himmel, das war eine Hartnäckige!

„Du spinnst echt."

Mit einem Seufzer holte er seinen digitalen Fotoapparat aus der Tasche. Er hielt Marina das Display entgegen, damit sie die Bilder, die er bei ihrem Ausflug gemacht hatte, ansehen konnte.

„Bist du jetzt zufrieden?"

Er beobachtete, wie sie auf das Foto starrte und wunderte sich über die bleiche Farbe, die ihr Gesicht angenommen hatte.

„Siehst du", fuhr er fort. „Es gibt keinen Geist, keine Übersinnlichkeiten, nichts dergleichen, das ist ein altes, halb verfallenes Schloss, sonst nichts."

„Ach ja?"

Sie sah ihn an, ein unheimliches Leuchten in ihren Augen ließ ihn frösteln. Langsam drehte sie das Display zu ihm hin und sagte: „Und was ist das?"

Sie lachte ein Lachen, das sich wie ein kalter Windhauch um sein Herz legte.

„Selbst deine Technik bestätigt, dass es uns gibt."

EVELYN SCHÄFFER

Brief an deine Romantik

Manchmal nimmst du sie wie eine kokette Kokotte in die altersschlaffen Arme deiner goldglänzenden Boudoirs. Hüllst sie in die Vorstellungen deiner Träume, verzauberst sie und spuckst sie mit glänzenden Augen zurück in die Trivialität glänzender Verkaufsauslagen, als wär's dein einziger Lebenszweck. Rein, raus, immer lächelnd, immer bereit.

Ich hab mein Herz in Heidelberg verloren … (sing ich für dich).

Nein, nicht mein Herz, mein Fühlen reibt sich immer wieder neu an den kleinen Stellen des Verfalls, die deine wahre Seele offenbaren. Bröckelnder Putz, ein eng vermauerter Raum für Mülltonnen, der nach Pisse stinkt und bei einem zufälligen Blick nach oben die Ornamente eines ehemals stolzen Eingangsbereichs zeigt.

An manchen heißen Tagen simmern deine Straßen in der Hitze wie eine stumpfe Nekropole der Romantik, begleitet von der Musik klappernder Absätze und abgesetzter Tassen vor den unvermeidlichen Cafés. Studentenküsse und Heidelberger Bisschen, zartbittere Confiserien und multikulturelles Fastfood, Falafel, Döner, Pizza, Fischbrötchen, Eis, Gebäckstücke, Laugenbrezeln, Duftschwaden aus Kaffeemaschinen und von künstlich bedufteten Seifen.

Bist käuflich, zuweilen recht billig und der Blick auf altertümliche Dachanlagen vom Parkdeck über dem Kaufhof aus straft die chrom- und glasglitzernden Fassaden in den Erdgeschossen Lügen. Hier oben fühle ich mich dir sehr nah. Die Geräusche des Ameisengewusels Meter unter mir in den Ohren, lehne ich mich im Abgasatem an die Brüstung und träume wie ein Voyeur in fremde Fenster und Lebensräume, berauscht von dieser morbiden Leidenschaft. Über mir nur noch der Himmel, dessen Palette von Bleifarbe bis wässrigem Vergissmeinnichtblau reicht. Unter mir die gehämmerten Steine, die noch heute helfen, deinen Mythos zu nähren.

Nein, deinem Charme kann auch ich mich nicht entziehen, wenn ich auch immer wieder Anderes finde als die Scharen der Pauschaltouristen, die dich mit ihrem Abfall benutzen und tausendfach abfotografiert in den Karteikästen ihrer multimedialen Speicherkarten wie schmutzige kleine Geheimnisse verrotten lassen. Du weckst meine Leidenschaft wie eine heimliche Geliebte, unvermutet, aus heiterem Himmel und hinterlässt mir heiß lodernde Male der Lust, die ich wie verstohlene Initiationsnarben an meinem Busen nähre und im Neckarfruchtwasser kühle.

Liselotte von der Pfalz poussiert im Karzer mit dem Student Prince, während Gunter von Hagens im *Schwarzen Walfisch* die Wissenschaft zur Volksschau plastiniert. Traumverlorene Hinterhofoasen, in denen sich meine Fantasie aus verschwenderisch treibender Clematis und duftenden Kletterrosen einen Pfuhl bereitet. Bücher, Bücher, Bücher, mit denen ich die Windungen meines Gehirns pflastere und schmücke. Und über allem das Schloss rostroter Träume.

Memories of Heidelberg … (sing ich für dich).

Im Stechschritt kreuzt ein kurz geschorener Jüngling mit ernstem Blick und frischem Schmiss meinen Weg, den Trenchcoat artig um die Mitte gegürtet, während Cary Grant bis in alle Ewigkeit die Achse Heidelberg – Zuzenhausen als Kriegsbraut befährt und Perkeo im Schwimmbadclub dem Muff von tausend Jahren die Flötentöne beibringt.

Habe mich schon wie eine vaterlose Waise an dich gelehnt, während du mir als schildpattfarbene Katze in meine Ohren schnurrtest und ich versunken meine Gefühle für dich sezierte, um sie dann zu solchen Posamenten zu flechten, die denen ähneln, die unter manchen Regenrinnen versteckt auf ihre Entdeckung warten. Babylonische Sprachfetzen, servil lächelnde asiatische Schlupflider, breite amerikanische Schritte, italienische und ungarische Lebenslust prallen aufeinander. Brav und neugierig ihren Anführern folgend oder in Zweiergrüppchen auf der Pirsch durch einen Abenteuerspielplatz der Sinne für Erwachsene, senken sie diesen Tag wie ein Samenkorn in sich, das sie wie den Baum der Sehnsucht bei ihren daheim gebliebenen Lieben aufgehen lassen werden.

Du polarisierst, bedienst Forscherdrang, Hoffnung auf Heilung, Jurisprudenz, die schönen Künste und noch vieles mehr und machst es gerade durch diese Vielfalt nicht leicht, ein Urteil über dich zu fällen. Ist es legitim, dich, diese so abstrakte Faszination, zu lieben?

Hab ich mein Herz an Heidelberg verloren? (sing ich für dich).

Evelyn Schäffer, geboren 1963, Publizistin aus Sinsheim, freie Mitarbeiterin der Zeitschrift Das Lavendelschaf, *zuständig für Rezepte und Genuss, Designerin ausgefallener Strickstücke.*

MARKUS SCHRÖDER

Und als ich wanderte im finsteren Tal

Wir erklommen die Berge dort, wo die Sense schon gewütet hatte und ließen die Stadt hinter uns. Es war gefährlich sie im Rücken zu lassen, aber es war noch gefährlicher sich ihr zuzuwenden. Dort unten, wo sich die Gestade durch das Tal drückten, gab es keine lebenden Menschen mehr, dort lauerte jetzt etwas anderes.

Einst war die Stadt voll von Lebenden, Geistesgegenwärtigen, doch die Einwohner zogen es vor, lieber den kalten roten Sandsteinen und den Gedanken und Ideen längst zerfressener Kadaver zuzuhören und jene zu ignorieren, die sich um sie herum vergegenwärtigten.

Dort unten, wo einst Leben war, breitete sich nun der Mythos aus. Das lautlose Monster lockte mit der beruhigenden Sicherheit abgeschlossener Ereignisse und Tatsachen. Die Ideen der Vergangenheit, ja, darauf konnte man sich verlassen, das war gut. Man sonnte sich in den Taten der Ahnen, ohne etwas dafür zu leisten, erzählte sich immer wieder die alten glorifizierten Geschichten verblasster Tage und verwischter Erinnerungen. Pseudo-Elitisten, Bourgeoisie und Plebejer hingen mit blutigen Ritualen an verknöcherten Lehren, um den Weibern im Bluten nachzueifern. Der Mythos verführte sie alle mit seinem sophistischen Gerede so überzeugend, dass es keine Rettung gab.

So wurden nach und nach zuerst ihre Seelen, dann ihre Körper in die Vergangenheit entrückt. Sie verschwanden und ließen eine Leere zurück, wo einst ihr Platz in der Gegenwart war. Der Mythos verführte und verschlang sie ohne Unterschied. Er, der wahre, der einzige Gleichmacher.

Es gab nur wenige Bastionen der Zuflucht. Die Hallen am einen und der Bahnhof am anderen Ende der Stadt gehörten mit dazu. Als letzte fiel die Villa, die nur bei Nacht existiert. In ihr vergegenwärtigten sich zahllose Propheten mit dem Versuch, der Macht des Mythos entgegenzuwirken. Doch ihre Reichweite war nicht groß genug. Nach und nach fielen auch von ihr die Zuhörer ab, wenn sie in ihrem Leben den Zustand erreichten, an dem sie etwas zu verlieren hatten. Aus Sympathisanten wurden Konsumenten. So wendeten sie sich von der Gegenwart ab – dachten, es wäre Zeit zu sichern, was schon existierte, und ergaben sich dem Mythos, der zu ihnen flüsterte.

Die toten Tage rückten näher. Als wir uns an alle, die schon vergangen waren, erinnerten, wussten wir, dass die Gegenwart auch uns nicht mehr halten konnte. All die Taten, die wir zu tun gedachten, Gedanken die wir denken wollten, als wir noch glaubten, dass es eine Zukunft gab, in der neue Taten die Fehler der Vergangenheit heilen konnten. Heute sah ich um mich herum nur noch die Gespenster derer, die einst Menschen waren.

Das Tal erstarb im Mythos.

Wir alle starben.

Es war die Hoffnung, die zuletzt starb.

Markus Schröder, geboren 1972, seit 2006 Doktorand an der Universität Karlsruhe im Fach Literaturwissenschaften, im Oktober 2006 nach Heidelberg gezogen, da meine Freundin in der Buchhandlung Fun-

Fiction *arbeitet, freischaffender Komponist, im November 2006 akustische Uraufführung der* Milchoper, *ein Libretto nach Motiven aus Walter Moers* Die 13 1/2 Leben der Käpt'n Blaubär.

ELKE SEILER

Erinnerungswende

Erschrocken fahre ich in meine Manteltaschen. Ich werde ihn doch nicht vergessen haben. Nein, da ist der Briefumschlag. Unverschlossen, so wie er monatelang auf meinem Schreibtisch gelegen hat. Darin das kleinformatige Schwarzweißfoto. Es zeigt eine Winterlandschaft, einen Jungen, der vor einem Haus steht. Der Schnee rechts von ihm ist zu einem Hügel aufgetürmt, dahinter eine Frau, ganz in Schwarz gekleidet, nur ihr Oberkörper ist sichtbar. Meine Mutter, knapp 42 Jahre alt muss sie damals gewesen sein. Wenn das Datum auf der Rückseite des Fotos stimmt: November 1944. Und der Junge mit der Mütze, kurzen Hosen und dürren Beinen in wollenen Strumpfhosen – das bin ich.

Ich betrachte das Foto, poliere mit dem Zeigefinger seine dunklen Schattierungen, die weißen Schneeflecken, berühre den fein gezackten Rand. Ich habe lange gewartet. 61 Jahre habe ich gebraucht, um zurückzukommen. Umso mehr verblüfft es mich, dass sich das Haus im Schlierbacher Wolfsbrunnenweg kaum verändert hat. Außer, dass die Mauer fehlt, der kleine Balkon zu einer Terrasse umgebaut worden ist. Und dort, wo die Tante in den Kriegsjahren Kartoffeln, Karotten und Tomaten anpflanzte, befindet sich eine Rasenfläche, ungepflegt, voller Löwenzahn und Klee. Immer wieder pendelt mein Blick hin und her, zwischen Haus und Bild und wieder zurück, bis die Erinnerungsfetzen die Jahre vertilgen.

Ich klingle. Keine Antwort, irgendwo jault ein Hund. Es kann im Garten sein, aber auch weiter weg. Einen Moment lang überlege ich, ob das Stück Kindheit, einmal gewaltsam in dieses Foto hineingepresst, nicht bereits alles ist, ob es da überhaupt noch etwas anderes gibt und wenn ja, ob ich es wissen möchte. Gerne habe ich mich schließlich nie zurückerinnert. Weder an Schlierbach noch an Karlsruhe. Die Ehe meiner Eltern war unglücklich gewesen, meinetwegen hatte die Mutter heiraten müssen. Sie hat mir das ihr ganzes Leben lang vorgeworfen. Indirekt, auf ihre subtile Art, mit kleinen, spitzen Bemerkungen, die im Alter zunahmen. Als mein Vater in den Krieg zog, hatte sie gehofft, er würde nicht zurückkehren. Dass mich das traurig machte, noch mehr von ihr entfremdete, schien sie gar nicht zu bemerken. Ich hoffte lange und erst dann, als der Vater heim kam, 1945 mit einer schweren Kopfverletzung, Wochen ans Bett gefesselt und kaum ansprechbar, verwirrt, fast böse, da bin ich mir nicht mehr sicher gewesen.

Das Jaulen des Hundes wird lauter, geht in ein wütendes Kläffen über. Ein übergewichtiger Rauhaardackel rennt mir entgegen. Dahinter eine Frauenstimme: Betty, was ist denn los? Ich schweige, werde unsicher, möchte am liebsten den Rückzug antreten. Mich wie ein Maulwurf unter Tage einbuddeln, mit meinen kleinen Schaufelbaggerarmen geheime Gänge graben, mich verstecken wie ein Tier. Alles, nur nicht mich zeigen müssen.

Entschuldigen Sie, sage ich. Wohl zu leise, um das Kläffen des Hundes zu übertönen. Vielleicht ist die alte Frau aber auch schwerhörig. Wie bitte? fragt sie. Und zu Betty gewandt: still jetzt, sitz, sitz, Betty. Ich habe hier früher einmal gewohnt, während des Krieges, sage ich. Die alte Frau kommt näher, energische Augen in einem schon klein gewordenen Gesicht schauen mich prüfend an. Dann dreht sie sich um. Hermann, da ist ein Mann, komm einmal. Von irgendwo im hinteren Teil des Gartens setzt sich ein Schlurfen in Bewegung. Hermann, auf einen Gehwagen gestützt, kommt auf uns zu. Unendlich langsam, mit steifen, ruckartigen Bewegungen, hohlwangig und bleichgesichtig. Ein vom Alter gezeichneter Mann, wenn da nicht dieses Lächeln wäre. Ein Lächeln, das in seinem Gesicht, irgendwo tief unten in seinen Falten wohnt. Aus irgendeinem Grund ermutigt mich das.

Darf ich Ihnen das Foto zeigen? Ich mache einen Schritt auf die beiden Alten zu. Die Frau nimmt es, hält es zunächst in einigem Abstand, dann ganz dicht vor die Augen. Sie nickt, bestätigend, nicht einmal sonderlich erstaunt. Auch Hermann betrachtet es lange, konzentriert und sagt schließlich: Das ist unser Haus. Wie kommen Sie an das Foto? Es stammt von meiner Mutter, aus dem Jahre 1944. Ich wohnte dort mir ihr gemeinsam bei meiner Tante und meinem Onkel bis Kriegsende.

Ich zeige in Richtung des Balkonzimmers. Es ist das einzige mit Flussblick, der einzige Ort, wo ich mich in diesem letzten Kriegswinter wirklich zu Hause gefühlt hatte. Wo ich die ersten Herbstnebel gleich tollpatschigen, grauen Riesen aus dem Wasser steigen sah, wo die Natur das Stadtkind zum heimlichen Beobachter machte. Ja, ja, es ist das schönste Zimmer, gibt mir der Alte Recht. Wir haben es als Lesezimmer eingerichtet. Er lächelt. Dort sind sie alle versammelt: Heinrich Böll, Uwe Johnson, Ingeborg Bachmann, alle aus der Zeit danach, der Gruppe 47, Sie wissen schon. Und wir kommen täglich zu ihnen hinauf, nicht wahr? Er blickt dabei seine Frau an. Zärtlich, unendlich vertraut, mit einem Lächeln, das jetzt aus jeder Ritze seines faltigen Gesichts strahlt.

Und wirklich, ohne nochmals oben gewesen zu sein, habe ich das Zimmer vor Augen. Das Klappsofa, auf dem Mutter schlief. Mein Bett, aus einfachem Eichenholz, mit dem dunkelblauen, wollenen Überwurf. Den Vitrinenschrank, vollgestopft mit Sammeltassen, Blumenvasen und Tischdecken. Und links davon die Bücherwand. Meine Tante muss eine Unmenge an Literatur gelesen haben. Morgens, dann wenn alle anderen aufstanden, blieb sie im Bett, das silberne Tablett mit der Kaffeekanne neben sich, Bücher zu ihrer Rechten und Linken. Manchmal, in meiner kurzen Schlierbacher Schulzeit, kam sie mir noch mittags im Morgenmantel und mit zerzaustem Haar entgegen.

Von Anfang an hatte meine Mutter stillschweigend den Haushalt übernommen. Ich kann mich nicht erinnern, dass sie jemals darüber klagte oder es gar zu einem Streit gekommen wäre. Ganz im Gegenteil: Sie war froh, eine neue Aufgabe gefunden zu haben. Dank war sie von meinem Vater nicht gewohnt und erwartete ihn auch hier nicht. Mein Onkel jedoch, der die regelmäßigen warmen Mahlzeiten, die plötzliche Ordnung im Haushalt genoss, nickte ihr bei Tisch manchmal freundlich zu. Ihr Gesicht hellte sich dann auf, sie lächelte und schien es doch nicht ganz glauben zu können. Mit vor Verwunderung leicht aufgerissenen Augen schaute sie ihn einen Moment lang an, dann aß sie schweigend weiter.

Die beiden Alten bitten mich ins Haus. Ich folge ihnen in die Küche, eine altmodische Wohnküche, vier Stühle, ein runder Holztisch. Möchten Sie Tee? Oder Kaffee? Ich nicke. Einen Kaffee bitte. Die Frau hantiert am Herd, stellt Wasser auf, füllt Gebäck in eine Schale, während ihr Mann das Foto auf den Tisch legt. Ich betrachte es und finde es verändert. So als seien die Figuren plötzlich lebendig geworden, als hätte der Schnee die Kälte, das Mauerwerk seine Härte verloren. So als schieße die Erinnerung über den Rahmen hinaus.

Ich muss an meinen Onkel denken, der als Bahnhofsvorsteher in Schlierbach arbeitete. Im Frühjahr 1945 ausschließlich nachts, da die meisten Züge sowieso nur noch bei Dunkelheit fuhren. Zu groß war das Risiko, tagsüber bombardiert zu werden. Wenn die Gelegenheit günstig war, keine Lazarettzüge mit verwundeten Soldaten durch den Bahnhof rollten, dann holte mein Onkel den Radioempfänger aus dem

Wandschrank und hörte in seinem Wärterhäuschen heimlich feindliche Sender. Von einer dieser Nachtschichten kurz vor Kriegsende musste er nach Hause gekommen sein. Als er am Küchentisch saß, kleine Schlucke schwarzen Kaffees trank und immerfort sagte: S'geht nicht mehr lang, s'geht nicht mehr lang.

Ich habe nicht begriffen, was er meinte, habe auch nicht nachgefragt. Zu bleich und müde hatte er ausgesehen. Erst eine Woche später, als amerikanische Panzer durch Schlierbach rollten und auch wir ein Betttuch zerschnitten, um daraus eine weiße Fahne zu machen, habe ich verstanden: Der Krieg war aus. Die Tante sang wieder, der Onkel spielte Klavier, meine Mutter und ich klatschten dazu. War das der Frieden? Meine Erinnerung an ihn war wie ausgelöscht, alles war neu und irgendwie fremd.

Der Kaffee ist fertig. Ich trinke einen kräftigen Schluck, so als hätte ich das jetzt nötig. Dann frage ich die beiden Alten nach der Stiege, die mein Onkel immer als Abkürzung benutzte, um schneller zum Bahnhof zu kommen. Ich höre, dass es sie noch gibt und bin erleichtert. Ich entschuldige mich für einen Moment, gehe hinaus in den Garten und finde sie sofort. Ein wenig verrostet, etwas schief, aber ansonsten ist die Stiege da. Unverändert wie vor 61 Jahren. Einige Grashalme sind durch die offene Fläche hindurchgewachsen. Ich zupfe sie aus, offensichtlich ist sie jahrelang nicht mehr benutzt worden. Ich sehe meinen Onkel jetzt genau vor mir. In seiner Uniform mit den blanken Knöpfen, der Vorsteherkappe, den Vesperbeutel über die Schulter gehängt. Mein Blick wandert weiter, hinunter zum Fluss, den man von hier aus sehen kann. Wie vom Balkonzimmer, dem Lesezimmer der beiden Alten. Ich möchte sie nicht zu lange warten lassen.

Als ich zurückkomme, steht die Haustür weit offen. Ich wundere mich und rufe, keine Antwort. Sie können doch nicht weit sein. Auch Rauhaardackel Betty ist wie vom Erdboden verschwunden. Ein leises Gefühl von Unbehagen kriecht zwischen meinen Schulterblättern hoch. Ich betrete das Haus, klopfe an die Küchentür. Wieder nichts. Als ich die Klinke herunterdrücke, höre ich Fußtritte hinter mir, das Hecheln eines Hundes. Die Angst krallt sich in meinem Nacken fest.

Dann donnert auch schon eine Männerstimme. Was machen Sie hier? Ein muskelpaketiger Mann, mit wulstigen Lippen und fleischigen Riesenpranken hat im Türrahmen Stellung bezogen. Daneben ein knurrender Boxer mit Maulkorb. Ich, ich will doch nur, stottere ich und strecke dem Mann das Foto hin. Ich habe hier gewohnt. Früher, im Krieg. Erkennen Sie das Haus?

Der Mann schaut gar nicht hin, sondern geht sofort zum Angriff über, die Bestie neben ihm zerrt am Maulkorb. Hauen Sie ab, sonst lasse ich den Hund auf sie los, schreit er mir entgegen und ballt seine Pranken zu knüppeldicken Fäusten. Ich ducke mich, knipse meine Gefühle aus. Jede meiner Körperfasern signalisiert Alarm. Ich lasse meine Beine nach vorne schnellen und renne. Bis ich nichts mehr höre, nichts mehr spüre, die Häuser um mich groß, schwarz und fremd geworden sind, sich der eiserne Griff lockert, die Trauer zähflüssig durch die noch immer verspannten Muskeln fließt.

Ich bleibe stehen, halte das Foto fest, lange, so als sei es in meinen Händen festgefroren, betrachte es immer wieder. Ich müsste zurückgehen, weit zurück bis an den Anfang. Doch nicht jetzt, nicht in diesem Zustand der Erschöpfung, vielleicht später. Ich stecke das Foto zurück in den Umschlag.

Elke Seiler, geboren 1969, Journalistin und Autorin, hat Romanistik und Germanistik in Heidelberg studiert, lebt seit Sommer 2004 wieder in Heidelberg.

ROLF THUM

Wetzsteinblues

Es muss schon im Herbst gewesen sein, denn es gab neuen Wein, doch die Nacht war noch mild und vielleicht sogar mondhell.

Herrenabend im Wirtshaus *Zum Ritter* in Hendesse. Mit dabei waren der Walter, der Jakob, die Brüder Hermann und Helmut, der Männe, der Ottl und natürlich du. Mit seinen 30 Jahren war der Ottl der Älteste unter euch, doch seine Leber war sogar noch älter. Sie hatte bereits die Erfahrungen eines 50-Jährigen. Er hatte eine Flasche Schnaps erstanden und in der Wirtschaft herumgehen lassen. Er trank gern, aber er trank nicht gern allein. Und es gefiel ihm, euch Grünschnäbel voll laufen zu lassen.

Der Kopf brummte vom Rauch der billigen Zigaretten, dem Lärm und Gestank der Wirtschaft, dem Fusel, den euch der Ottl einflößte.

„Isch brauch frischi Luft."

„Allaa gut, gehe mir."

„Wärtin, zahle!"

Aufbruch.

Es geht quer durch den Ort, an der Tiefburg vorbei, den Klausenpfad hinunter, Richtung Felder.

„Un ääns un zwee, än Stock, än Hut ...“ Ihr marschiert hintereinander, im Gleichschritt, jeder nur den rechten Fuß auf dem Bordstein, den linken auf der Fahrbahn. Mit Autos ist kaum zu rechnen.

In den Feldern ist es dunkel; von der Ferne sieht man die spärlichen Lichter der Pfädelsäckersiedlung, dort drüben wartet dein Bett. Das kann warten. Vor wenigen Tagen war die Sperrstunde aufgehoben worden. Seitdem konntet ihr wieder nachts auf die Straße gehen, ohne dass euch Polizei, GIs oder der Feldschütz behelligten und nach den Papieren fragten.

„Die muss leer gemacht werre“, befiehlt der Ottl und schwenkt die halbvolle Flasche.

„Wo?“

„Zu mir kenne mir net, mei Mutter...“

„Bei uns geht's aa net.“

„Bei mir schun gar net, mei Fraa...“

„Isch weeß en gute Platz, drauße, bei de Bahngleise. Do steht en Schuppe, do kann mer uff's Dach nuff. Gemüütlisch. Kann mer weit gucke, falls äner kummt, sieht mer's glei.“

„Wer soll do kumme?“

„Der Feldschütz."

„Pha, der hot nix zu wolle. Egal, auf in die Felder!“

Die Flasche kreist; dann geht's weiter.

Irgendjemand stimmt ein Lied an:

„Mir hawe dahoam än alte Wetzstoo ...“

Schon bald hockt ihr auf dem Dach und die Flasche kreist erneut.

„Hot jemand Zigarette dabei... mei Schachtl is leer.“

„Seit's de Schwarzmarkt nimmi gibt, hab isch kää Zigarette mehr; schad, dass die Zeite vorbei sin.“

„Hear uff, isch bin froh. Die Schwarzmarktfahrerei immer, hear uff!“

Eine Zigarettenpackung macht die Runde, jeder greift sich einen Stängel; sechs rote Punkte glimmen im Dunkeln, denn der Jakob raucht derzeit nicht.

Wieder das Lied. Der Hermann macht den Vorsänger: „Mir hawe dahoam än alte Wetzstoo ...“

Dann alle: „...der Vatter sagt, mer sollten weg doo, die Mutter sagt, mir sollten bhalte, den Wetzstoo, den alte.“

„Gut, noch emol!“

Jetzt spielt der Helmut den Vorsänger: „Mir hawe dahoam än alte Wetzstoo ...“

Und wieder alle: „...der Vatter sagt, mer sollten weg doo, die Mutter sagt, mir sollten bhalte, den Wetzstoo, den alte.“

Der Walter versucht sich mit Hochdeutsch: „Wür haben dahaim einen alten Wetzstain, der Vater sagt, wür solltet ihn wegtoin, die Mutter aber sagt, wür solltet ihn behalteeen, den Wetzstain, den alteeen!“

„Gut, jetzt awer widder normal: Mir hawe dahoam än alte Wetzstoo.“

Und noch mal und ein fünftes Mal und ein sechstes; dazwischen Züge an den Zigaretten, Züge aus der Flasche.

„Die ..., die is ball leer.“

„Isch hab noch ä Flasch neie Wei.“

„Hosch ..., hosch du die net fir dein Vatter mitbringe solle?“

„Ja, schun, awer jetzt brauch isch was zu trinke.“

Derweil der Walter: „...än alte Wetzstoooa ...“

Und du: „die Mutter sescht... nä, der Vatter ...“

Und alle: „...sescht ... äh, sagt ... mer sollten weg doo, die Mutter sagt, mir sollten bhalte, den Wetzstoo, den alte.“

Und noch mal, und noch ein weiteres ... Crescendo.

„...weg doo ... bhalte den Wetzstoo, den alte!“

Plötzlich der Männe: „WER hat's getaaaan?“

Alle: „WIR! Wir, Handschuhsheims edle Wescher!“

Jakob, schreiend: „Reißt der Maad, s Hemd vum Leib! Gießkann her, Wasser driwer! Hängt noch än Fetze?“

Alle: „Rack ab!“

Die Flasche kreist ein letztes Mal.

„Nix meh' drin.“

Etwas traurig klingt es deshalb: „Mir hawe dahoam en alte Wetzstoo, der Vatter sagt, mer sollten weg doo, die Mutter sagt, mir sollten bhalte, den Wetzstoo, den alte.“

„Glei nochemol ... mir hawe ...“

Der Helmut schüttelt den Kopf: „Mir hawe gar nix ... nix hawe mir mehr ... alles fort, Frankfort!“

„Ade, du mein schön Heimatland!“

„Un der Wei? Mir hawe doch noch dei Flasch von dem neue Wei, sauf die net allä, Jakob!“

Der aber klammert die Flasche an seine Brust und rülpst. Dazu deine Stimme: „Es wird bekannt gemoocht, dass niemand in die Bach nei moocht, denn aus der Bach werd Wei gemoocht!“

„Des kannsch awer gut, des Dossemerisch.“

„Sagt emol, stimmt des, dass die Dossemer friher kä D sage konnte?“

„Wie hawe die dann gsagt?“

„Zu Dossene L'osseme un zu Lederrieme Lel'alieme. Kennsch doch den Spruch: Da Voaleila hot en Lel'alieme um de Bauch. So hawe die friher gschwätzt."

„Was heeßt do friher? Do gibt's heit noch Dossemer, die wu so schwätze."

„Isch kenn noch so'n Spruch: Wir liebten uns wie Briel'a, der Tod hat uns getrennt, misch riss die Kugel niel'a un meine Wunde brennt so oaiiisch!"

„Reimt sisch gar net."

„Soll sisch aa net reime. Es kummt uff des oaiiiisch ao, dass mer des ganz langgezoge sagt."

„Ach ja, die Dossemer, friher ware mir mit dene im Krieg."

„Ja, ja, der Krieg ... irgendwann war jeder mit jedem mol im Krieg."

Der Ottl, gespielt feierlich: „Wer von oisch ohne Krieg war, der erschieße das erste Schwein. Zappeduschter 8, Vers 14. Un außerdem hot mer friher im Herbst gsagt, wann Newel war, der geht blouß bis zur Grenz nach Dossene. Wisst ihr warum? In Dossene war nämlich Nawel!"

Lautes Lachen über den eigenen Witz und dann: „Mir hawe dahoam än alte Wetzstoo, der Vatter sagt, mer sollten weg doo, die Mutter sagt, mir sollten bhalte, den Wetzstoo, den alte."

Und dazwischen der Helmut, leise: „Zwische Dossene un Schriese, do derf mer net uff die Schiene niese, sunscht kimmt die Bembl, nemmt des krumm, hepft un schmeischst die Wäije um."

Darüber der Männe, die Stimme sich fast überschlagend: „... än alte Wetz ... wetzstoooo", dann leiser: „... der Vatter ... der Vatter sagt ... ja, was sagt denn der Vatter?"

Alle: „..mer sollte ihn weg doooo, die Mutter awer sagt, mir sollten bhalte, den Wetzstoo, den alte."

Und gleich noch mal und noch mal, schon sind einige Stimmen heiser, doch die Weinflasche findet nun doch ihren Weg und gleich geht es wieder besser, wenngleich nicht mehr ganz synchron: „Mir hawe dahoam, ja dahoam – än alte Wetzstoo, der Vatter, der Vatter sagt, mer sollten weg doo, weheheg dooo, die Mutter sagt, mir sollten bhalte, den Wetzstoo, den, ja, den alte."

Unten, vor dem Schuppen bewegt sich etwas. Irgendjemand steht da.

„Sagt ämol, misst ihr so schreie? Des hört mer jo weeß Gott wie weit! Wisst ihr wie spät das es is?"

Der Gesang verstummt.

„Mir mache Singübunge", erklärt der Ottl. „Des is erlaubt. Außer..., außerdem gg..gibt's kä Sperrstund mehr!"

„Aber so rumzuplärre, is Ruhestörung!“, donnert es von unten. „Des kummt zur Aozeig!“

„Mach, dass du fort kummsch!“, zischt der Ottl. „Du…du hosch uns gar nix mehr zu sage! Sei froh, dass mir dir net de Frack verschlage!“

Der Bedrohte trollt sich. Eine Weile hört man ihn noch fluchen, dann verliert sich sein Schatten zwischen den Stauden und Bäumen.

„Wer war'n des?“

„Der alte Grubers Frieder. Der friehere Feldschütz“, weiß der Ottl. „Entnazifi…fizifiert … awer immer noch än Nazi.“

Du erinnerst dich dunkel: „War der net domols dabei, als sie in Neine uff der Neckarwies den junge Soldat uffghängt hawe, der sei Einheit nimmer gfunde hot? Der hot kään Passierschei ghabt un do hawe sie gsagt, der sei dessertiert. Den hawe die dann an ner Latern uffghängt, zur Abschreckung. Grad so. In de letschte Kriegstage.“

Du hattest auch einmal keinen Passierschein dabei; du hattest ihn zu Hause vergessen. Offiziell warst du noch im Lazarett, draußen in Wiesloch, aber am Sonntag durftest du nach Hause, zu den Eltern. Auf dem Rückweg, bei der Kontrolle, konntest du keinen Passierschein vorweisen. Zum Glück hat einer der Streifen dich erkannt: „Awer des is doch der Bu vum Hannes aus der Vitusgass…“

„Der Frieder än Nazi? Na, isch weeß net. In Hendesse war doch nur der Pfeiffers Schorsch än eschter Nazi. Der war bei der SS.“

„Den hawe sie awer aa laafe losse. Sogar den! Der hot scheinbar nix gemacht, außer ä bissl stramm stehe.“

„Am End hot's gheeße, dass sie alle nix gemacht hawe. Ware alles nur Mitläufer.“

Ein kurzer Augenblick Schweigen. Dann jemand: „Habt ihr des gewisst mit dene Judde?“

„Ach was, käner hot des bei uns gewisst. Dass die fortkumme sin, ja, awer doch net, dass mer die vergast hot. Woher hätte mir des wissen solle.“

„Es war halt Krieg.“

„Heart mer uff mit den Judde! Heart mer uff mit dem Krieg“, brummt da einer hinter dir.

„Ja, heare mer uff damit; des is vorbei.“

Die Stimmung ist dahin, doch im Hintergrund hörst du ganz leise den Jakob singen: „Mir hawe dahoam än alte Wetzstoo.“

Jetzt klingt es melancholisch, fast depressiv.

„…der Vatter sagt, mer sollten weg doo.“

Er legt allen Weltschmerz in das Lied, als sei der Wetzstein das einzige Relikt aus jener Zeit, bevor das „mit de Judde" geschehen ist, bevor sie euch zu HJ, zum Arbeitsdienst und zum Barras geholt haben. Bevor das mit dem jungen Soldaten in Neuenheim passierte.

„Die Mutter, oh ja, die Mutter awer sagt, mir sollten bhalte."

Auf einmal ist das Lied ein Blues. Wusstet ihr damals, was ein Blues war? Egal – euer Lied wurde zum Blues.

„...unsern Wetzstoo, den alte."

Ja, ihr hattet den Blues.

Und wieder und wieder, eins ums andere Mal, der Blues vom Wetzstein. Ihr hattet diesen einen, großen Blues.

Dann, irgendwann doch der Heimweg.

Unten, vor dem Schuppen, gleich neben den Gleisen der Güterbahn, habt ihr euch von Wein und dem bisschen Wasser, das dem Schnaps beigemengt war, erleichtert. Jeder suchte sich einen Baum oder eine Hecke. Euer Blick verlor sich dabei in der Dunkelheit der Felder – Felder, die Jahre und Jahrzehnte später verschwunden sein sollten, begraben unter Wohnblocks, Supermärkten und Straßen.

Schweigen auf dem Rückweg. Der Wetzstein war abgewetzt, war zerbröselt vom vielen Refrain. Der Blues war vorbei. Für alle Zeiten vorbei. Die Nacht aber war immer noch mild; vielleicht sogar mondhell.

Hendesse: Handschuhsheim, uraltes Dorf an der Bergstraße, bis 1903 eigene Gemeinde, seitdem nördlichster Stadtteil von Heidelberg, Bewohner: Hendsemer.

Pfädelsäcker: eine genossenschaftliche Siedlung in Handschuhsheim, erbaut nach dem Ersten Weltkrieg. lag damals Mitten im Feld, wurde erst in den sechziger Jahren von der Stadt eingeholt.

Wescher: ein grober Kerl, der zupacken oder zuschlagen kann (weschen = schlagen)

Maad: Magd

escht: sagt. Im Kurpfälzischen gibt es zwei Formen von „er sagt"; „er sescht" ist urtümlicher und wird nur noch selten gebraucht.

Dossene: Dossenheim, Gemeinde an der Bergstraße nördlich von Heidelberg und Handschuhsheim. Eingemeindungsversuche Heidelbergs in den sechziger Jahren scheiterten. Von alters her gab es eine Rivalität zwischen den Hendsemern und den Dossemern.

Voaleila: Vorreiter

Schriese: Schriesheim, Gemeinde nördlich von Dossenheim.

Neine: Neuenheim, Heidelberger Stadtteil südlich von Handschuhsheim, liegt am Neckar.

Barras: in der damaligen Zeit gebräuchlicher Ausdruck für das Militär. Herkunft des Wortes ungewiss, vielleicht vom französischen Général Barras, dem Führer des Direktoriums nach der Französischen Revolution, der die Heeresreform mitorganisierte, oder nach dem jiddischen Ausdruck „baras“ für Brot, Lebensmittel.

Die Geschichte ist fiktiv, beruht aber auf einer wahren Begebenheit. Alle in ihr vorkommenden Sprüche sind authentisch, einschließlich des Liedes vom Wetzstein.

Rolf Thum, 1952 in Heidelberg geboren, aufgewachsen im Stadtteil Handschuhsheim, Schule und Studium in Heidelberg, Geowissenschaftler und Verleger, wohnt in Hockenheim, besitzt aber noch ein Gartengrundstück in Handschuhsheim; das Gedicht Wetzsteinblues *entstand auf der Basis von Erzählungen des Vaters; Veröffentlichungen:* Die wundersamen Wolkengeschichten *(ein Katzen-Fantasy-Roman, 1996 im Larimar Verlag), der erste deutschsprachige Reiseführer zur Dominikanischen Republik im Mai Verlag Dreieich (1993, zweite Auflage 1999), zahlreiche Kurzgeschichten in Literaturzeitschriften und Anthologien.*

XENOS

Warum noch immer Heidelberg?

Abermaliger Versuch einer Selbstaufklärung

Montagvormittag, also werde ich ihn an seinem Platz antreffen: Oberer Lesesaal, Ostseite, mit Aussicht über die Neue Aula hinweg, zum Schloss. Ein alter Mann (darf man sagen), der, ich weiß nicht seit wann, jeden Montag in der Universitätsbibliothek – arbeitet? Ich sehe ihn lesen, schreiben und immer wieder, wie er den Kopf nach Osten wendet und lange aus dem Fenster schaut. Im Lesesaal gilt Schweigepflicht. Ich lege einen Zettel vor den Alten hin, mit der Bitte um ein Interview. Er schreibt eine Antwort, bringt mir den Zettel an meinen Arbeitsplatz: 13 Uhr, Café S. Ich verstehe, S steht für Schafheutle. Schnell sind wir – bei Tee und Whiskytorte, süßes Glanzstück des Hauses – mitten im Gespräch.

Woran schreiben Sie?

An einem Band „Minimale Geschichten". Aber dafür komme ich nicht in die Bibliothek.

Sie lesen nach Lust und Laune?

Nach Lust und, sagen wir, aus Neugierde. Einen Tag in der Woche ohne Auftrag, auch ohne selbst gestellten. Zurzeit ist es Hesiod, „Werke und Tage". Mit allerlei Abschweifungen, ins Historische, Philosophische. Was ein Mensch so braucht, wenn unheilbare faustische Neigungen ihn plagen. Einer von der aussterbenden Art, vermute ich.

Sagen Sie nicht, der Lesesaal hätte auch nur einen Hauch von Fausts Studierstube.

Nein. Trotzdem sind Sie, ohne Pudel, beim Kern. Ich sitze dort oben wegen des Lesesaals. Weil er ein utopischer Ort ist.

Utopisch ist, was keinen Ort hat. Wie passen ein Ort und sein Gegenteil zusammen?

Ein Faible für utopische Orte habe ich seit früher Jugend; auch wenn ich es damals nicht so benennen konnte. Was den Lesesaal betrifft: er ist typisch für utopische Anlagen. Ich, als Leser, sitze in der Mitte des Universums; um mich herum versammelt ist die Welt in ihrer vollkommenen Form: aufgeschrieben und gedruckt.

Der Blick aus dem Fenster gehört dazu?

Er betreibt eine andere Spielart utopischer Geografie. Die immerwährende Fortsetzung einer frühen Empfindung. Ich war fünfzehn oder noch jünger, als es anfing. Ich fühlte mich hingezogen zu schönen Häusern, vor allem wenn einige Fenster erleuchtet waren. Die beste Zeit war die Dämmerung; ich durchstreifte die sogenannten feineren Wohnviertel, auf der Suche nach etwas Wunderbarem.

Kann man sagen: Auf der Suche nach dem glücklichen Augenblick?

Eigentlich stellte ich den weniger flüchtigen Ursachen nach, die momentanes Glück erst hervorrufen. In den Häusern lag klar und deutlich ein Versprechen; am stärksten in Zimmern, die ein goldschweres Licht schatzhöhlenartig verzauberte. Es gibt auf dieser Welt, die einem melancholisch angehauchten Fünfzehnjährigen überhaupt nicht paradiesisch vorkommt, dennoch Inseln der Seligkeit. Viele Jahre später las ich bei Ernst Bloch, in den „Spuren", eine Analyse solcher Empfindungen. An Orten, die einem Menschen als die schönsten erscheinen, lockt das Glück; es verspricht, dort zu wohnen. Der Schein mag trügen, hinter den schönen Mauern tobt Krieg, die Verheißung bleibt von realen Übeln unberührt. Bloch spricht davon, dass sich in manchen Dingen eine „Tendenz auf tout va bien" anzeige. Alles wird gut, wenn ich dort zu Hause bin.

Vom Lesesaal aus haben Sie ein solches Zuhause vor Augen?

Das Schloss; seine Schauseite schräg gegen den Hang; die bändigende Mauer des Stückgartens. Den aufsteigenden Wald. Zwischen Bäumen die Giebel und Dächer einiger Villen, dazu die grünen Turmspitzen monströser Nachstellungen von etwas Schlossartigem. Worauf es mir ankommt, sind die Veduten mit wechselnden Stimmungen, bei Regen, Gegenlicht, Vormittagsdunst, dünnem Herbstnebel.
In dieser Ecke wohnen Sie. Oder möchten Sie wohnen.
Nein. Wir müssen die Ausstrahlung eines utopischen Ortes nicht so eng auffassen, womöglich beschränkt auf bewohnbare vier Wände. Stellen Sie die entscheidende Frage umfassend: Findet ein Mensch in einer Stadt, die seine Stadt sein soll, genügend Provokationen für sein Tout-va-bien-Gefühl?

Ich möchte wissen, welche utopischen Stellen in Heidelberg meinen Gesprächspartner einfangen, zusätzlich zur Aussicht durch das Lesesaalfenster. Er nennt mir Standpunkte, skizziert Blickwinkel, beschreibt Stimmungen und spricht von emotionalem Gleichklang des Menschen mit seinen Umständen. Eine Wahlheimat, die kein Verlangen nach Rückkehr (Wohin? Nürnberg.) aufkommen lasse. Ich zweifle.

Dies alles dank einiger Kulissen in günstiger Ausleuchtung?
Sie haben Recht, die schöne Aus- oder Ansicht genügt nicht, jedenfalls nicht auf Dauer. Zum genius loci gehört mehr; die geistige Seite des Ortes. Welche Gedanken, Gespräche und Protagonisten machen den Genius aus?
Und auch davon finden Sie in dieser Stadt genug?
Ich gestehe, meine Vorlieben können als unzeitgemäß erscheinen. Meine Protagonisten treffe ich nicht leibhaftig an, sondern in Buchgestalt. Manche Begegnung wäre noch möglich gewesen, dem Kalender nach. Ich habe sie versäumt. Kein Grund, mit dem Schicksal zu hadern, solange man über das Medium miteinander im Gespräch bleibt.
Wer sind Ihre Gesprächspartner?
Ich müsste hundert Namen aufzählen; genügen Ihnen drei exemplarische? Ernst Bloch, der in den Jahren vor dem Ersten Weltkrieg hier Stoff sammelte für seine Erkenntnistheorie des Noch-nicht. Des Vorscheins, mit dem Dinge und Ereignisse uns ein erreichbares besseres Morgen andeuten. Wilhelm Fraenger, der Kunstwissenschaftler; er brach die trostlose Kunstprovinz am Neckar auf für den

Expressionismus. Oder Alfred Mombert, der ätherische Lyriker, 1932 von den Universitätsgermanisten bejubelt, ein Jahr später freigegeben für jeden Grad der Missachtung; trotzdem klammert er sich an den Ort, bis ihn 1940 die Gestapo deportiert. Drei Namen aus dem Adressbuch eines utopischen Landstrichs, das von Gundolf bis zu den Brüdern Weber reicht, vom Lokalmythografen Benz bis zu dem pazifistischen Mathematiker Gumbel. Nach ihnen – zwar nicht die Sintflut, aber weithin Brachland: das ist die Lage, sobald man sie reduziert auf uns, die hier herumlaufen und herumdenken.
Das übliche Vorurteil zugunsten der sagenhaften Guten Alten Zeit.
Ich bestreite nicht (es wäre töricht und vermessen), dass es in den Altstadtfakultäten und erst recht außerhalb der Fakultäten aktuelle Köpfe gibt, denen wundervolle Bücher entspringen. Aber nichts mehr davon wird dem Ort zugeschrieben. Es entsteht zufällig hier, nicht genuin. Um die Autoren des genius loci verhält es sich anders. Was sie dachten, hat der Ort gleichsam aufgesaugt, wie ein Schwamm.
Darum bleibt Ihnen als utopischer Fleck nur ein Museum der Geistesgeschichte. Quasi schon: Gespenstergeschichte.
Kein Museum. Antiquarische Bücher sind nicht bloß Staubfänger oder Fan-Ware, sie stehen hinter einer unabsehbaren Wirkungsgeschichte. Und die Autoren sind nicht bloß zu Namen auf Grabsteinen vertrocknet. Gehen Sie mit mir am späten Nachmittag durch die hintere Plöck: der Schatten dort, eilend, schräg vorgebeugt, den Mantelkragen hochgeschlagen, Schlapphut auf dem Kopf, das ist doch Jaspers, nicht wahr? Natürlich: Nur ein Schatten. Wir sind hier auch im Hades. Ich gehöre ohnehin mit einem Bein schon dorthin, vielleicht sehe ich deshalb mehr als Sie.

Höchste Zeit, diesen Menschen auf pur Gegenwärtiges umzulenken. Kein utopischer Zug, sagen wir: in der Hauptstraße? Anderthalb Kilometer Fußgängerzone!

Wie gefällt Ihnen unsere Flaniermeile?
Utopisch ist sie nicht. Aber stark gegenwärtig. Originell auch nicht. Aber typisch für die aktuelle Kultur (ich bin nicht so hochmütig, zu sagen: Postkultur) des Prolo-Lifestyles. Worum geht es? Billig Kaffee trinken; aus Pappbechern ein verbranntes Gesöff. Billige Handykarten. Billige Klamotten; in den besseren Jeans sind die Löcher und Fransen eingebaut. Billiges Fastfood; ich erspare Ihnen den Übersetzungskalauer nicht: also fast essbar. Es gehört einige Selbstvergessenheit dazu, dergleichen vom Plastikteller oder aus der Hand zu ver-

schlingen. Daneben Ladengewölbe übervoll mit Ein-Euro-Ramsch für alle Lebensbereiche. Überall Schnäppchen. Wahre Orgien der Wertlosigkeit. Als Prolo leben: unter Dingen, denen auf die Stirn geschrieben ist, dass sie zum Wegwerfen produziert sind. Die dinglichen Umstände, die ihn umgeben, fallen auf den Menschen zurück. Wer im Wertlosen haust, empfindet sich zuletzt ebenso. Sich und andere.

Seine Suada fordert zum Widerspruch heraus. Er erwidert, dass im vorherrschenden Übelstand auch das nicht so üble verblasse. Und keine sichtbaren Inseln aus einer anderen Welt? Doch, sagt er, die neuen Chocolaterien.

Nichts sonst?
Natürlich darf man eines nicht vergessen. Jenes menschliche Grundgefühl, das uns überhaupt erst öffnet für Fundorte des Utopischen. Ich meine die Sehnsucht. Sie irrt allgegenwärtig umher. Aber sie wird in den postkulturellen (nun ist es doch gesagt) Fußgängerzonen vorwiegend schundig bedient.
Das Heidelberger Theater bedient sie wirklich. Motto für die neue Spielzeit: Sehnsucht nach der Ferne.
Ein schöner Satz, aus dem utopischen Bilderbuch. Schlecht ist, wenn er nur als Reklameslogan benutzt wird.
Seit einem Jahr hat das Stadttheater sich runderneuert. Verjüngt. Das Publikum ist begeistert.
Das Theater hat sein Format verändert. Wenn Sie die Metapher gestatten: Schluss mit 3sat, lieber RTL.
Was meinen Sie damit?
Der Schwerpunkt ist verlagert. Weg von der Bühne und davon, was auf ihr an Kunst produziert wird, hin zur PR. Zu den Public Relations. Entscheidend ist, wie der Betrieb sich verkauft. Die PR ist professionell gemacht; für den Anfang durchaus erfolgreich.
Und auf der Bühne?
Ich rezensiere nicht, ich laufe nur ein paar Erinnerungen und Ansprüchen hinterher. Zugunsten meiner Sehnsucht nach Ferne habe ich mein uraltes Abonnement aufgegeben, rechtzeitig zu Saisonbeginn.

Pause und Schweigen. Auch wenn es mir nicht gefällt, diesen Punkt des Gesprächs so in der Luft hängen zu lassen. Mein Gegenüber kehrt von sich aus an unseren Einstieg zurück. Der Blick aus dem Fenster des Lesesaals, schlosswärts.

Ja, dieser Blick?
Er entspringt jener Sehnsucht nach Ferne, die hier, am Ort, gestillt sein möchte. Es hat fast vier Jahrzehnte lang funktioniert. Seit einiger Zeit mischt sich Zweifel ein.
Nehmen Sie Urlaub vom Lesesaal!
Der Stachel geht tiefer. Vor fünf Jahren gefiel mir dieses Frage-Antwort-Spiel: Was willst du noch erreichen in diesem Leben? Ein Grab auf dem Bergfriedhof. Die Antwort steht inzwischen auf schwankenden Beinen.
Wollen Sie damit sagen, Ihr utopischer Ort hätte seine Anziehungskraft eingebüßt?
Sie nimmt ab, spürbar. Vielleicht ist Heidelberg dabei, eine ganz normale Stadt zu werden. Verlockend für Touristen aus Fernost, für einen Tag, aber kein Lebensmuster mehr auf Jahrzehnte hinaus.
Was werden Sie tun?
Es ist schwer, zu unterscheiden zwischen dem Restzauber des Ortes und der eigenen Trägheit, die den bequemsten Weg vorzieht. Ich weiß, dass ich mich bald entscheiden muss. Ich glaube, dass ich inzwischen anderswohin verführbar bin. Darum habe ich angefangen, Erinnerungen an andere Orte nachzuzeichnen. Ich gebe mir ein Jahr Zeit, erinnerte Empfindungen zu überprüfen. Ein seltsames Verfahren? Die Sache könnte tatsächlich so enden: Ich sitze im Lesesaal, am gewohnten Fensterplatz, und schreibe einen Roman über einen Siebzigjährigen, der ein Jahr lang durch die Lande gereist ist, mit einem Koffer voll Erinnerungsbilder und wild entschlossen, sich geografisch-utopisch verführen zulassen. Zurückgekehrt, kauft er das Grab am Bergfriedhof.

Xenos, der Gast, der Fremde, der Name, unter dem der Heidelberger Schriftsteller Wolfgang Gast oft als Publizist schreibt.

DANIELA ZIEGLER

Die Fußbank Gottes

Der rund 330 Meter hohe Heiligenberg in Heidelberg-Neuenheim zieht die Menschen seit rund 7000 Jahren in seinen Bann und unter seinen Schutz. Die frühesten Spuren menschlicher Behausungen stammen aus der Jungsteinzeit, später errichteten wohlhabende Kelten auf dem Gipfel um ihre Höfe und Schmieden eine doppelte Ringmauer, dann wandelten die Römer den keltischen Tempel in ein Heiligtum für Merkur um. Im frühen Mittelalter überbaute man den heidnischen Tempel mit einem Königshof, im Hochmittelalter entstanden die Klöster St. Michael und St. Stephan, die bis ins 15. Jahrhundert florierten, jedoch am Ende des 16. Jahrhunderts verlassen und verfallen waren. Bis die Nationalsozialisten 1934 eine Freilichtanlage für Veranstaltungen bauten, herrschte Stille auf dem alten Götterberg.

Einmal träumte sie, sie ginge auf einem eisbedeckten Weg. Bei jedem Schritt brach sie ein. Wasser lief in ihre Schuhe. Manchmal waren die Pfützen so tief, dass sie bis zu den Knöcheln einsank. So legte sie mühsam ihren Weg zurück, Schritt für Schritt, Meter für Meter. Wie lange, wie weit, sie wusste es nicht. Immer in der Hoffnung, einmal einen Schritt tun zu können, ohne gleich zu versinken.

Es war Mitte März. Am Philosophenweg, im Schlosspark, am Neckar, in den Neuenheimer Vorgärten, überall grünte und blühte es schon: lieblich, jugendlich, unschuldig und herzzerreißend schön. Sie aber stieg hinauf auf den alten Götterberg. Je höher sie kam, desto häufiger musste sie stehen bleiben, um wieder Atem zu schöpfen. Wanderer überholten sie, mit stetem Schritt. Sie waren gesünder und vermutlich trainierter. Oben auf dem Parkplatz neben der Waldschenke war es kalt, eiskalt. Im Halbdunkel der schneebedeckten Bäume pfiff der Wind. Schwer und nass fiel Schnee von den Ästen: Es taute. Von der Frühlingswärme im Tal war hier rein gar nichts zu spüren.

Allein war sie nicht. Eine muntere mehrköpfige Familie in bunten Anoraks und Gummistiefeln war ebenfalls auf dem Weg zur Klosterruine. Ihre lachenden Stimmen klangen hell durch das neblige Halbdunkel. Langsam folgte sie ihnen auf dem gewundenen und aufgeweichten Weg zur Basilika. Zwar überlegte sie, ob sie lieber die beschädigten Stufen der Thingstätte benutzen sollte, um der lauten Familie zu entrinnen, entschied sich aber doch für den Waldweg, auf dem man immerhin trockene Schuhe behalten konnte, wenn man von Erdnarbe zu Erdnarbe sprang.

In der Ruine der Basilika hing tief feuchter Nebel, der mit winzigen Fingerspitzen ihr Gesicht betastete. Inmitten seiner Schwaden war nicht zu erkennen, ob der Boden noch fest war. Nein, es schien unmöglich, heute den gewohnten Weg zu gehen: rund um die Ruine und durch den Kreuzgang, am Grab des unglücklichen Friedrich von Hirsau vorbei.

Die Kinder jedoch planschten wie Kobolde in den Pfützen umher, durch Nebel und Wolkenfetzen hindurch irrlichterten ihre farbigen Anoraks und grellbunten Stiefel: Farb- und Geräuschfetzen wie aus weiter Ferne. Manchmal schlug das aufgeregte Kreischen der kleinen Leute in wütend-eigensinniges Weinen um, ein hoher Falsett, der in den Ohren schmerzte. Dann hatten sie sich geisterhaft entfernt, kamen jedoch bald wieder näher und tanzten wie unzuverlässige Naturwesen oder kicherndes Personal des Unheimlichen zwischen den Klostergängen umher.

Wenn sie hier nicht mehr wegkäme? Wenn sie in einer der Pfützen stecken bliebe? Wer wusste, wie tief sie waren? Wenn sie in das Innere des Berges sinken würde? Wenn ihr erstarrter Körper und ihre gefrorene Bitte um Befreiung nur im Winter durch die Eisdecke hindurch als unsicherer Schemen sichtbar würde? Wenn sie verwunschen wäre, hundert Jahre verwunschen, bis der Berg sie wieder loslassen müsste?

Immer in der Hoffnung, einmal einen Schritt tun zu können, ohne gleich zu versinken, blieb sie im Geviert der ehemaligen Kirche und hörte eine Stimme, die keine war. Ich bin die Fußbank Gottes, sagte es. Sein Fuß lastet schwer auf mir. Wenn sie mich nur in Ruhe ließen, Flagellanten und Schatzgräber allesamt. Dies ewige Kribbeln und Kitzeln auf meinem Rücken. Manchmal wünschte ich, ich könnte Lava spucken. Nur selten noch gelingt der alte Abwehrzauber und dann kehren sie um, bevor sie noch ganz oben sind. Ich hab sie kommen sehen, ich hab sie gehen sehen: Götter und Priester, Dämonen und Mönche, Heilige und Verbrecher. Menschen, immer wieder Menschen. Nichts Neues. Seit Jahrhunderten immer das Gleiche. Ich bin die Fußbank Gottes. Meine Seele reicht bis zum Mittelpunkt der Erde. Gott ist immer ein anderer. Aber sein Fuß lastet immer gleich schwer auf mir.

Nun kehrte sie doch um. Vorsichtig tastete sie sich Weg und Straße ins Tal hinunter, wo sie angesichts der Forsythienpracht in den Vorgärten dachte: Lug und Trug, eitler Tand, ein Windstoß genügt und die Freude ist dahin. Ich war bei den Dämonen, den Eisheiligen, den alten Göttern. Es ist noch kalter, einsamer Winter. Wir haben es längst noch nicht überstanden.

Daniela Ziegler, geboren 1954 in Heidelberg, Archäologin, im Jahr 2000 Veröffentlichung des Romans Die Reise nach Kanada *im Weißensee Verlag Berlin und von Prosatexten in Literaturzeitschriften, arbeitet als freie Korrektorin, Redakteurin und Journalistin in Heidelberg.*

DANIELA ZIEGLER

Die Käthsche vunn Hendesse

Ein Spaziergang vom Heidelberger Bismarckplatz ins dörfliche Handschuhsheim dauert etwa eine Stunde. Vor allem im Frühjahr und im Herbst ist er zu empfehlen, wenn die Mandelbäume in den Neuenheimer Vorgärten blühen oder die ersten Blätter von den Buchen, Eichen und Platanen fallen.

Auf dem Weg durchs vornehme Neuenheim träumt man davon, eine der dortigen Villen zu bewohnen, in Hendesse angelangt freut man sich auf einen Wein im *Löwen*.

Wenn dann noch Kräfte vorhanden sind, kann man den Sonntagsspaziergang der Handschuhsheimer absolvieren, der durch die Mühltalschtrooß hinauf ins Mühltal zur dortigen Quelle führt, wo die Hendsemer ihr Kaffeewasser für den Nachmittag zapfen. Es soll besonders rein und wohlschmeckend sein. Der Gang zur Quelle erfüllt mehrere Zwecke: erstens das Kaffeewasser selbst, zweitens, sich nach üppigem Mittagessen ein bisschen Bewegung zu machen, drittens, unner Leit zu kommen.

An der steilsten Stelle der Mühltalschtrooß steht das Haus, wo die Käthsche früher gewohnt hat. Die Käthsche hieß natürlich Katharina. Der zärtlich-ruppige Kosename Käthsche wird kurz wie Kettsche gesprochen, kann aber mit Kettchen nicht verwechselt werden, da die Halskette im Dialekt Kettl heißt.

Sie war schon eine alte Frau, als ich sie kannte, oder vielleicht sah sie nur alt aus, und war's gar nicht. Schließlich arbeitete sie täglich bei Wind, Wetter und stechender Sonne auf dem freien Feld. Da wird man schnell alt. Vielleicht sahen die Leute sie auch lieber als Alte, weil eine unverheiratet Gebliebene nie jung gewesen sein konnte? Sie war groß gewachsen und starkknochig. Außerdem sehr schüchtern, eben weil sie so groß und stark war. Vermutlich lag es an ihrer Körpergröße, dass sie nicht geheiratet hatte. Sie hätte ja jeden Mann mindestens um Haupteslänge überragt. Sicher hatte es nicht daran gelegen, dass sie nicht arbeiten konnte. Oder besser: schaffe, wie man in Hendesse sagt.

Die Verbindung zwischen uns Stadtbewohnern und der Käthsche war eigentlich ein Überrest aus Kriegszeiten, als die Städter Bettlaken und Porzellan gegen Kartoffeln, Eier und Äpfel tauschten. Aber auch lange nach Kriegsende gingen wir alle paar Wochen samstags oder sonntags abends die Käthsche besuchen. Vorher anzurufen war damals nicht üblich, da sowieso kaum jemand Telefon hatte. Zudem waren wir immer willkommen, da die Käthsche eine einsame Frau war. Man klingelte auch nicht an der Haustür, das machte keiner, sondern betrat das Haus durch die Hoftür. Stand der Trecker in der Hofeinfahrt, war die Käthsche zu Hause, wenn nicht, war sie auf dem Feld.

Wenn man lange und laut genug gerufen hatte: „Käthsche, bisch do? Mir sinns!", kam auch bald eine Antwort aus dem Haus, dem Geräteschuppen oder dem Garten, der schräg den Berg hinauf verlief: „Kummt errei!", wobei die Käthsche als echte Hendsemerin das R heftig rollte. Mitunter ließ sich auch Käthsches Nichte blicken, die mit ihrer Familie im Erdgeschoss lebte.

Wenn wir an Käthsches altem Küchentisch mit der zerkratzten Wachstuchtischdecke im Oberstock saßen, schickte sie sich an, für uns Kaffee zu kochen. Sie mischte ihn nicht wie alldaags mit Lindes, dem Zichorie-Ersatzkaffee in der weißblauen Packung, sondern uns zu Ehren gab es richtigen Bohnenkaffee. Bedächtig mahlte sie die Bohnen in der hölzernen Kaffeemühle, die sie zwischen die knochigen Knie nahm. Wenn Käthsche fertig gemahlen hatte, durfte ich vorsichtig die kleine Schublade aufmachen, in der sich das frisch gemahlene, duftende Kaffeepulver häufte. Für mich war dieses Ritual etwas Besonderes, denn meine Oma kaufte in Janssens Kaffeegeschäft den Kaffee bereits gemahlen. Mit der Handmühle zu mahlen, dauerte meiner ungeduldigen Oma, der nichts schnell genug gehen konnte, zu lange.

Ich bekam eine Tasse Lindes oder Apfelsaft, träumte vor mich hin oder las in Käthsches Kirchenblättchen. Was die Frauen redeten, interessierte mich nicht. Es war immer das Gleiche: Nachbar- und Verwandtschaft und die kleinen Familienkümmernisse, die die Käthsche mit der großen Familie ihrer Nichte hatte.

Wenn's Zeit wurde, nach Hause zu gehen, sagte die Käthsche: „Weet er was mitnemme? Zarde Boune, heit morge gezopft? Un scheener Selat?" Da sagten wir nie nein. Der Inhalt der großen Tüte hielt dann bis zum Monatsersten vor, denn an unserer Familie war das Wirtschaftswunder vorbei gegangen und das Geld, um bei Schreibers einzukaufen, am Monatsende meistens knapp. Ich jedoch, ganz kindliche Egoistin, freute mich vor allem, wenn es Ende Mai, Anfang Juni Errbln gab.

Ab und zu war Käthsche auch bei uns zu Besuch, meistens dann, wenn sie zum Arzt oder auf ein Amt zu gehen hatte. Der Gang in die verkehrsreiche und laute Innenstadt flößte der schüchternen Bäuerin

Angst ein. Sie machte sich fein, zog ihr bestes Kostüm an, eines, das sie sich noch vorm Krieg hatte schneidern lassen, stieg an der Tiefburg in die Linie 3 und fuhr bis zum Bismarckplatz. Bei Kaffee und Hefezopf besprachen meine Oma und sie zuerst eingehend den bevorstehenden Arztbesuch, bevor sie sich aufmachte. Hatte sie den schweren Gang hinter sich gebracht, aß sie mit uns Abendbrot. Dann brachten wir sie zur Haltestelle nach Handschuhsheim.

Zur Feier meiner Erstkommunion erschien sie in ihrem Vorkriegskostüm und schenkte mir Taschentücher und Saftgläser, vermutlich als eine Art Vorausgabe zur Aussteuer gedacht. Da ich die bunten Saftgläser gerne mochte und sie oft benutzte, haben sie die Zeit bis zu meiner Heiratsfähigkeit nicht überstanden.

Auch als ich schon längst von zu Hause ausgezogen war, war meine Oma noch immer städtische Anlaufstelle für die Käthsche. Die Arztbesuche sind offenbar mit der Zeit häufiger geworden. Irgendwann erzählte mir Mama, dass die Käthsche im Krankenhaus an Krebs gestorben sei. Ob jemand bei ihr war, weiß ich nicht.

In Handschuhsheim zu wohnen ist dann von den Siebzigern an bei feinen Stadtflüchtern, Studenten, Öko-Freaks und wohlsituierten Grünen Mode geworden. Jeden Samstagmorgen kaufen sie traditionsgemäß auf dem Markt an der Tiefburg ihr Gemüse und Obst, um ländlichen Ursprung zu schnuppern. Um von den Zugezogenen verstanden zu werden, sagen die Hendsemer Bäuerinnen dann für Errbln lieber Eerdebeern. Und die Neu-Hendsemer erzählen dann zu Hause von den Ureinwohnern und zitieren die Bäuerinnen: „Was sagte sie noch? Eerdebeern? Köstlich!"

Zum Glück nehmen die Bäuerinnen die erlebnishungrigen Ursprungsuchenden überhaupt nicht ernst und machen sich hinter deren Rücken auf Hendsemerisch, das keiner der Zugereisten versteht, gehörig über sie lustig.

SOPHIA DOMS

Hauptbahnhof Heidelberg

Günther Debon gewidmet

Übern Bahnhof durch die Zeiten –
Aus dem Dunkel auf mich zu:
Uhren, Krähen... keine Ruh –
Stadt der Unwahrscheinlichkeiten

Zwischen Bussen und Gestalten,
Rädern, Satteln voller Schnee
Tut mir der Gedanke weh,
Bald mich wieder abzuspalten

Legte ich mich an die Kette,
Käm' am End ein Sinn heraus,
Wüsst' der Leser ein und aus,
Wenn er mich gelesen hätte

Aber nur im Rätselbleiben
Hält es hier mit Leim mich fest,
Wer sich nicht erraten lässt,
Lässt sich auch nur schwer vertreiben

Züge kommen, Züge gehen,
An den Gleisen kalte Luft,
Welchen Namen man auch ruft,
Bleib' ich zwischen ihnen stehen

Stadt der Unwahrscheinlichkeiten
Uhren, Krähen... keine Ruh –
Und im Dunkeln schau ich zu
Diesem Bahnhof durch die Zeiten

Sophia Doms, geboren 1980, Doktorandin der Germanistik, früher häufige Tagesbesuche in Heidelberg von Mainz aus, seit vorigem Jahr mit großer Begeisterung Wochenend-Heidelbergerin, 1997 erschienen von ihr zwei Bücher im Guderjahn-Verlag Ein lächelndes Geheimnis. Heidelberg-Tagebuch eines Kindes *(drei Auflagen),* Von Tagen und Stunden in Heidelberg, *zahlreiche Kurzgeschichten in deutschen, österreichischen und schweizerischen Literaturzeitschriften.*

FRITZ FEDER

Summer in the City

Im graden Winkel liegt der olle Kahn,
wir schmausen Berberitzen aus Isfahan.
Die Welt ist sicher, schnell und leicht,
im Monitor ein Babyschänder beicht.

Verona, kolossales Rund im Opernkleid,
gern wärn wir mit Dir allein zu zweit.
Hell ist die Welt, knallig und cool,
im Osten rollen Köpfe aus einer Schul.

In den drallen Pinten der Neckartown
stehn Jäger, Spieler, auch schmucke Fraun.
Rund ist die Welt, amused, voller Pepp,
der Single, allein, ist fun und immer so nett.

In dieser Stadt, die ich dereinst erkoren,
hat so mancher kein Herz verloren.
Du Oldie mit Charme bist meine Insel,
gemalt übern Fluss mit gelbsüchtigem Pinsel.

Fritz Feder, geboren 1949, Volkswirt, Pädagoge und Lyriker, lebt seit mehr als 30 Jahren in Heidelberg.

PETER GOES

Blütenfahrt

Auf morgendlicher Fahrt
Durchschneidet die Bahn
Ein über Nacht aufgeplatztes
Meer von Blüten.

Kirschflocken fliegen
Im Frühlingswind
Über getünchte Häuser
Tanzend ins Neckarbett.

Dicht neben den Gleisen
Ziehen Lastkähne
Unter träumenden
Burgruinen nach Heidelberg.

Peter Goes, geboren 1940, Klinikseelsorger und Schriftsteller, seit 2004 interdisziplinäres Gaststudium mit Teilnahme an einzelnen Vorlesungen und Seminaren zur Psychologie, Germanistik und Theologie an der Universität Heidelberg, veröffentlichte 2003 den Gedichtband Leicht wie der Geist der Rose *im Verlag Vandenhoeck & Ruprecht, im März 2006 erschien sein Gedichtband* Viel Leben drängt ans Licht *im Karin Fischer Verlag.*

MARKUS HEITER

Ich bin dein Kind

Heidelberg, du Kupplerin, du Feine.
In deinen Gassen
das Leben verprassen.
Mit der Liebsten den Philosophenweg rauf
und zurück in die Bude im Dauerlauf.
Heidelberg, du bringst mein Blut in Wallung.

Alt-Heidelberg,
millionenfach auf Zelluloid gebannt,
in dir ist's gut zu lieben.
Greises Haupt, hast junge Lenden,
möcht' dich kosen ohne Ende,
geb' dich nicht mehr her.

Mein Heidelberg,
dich trage ich im Herzen, das ich in dir verlor.
Herzklopfen, dem Elternhaus entwachsen,
Freiheit, Lust, mehr mehr mehr ...
Mein Bild von dir kannst du nicht ändern,
ich liebte hier zu sehr.

Kann dich nicht vergessen,
bist der Trog meiner Träume.
Du hast mich infiziert,
du Mekka der Romantik,
bist nicht auszuhalten,
du Perle der Provinz.

Bei mir biste scheen
das pure Östrogen.
Du fühlst dich gut an,
ich kann dich leiden.
Sei gut zu mir,
ich will nur spielen.

Mach' was du willst,
ich bin dein Kind.

Markus Heiter, geboren 1970, Verwaltungsjurist, absolvierte Jurastudium und Referendariat in Heidelberg, wo er 1990 bis 1998 lebte.

FRANS HERMANS

Muse und Muss

Drei Brücken
Tore und Türme
Hoch oben
Das Schloss

Für Wissenschaft
Und Muse
Des Geistes
Amboss

Heidelberg
Romantisch
Das Tal
Mit dem Neckar
Als Fluss

Heidelberg
Immerwährend
Für Künstler
Und Dichter
Ein Muss

Frans Hermans, 1934 in Belgien geboren, Heirat in Dilsberg 1956, von 1958 bis 1998 Schriftsetzer bei Heidelberger Tageblatt, Mannheimer Morgen *und* Rhein-Neckar-Zeitung, *veröffentlichte in den sechziger Jahre viele Gedichte und Geschichtchen für Kinder in diversen Zeitungen, seit einigen Jahren Gedichte und heimatkundliche Beiträge in* Unser Land, *www.dilsberg.de.*

Katrin Krieger

Auf der Neckarwiese

In einem Augenblick, da blickte ich
tief in die Augen gegen meines Über.
Dunkel, braun, wundvoller Wärme,
magnetisierend, haltend, an sich bindend.

Halten wollte auch die Zeit ich an,
um diesen Blick nicht zu verlieren.
Sekundenkurz und stundenlang,
fesselnd, stark, mich überwindend.

Erzählen konnten diese Augen,
wofür zu leben es sich lohnt.
Und meine lasen, hörten, fühlten
die stumm geschriebenen Geschichten.

Wenn Möglichkeit zu reisen wäre,
ein Stück zurück zu vergangner Zeit...
Jenen Moment würd ich erwählen,
wählen diesen Augenblick.

Spürbar das Treffen im ganzen Körper,
zu Augen wurden alle Zellen.
Geradeaus, dorthin, herüber,
direkt zu diesem Gegenüber.

Ob sehe wieder diese Augen,
kann leider nur erahnen ich.
Der Blick der Zukunft bleibt verborgen,
doch die Vergangenheit hat ihn und mich.

Katrin Krieger, 1976 in Heidelberg geboren, wo sie auch zur Schule ging, ihre Ausbildung machte und jetzt lebt und arbeitet, biologisch-technische Assistentin, Tänzerin und Ballettlehrerin, viele Erinnerungen verbinden sie mit Heidelberg.

KATRIN KRIEGER

Gedanken

Vergangener Tage
Gedenk ich gerade
Was einst war, gewesen ist.
Gelebte Stunden
Geleckte Wunden
In einem Heidelberg vor diesem Jetzt.

KATRIN KRIEGER

Heidelberger Psychose

Da kommen sie...
Die Blicke der Touristen.
Auf mich.
Durchdringend.
Fragend.
Beurteilend.

Paranoidisierung meinerseits in so etwas
Nichtiges wie zugeworfene Blicke?

Seid ihr es
Oder bin ich hier fremd?

KATRIN KRIEGER

Ich danke den schlechten Zeiten

Ich danke den schlechten Zeiten,
den Neidern,
den Zicken,
den Boshaftigkeiten.

Den Touristen,
Heidelberg
mit seinen Wucherpreisen.

Studentenverbindungen,
Arroganz
und Eitelkeiten.

Dem Stolz,
dem Misstrauen,
den Unsicherheiten,
dem Schwachsinn,
dem Unsinn,
dem Wahnsinn sogar.

Durch das eigne Erleben all dieser Gefühle,
zermalmt vom Mahlstein der Lebensmühle,
erwächst aus dem Schrot der Halm der Erkenntnis.

Zeit braucht der Keimling, sich zu gebären,
zeitlos jedoch die Frucht der Ähren.

Paula Mack

Schöne Heimat

Unter der Wälder üppigem Kranz,
welcher geformt wie ein grünender Guss,
nimmt seinen Weg der friedliche Fluss;
zum Sonnen laden die Ufer ein –
Heimat, mein Herz gehört dir ganz.

Wenn dein Frühling mit Zaubermacht
ein einmalig blühendes Wunder schafft,
liegt über dem Tal ein farbiger Glanz –
dann entbietet die alte Stadt sich ganz.

Wo über der Burg aus vergangener Zeit
im Sommer ein strahlender Himmel bläut
dort lebt der Geschichte Erinnerung,
denn die stolzen Kurfürsten sind lange stumm.

Doch, wenn der Mond seine Runden macht,
dann treibt es sie um zu der Mitternacht,
schattengleich unter Bäumen zu gehen,
die Heimat, die alte, zu sehen. Der Kauz im Gebälk,
hat mir's heimlich erzählt.

Heimat – ein Wort mit eigenstem Klang,
wie Sommerwind – wie Vogelgesang –
ein Tor nur, der nirgendwo bleiben kann,
es treibt ihn eisern zur Ferne –
zurück käme mancher gerne!

Paula Mack, geboren 1913, lebt seit 1929 in Heidelberg.

Paula Mack

Sonntag am Fluss

An deinem Ufer weilte ich gerne
des Sonntags, wenn die alte Stadt noch schlief
verblassend ruhten Mond und Sterne,
als nun zum Tag die Morgenröte rief.

Ich lief beschwingt zu unsrer schönen Brücke,
der Sonne erste Strahlen zu verkosten –
und stand bezaubert still in deren Mitte,
denn sie – die Wärmespenderin erschien
gleich einer Königin.

Es schienen Schleier überm Fluss gewoben,
am Ufer stelzten bunte Wasservögel –
ein Schwanenpaar kam schweren Flugs
gezogen, im Morgenwind
zerstob der Rest von Nebel.

Die Blüten waren wach geküsst –
die Menschen gingen, Frohsinn
im Gesicht am Fluss entlang
mit seinen kühlen Wogen –
am Fluss, wo heute Sonntag ist.

Paula Mack

Unsere Stadt

Heidelberg – die vielgerühmte, deren Bild
uns so vertraut; suchen müsst' ich ohne Ende
bis ich eine zweite fände, die so ohne Unterlass,
mir mein Herz gefangen hat.

Unter ihren schönen Brücken, unter sanften Höhenrücken,
breiten sich des Ufers Wiesen;
auf gemächlich krauser Welle lassen
wie zu alten Zeiten, Schiffe sich zu Tale treiben.

Steinern blickt mit steifer Miene, Deutschlands
schöne Burgruine über die bewegte Stadt –
selbst die Wanderfalken lieben
in dem Herz der alten Stadt hoch im
Kirchenturm zu brüten – auf der Uferpromenade
läuft das Schwanenvolk Parade –
Leckerbissen zu erhaschen, aus den mitgebrachten Taschen.

Beiderseits des Neckars grüßen Buchen – wie
Kastanienwälder – schillernd blasst der
Regenbogen, über Fluss und Tal gezogen.

Und des Flusses Wellen pflegen wegzuspülen,
mitzunehmen, unsere Träume, das Geschick,
den Ballast – wie auch das Glück –
gar nichts lassen sie zurück –
alles fließt zu seiner Zeit,
weg in die Unendlichkeit.

FIDEL MATTES

Abend am Philosophenweg

Majestätisch von des Berges Hochterrassen
Reicht der Blick zu Schloss und Fluss und engen Gassen.
Und am wohlig warmen Sonnenhang
Führt der Philosophenweg entlang

Gespannt die Brücke über weite Bogen,
Unter ihr des Wassers schnelle Wogen,
Und darüber am hohen Rain
Träumt das Schloss in mildem Schein

Es ist ein königliches Schauen:
Zu Stadt und Berg und Flusses Auen;
Zum breiten Tal nach abends Seite
Öffnet sich die große Weite.

Fidel Mattes, geboren 1931, Fahrlehrer an der Fahrlehrerfachschule und Verkehrsjurist, hat in Heidelberg Jura studiert und nennt es selbst zweite Heimat, nachdem er ursprünglich von der schwäbischen Alb kam.

FIDEL MATTES

Liselotte von der Pfalz

Mit des Sonnenkönigs Bruder fest vermählt,
Sie nicht zu den Glücklichen im Lande zählt.
Sie sehnt sich nach des Neckars lieblichem Gestade,
In Paris war alles Pomp und nur Fassade.
In Tausend Briefen hat sie derb und klar bekannt,
Wie verrucht des Sonnenkönigs Hof sie fand.

FIDEL MATTES

Reicher gehen sie hinaus

Von den frohen, heiteren Tagen
Künden prächtig die Fassaden.
Von den dunklen, ernsten Stunden
Zeugen deine tiefen Wunden.

Hoch ragen deine Wälle,
In des frühen Tages klare Helle.
Ahnungsvoll so mancher schaut hinauf,
Erkennt in dir des Lebens wechselvollen Lauf.

Wenn auch bedeckt mit Narben dein Gesicht,
Deine festen Mauern geben Zuversicht.
Wenn auch versehrt du an Haupt und Gliedern,
Dein schöner Hortus blühet jeden Frühling wieder.

Millionen wandeln durch deine Hallen,
Gute Einkehr gibst du allen.
Und reicher gehen sie hinaus
Aus deinen Toren, Türmen, hoch gerühmtes Haus.

Günter Mock

Liebeserklärung ans Weinloch

Wer geht noch zu später Stund' durch die Heidelberger Altstadtgassen,
um einzukehren in schummrige Lokale? Es ist der Herr von Klauenfassen.
Er geht auf die Pirsch in seinem Revier und ist dabei fast immer allein.
Er kennt sie alle, diese Lokale: die Piesel, Kneipen, Absteigen, Wirtschaften,
Spelunken, ebenso wie die soliden, historisch-ehrwürdigen Lokale.
Auch das berühmt-berüchtigte, verrauchte *Weinloch* in der Unteren
Straße.

Im *Weinloch* trifft sich, so war's doch schon immer,
alles was Rang und Namen hat und „dahäm kä Wohnzimmer".
Man steht am Tresen mit einem Bierglas in der Hand
und macht Politik für das deutsche Vaterland.
Der Heiner hinter dem Tresen steht
und die Elke ihm zu Hilfe geht.

Schrille Typen, schräge Gäste, Altstadt-Bankerte beim
Maulaffenfeilhalten,
Herumpalavern, Dummes-Zeug-Reden, Alles-besser-Wissen.
Hier ist man unter sich: der Herr Doktor neben dem Penner, flotte
Hausfrauen,
Baulöwen, Architekten, ehrenwerte Handwerksmeister, Froileins.
Und alle sind sich einig und meinen nur das eine:
das *Weinloch* ist in der Altstadt das Beste vom Feinen.

Es ist im Design seiner Zeit voraus, denn vor 50 Jahren sah es
genauso aus.
Die WCs sind zwar moderner geworden, aber die Sprüch' an der
Wand die alten geblieben.
Jung gelernt, alt getan – mit Trinken fängt das Leben an.
Auwei, auwei, Scheiß-Bumserei. Hanoi ä Schwob wa a dabei.
Der Odenwald ist schön, doch der Gotthard ist steiler.
So ist das *Weinloch*, voll Leben und Leiber.

Günter Mock, 1938 in Heidelberg geboren, Urheidelberger, Gas-Wasser-Installateurmeister im Ruhestand, Firma in der vierten Generation, lebt in der Weststadt, seit dem Ruhestand bei der Akademie für Ältere als Wanderführer im Heidelberger Stadtwald aktiv.

RAIMUND POUSSET

Genius-Sonett

für Utta

In schwüler Tropennacht kam ewig mir ein Träumen,
am Riff und wo vom weißen Berg Gott Ngai mich rief.
Doch zog´s mich fort am Tag, noch stärker, wenn ich schlief,
zu Glockenklang und Berg herabgequollnen Bäumen.

Ich sah die Sandsteinstadt, den Teufel hört´ ich schäumen,
rot-tot das Schloss, rot-heißer Wein im Schnee verlief.
Vorm Kreuz des Südens las ich ihren langen Brief;
da wollt ich nicht das Haus zu baun versäumen.

Flog fort in meinen Traum, ging über viele Brücken;
längst lenkte mich ein andrer und kein schwarzer Geist.
Und dann verstand ich es, sah die Gedankenlücken:

Wir alle suchen ihn hier *in* der Stadt zumeist,
doch er lebt fern, kann uns nur durch Distanz beglücken,
der Genius statt mundi fälschlich loci heißt.

Raimund Pousset, 1946 geboren, Diplom-Pädagoge, Oberstudienrat, lebt seit 1988 aus voller Überzeugung in Heidelberg, wo er sein Herz verlor, arbeitet in Heilbronn und teilweise am Life-Science Lab am DKFZ, 1983 erschien bei Rowohlt (2005 in der 27. Auflage) sein Erfolgstitel Fingerspiele und andere Kinkerlitzchen, *2000 kam bei Eichborn sein schulkritisches Buch* Schafft die Schulpflicht ab! *auf den Markt, 2001 folgten die Elternratgeber* Garantiert aufs Gymnasium *und* Mit dem Kind ins Internet *(beide Eichborn), 2002 legte er mit* Schlüsselbegriffe der Altenpflege *als Herausgeber ein umfassendes Kompendium für Schule und Praxis vor, 2007 erscheint das Beltz-*Handwörterbuch für Erzieherinnen, *für das er ebenfalls als Herausgeber verantwortlich ist, www.pousset.de.*

RAIMUND POUSSET

Was bleibt

Dort, wo sich das Tal verengt
und den Fluss durch Felsen zwängt,
liegt der Städte prächtigste
und der Festen mächtigste.

Einer Brücke edler Bogen
grüßt den, der – ganz sanft gezogen –
durch das Tor tritt in die Stadt,
die so viel zu schenken hat;

schenkt und gibt mit vollen Händen,
lässt – den größten Kummer enden.
Und wer sich ihr ganz ergibt,
den macht sie zum Dank verliebt.

Aphrodite bot man hier,
schon von alters her Quartier.
Doch nicht immer war, wenn brannt‘ es,
von der Göttin Hand Entflammtes.

Frankreichs König Truppen sandte,
Mauern barsten, Feuer brannte.
Wenn auch Völker sich bekriegt,
hat die Göttin doch gesiegt.

Kneipen, Krämer, Komment weben
einen Schleier, der zum Schweben
bringt, wer in die Altstadt trat.
Kunst, Kommerz übt den Spagat.

Sommers brodelt´s in den Gassen,
die kaum alle Menschen fassen.
In den Schänken herrscht Verkehr
und man spürt der Göttin Flair.

Philosophen schritten oben
auf dem Weg, wo sie gern hoben,
manche schweren Geistesschätze,
formten neue Weisheitssätze.

Viele kamen, manche blieben,
die die Lebenslust getrieben.
Und den Fremden, noch beklommen,
heißt der Bürger schon willkommen.

Wer heut' lebt dort vis-à-vis
von des Schlosses Szenerie,
hat am Hang den freien Blick,
über Schloss und Stadt und Brück'.

Seht, der Fluss fließt seit Äonen,
bot den Römern und Teutonen,
was ein jeder sucht auf Erden,
dass ein Platz mög' Heimat werden.

Aus des Flusses Morgen-Tal,
steigt der Nebel grau und fahl.
Bald das erste Sonnenlicht,
silbern sich im Nebel bricht.

Silbernebel, gleich der Fahne,
wehen von dem Schlossaltane.
Solch ein Schauspiel der Natur,
schaffen Götterkräfte nur.

Warm das Wasser, kalt die Luft,
leicht vermischt mit Dieselduft,
weil Hephaistos' Feuerblitz,
hat flussaufwärts seinen Sitz.

Schon einmal gab dieser Gott,
der Pandora einen Pott.
Der enthielt, was uns schwer schlug:
Krankheit, Krieg und Lug und Trug.

So ein Ding steht wieder dort,
wenig nur vom Schlosse fort.
Aphrodite und Hephaist,
fühlen sich allein verwaist.

Jeder spürt´s ja selbst und leiblich,
auch ein Gott schätzt das, was weiblich.
Deshalb ist der Fluss durchs Land,
beider Götter Eheband.

Liebeswärme schickt der Gatte,
von der er zu viel hatte.
Mag er sich im Flussbett wälzen,
doch der Pott darf niemals schmelzen!

Denn was nützen Schlossruinen,
dem Japaner, Beduinen
und dem USA-Tourist,
wenn da einfach nichts mehr ist?
Wenn nichts klingelt in der Kasse,
einfach mangels Menschenmasse
und es zög' nicht mehr der Strom
der Besucher durch den Dom?

Wenn nach evolutionären
Lehren wir ein Fehltritt wären,
stürbe aus die Menschenrasse,
Ratten säßen an der Kasse.

Lasst uns leben diese Stadt,
die so viel zu schenken hat:
dann wird sie dies überdauern,
auch von Melac blieben Mauern.

ERNST L. SCHNELLBÄCHER

Heidelberg

Neckarsandsteinerne Brückenkopfgeburt,
Welcher Teufel hackte dir ab,
Die Vitalität deines Geistes,
Dass nur Romantik dir bleibt.
Und das Fenster im Chor von Sankt Peter,
Unzerborsten von den Bio-Ketten der De-En-Es?
Lass dich vom Affen verwandeln,
Atme den Dunst ihrer Kneipen,
In Sälen des Unzulänglichen,
Jenseits der strahlenbekrönten Madonna,
Wo Perkeo die Messe zelebriert
Und ihr Geist die Karzerwände ziert;
Liselottes Kurpfälzer Mettwurstwahn,
Der Vielbeschreibliche, zieht dich hinan!
Oh!
Doch von den bibliophilen
Emporen der Heiligen Geistin
Träufeln schier jauchzend-frohlockend
An Gourmet-Festen alljährlich,
Visavis von Sankt Georgs
Statusbestückten Fassaden,
Honigsüß Instant-Choräle
Auf geordnet platzierte Besucher,
Nichts ahnend aufgereiht unter
Der schaurig-schönen Ikone
Des Tags der Verklärung,
Der Hiroschima traf und
Hier alle diesmal verschonte.
Brausend dröhnt aus dem Pneuma
Der Chorsatz der Thermodynamik.
Ach!
Wie bist du zerbrochen, du Ideal.
Wie blutigrot-triefend
Hängst du heut Abend
Herab von des Königs Stuhl.
Deine andere Hälfte,
Riss sie sich ab oder warf sie sich gar

Hinein in die Fluten der Zeit
Nach Böhmen oder nach Weimar?
Nichts als das alternde
Riesenbild über der Brücke
Ließ sie zurück als Spektakel,
Ausgeliefert lüsternen Blicken
Proletarischer Scharen von Philosophen,
Aus allen Ländern vereinigt.
Weh!
Nur seitlich verschämt,
Gleich hinter der Synagoge,
Bei dem Bergfried verbirgt sich
Der altgermanische Speer,
Nordischem Adel verpflichtet.
Kennst du die Brücke nicht,
Die Heil und Schalom dir verbindet,
Die im Fluss manchmal spiegelt,
des Schlosses verlorenen Teil,
Pneuma und Soma versammelt
Zu östlichen Baumblattes Sinn,
Doppelter Herzkammern Schlag,
In *einem* Herzen vereint?
Ja!
Schöne Vision flammt auf,
Wenn überraschend
Von Hambach herüber die letzten
Strahlen der Frühlingssonne
Den Stein lassen glühen
Mitten im maijungen Grün:
Geist und Natur und Geschichte
Freien jetzt Wasser und Wind;
Sulamith, Hans und Grete
Von neuem verbunden sind.
Wolfgang auch und Marianne,
Sonja, Orlando und Ruth,
Trinket den Duft der Linden,
Tauscht euer warmes Blut!

Ernst L. Schnellbächer, Pfarrer a. D., geboren 1930, 1954 bis 1959 Studium der evangelischen Theologie in Marburg und Heidelberg, dort Herz verloren an Pfälzerin aus Oggersheim, 1998 Mundartbuch Es Ouwerouer.

ANTON VÖGELE

h a u p t s t r a ß e

Als wäre hier die mitte,
als ginge alles von hier aus
oder fände hier sein ziel,
als wäre hier ein quell,
der stetig sprudelt
und sich ergießt nach ost
im gegenstrom nach west,
weltenader, menschenfluss,
ein babylonischer kanal,

abertausend augenpaare,
übersättigt, übermüdet,
die am kornmarkt
unverhofft sich weiten
und mit wachem blick hinauf
zum halbzerstörten Zion
neu sich hungrig sehen.

Anton Vögele, geboren 1939, Berufsberater im Ruhestand, knapp 30 Jahre in Heidelberg tätig, im Rahmen des Heidelberger Frühlings 2002 wurde von der Dilsberger Kantorei sein Oratorium Passion *uraufgeführt, Gründungsmitglied des Bammentaler Theatervereins* Goukelkappe.

EDITH ZEILE

Ich hab' mein Herz in Heidelberg verloren

Ich hab' mein Herz in Heidelberg verloren
In einer rauen Winternacht.
Wir wär'n beim Küssen beinahe erfroren,
Doch das hat uns durchaus nichts ausgemacht.

Er war Student – das könnt' man fast erraten –,
Schon mitten im Examensstress.
Und ich – ich will's dir gleich verraten –
Studierte auch, doch eher schlecht als recht.

Wir wussten beide gar nichts von der Liebe,
Wir kannten sie nur aus der Lit'ratur,
Und über Sex und and're süße Triebe
Sprach man vor fünfzig Jahren selten nur.

So saßen wir am Flusse auf der Wiese –
Ich war von seinem Kusse ganz verwirrt –,
Doch als er mich dann „Anneliese" nannte,
Erkannte ich, ich hatte mich geirrt:

Er hatte meinen Namen schlicht vergessen
Oder verwechselt – das gibt's auch!
Doch sollt' ich daran seine Liebe messen,
Wenn Namen nichts sind außer Schall und Rauch?

So ging's noch eine Weile heiter weiter,
Die Winterwochen waren 'rum im Nu...
Im Frühling kaufte er sich eine Leiter –
Doch meine Fenster blieben leider zu.

Im Sommer fand er eine Anneliese,
Die ihn erhörte ohne viel Getu',
Die ihn verführte auf der Neckarwiese –,
Er gab es später lächelnd zu.

Ich hab' mein Herz in Heidelberg verloren –
Schön war es, aber doch auch voller Schmerz.
Drum mach die Augen auf und spitz die Ohren
In dieser Stadt, und halte fest dein Herz!

Edith Zeile, geboren 1936, akademische Oberrätin im Ruhestand, lebt seit 1953 in Heidelberg.

PETER ZERN

Fuge in Du

Du Ameisenbucklige
Gelehnt an Schenkel
Von vielen geliebt

Du Besungene
Genussfest des Nachts
Von Liedern beerengebläut

Du Geistvolle
Gezeugt von Geistlichen
Von Geist beseelt

Du Geschäftige
Gerettet was vergangen
Von Volk bevölkert

Du Glänzende
Gefahren von Lustschiffen
Von Möwen belallt

Du Goldlockige
Gejodeltes Heidideldu
Von Bläue beschienen

Du Ruinierte
Getrost stets ungeschminkt
Von Makeln gezeichnet

Peter Zern, geboren 1982, Altenpfleger, lebt seit 2002 in Heidelberg.

THOMAS ZYPRIES

Mythos und Moderne

Der Mythos lebt
von der Entzauberung der Welt.
Imaginierte Geborgenheit
in einer Pseudogemeinschaft.

Das ist keine persönliche Verfehlung,
sondern gesellschaftlich bewirkt.
Ebenso wie die Pseudoindividualisierung
im Stahlbad der Spaßgesellschaft.

Beide stehen im Chor der Ungeborgenen
unserer anonymen Tauschgesellschaft.
Fabrizierte Ergriffenheit und konsumistische Selbstverwirklichung
zeigen zwei Seiten ein und derselben Medaille.

Wobei beschwichtigende Herzenswärmer weniger
dekadent erscheinen als zweckrationaler Egoismus.
Doch selbst Gutmenschen verfolgen persönliche Ziele,
vielen fällt es im eigenen Interesse schwer, gute Menschen zu sein.

Weit bequemer, Fun zu haben, als auf einen Kick zu verzichten.
Etwa ein Kind groß ziehen und seine Bedürfnisse erkennen.
Die heute, durch die Rückschläge von Aufklärung und Kultur,
so einfach nicht mehr sind.

Wir sind nicht unseres Geistes Herr,
sondern Gefangene unseres Körpers.
Wir sind nicht unseres Glückes Schmied,
sondern Knechte der Gesellschaft.

Thomas Zypries, geboren 1986, Student der Philosophie, lebt seit 2004 in Heidelberg.

CHRIS VON BURKERSRODA

Euro-Puzzle

„Dammed!", entfuhr es Jerry Smith, als er entdeckte, dass er verschlafen hatte. Seine Reisegruppe musste längst zur Sightseeing-Tour unterwegs sein. Wenn er wenigstens wüsste, wo er war. Seit über zwei Wochen Romantic-Europe-Tour und die Zimmer glichen sich wie ein Ei dem anderen. Lissabon, Barcelona, Rom... Selbst die Bibel auf den Nachttischen unterschied sich nicht: immer wieder *The Holy Bible*. Auch der Blick aus dem Fenster half ihm nicht weiter. Ein großer Platz mit Parkbänken und Springbrunnen, Autos, Straßenbahnen, Busse, Abgase, Hupkonzert. Weiter hinten die nebelverhangene Kulisse eines Hochhauses. Er bekam fast ein bisschen Heimweh.

Auch der Frühstücksraum ermöglichte ihm nicht, seinen europäischen Standort zu lokalisieren. Ihm gegenüber sechs Japaner. Japan stand nicht auf der Reiseroute, dessen war er sich sicher. Daneben saß ein Ehepaar, das sich Porridge bestellte. Schon London? Unmöglich, dann müssten sie Brüssel und Paris ausgelassen haben. Die Frühstückskarte war viersprachig und somit ebenfalls unergiebig. An der Wand hing eine Großaufnahme des Nobel-Instituts. Stockholm? Aber nein, sie waren ja noch nicht einmal in Switzerland, Munich oder Francfort. Die Kellner unterhielten sich auf italienisch oder spanisch. Oh, no! Der Flamencoabend in Madrid war ihm unvergesslich und in Venedig war ihm der Fotoapparat ins Wasser gefallen. Das war vor einer Woche.

Mit seinem amerikanisch durchbrochenen Deutsch, der einzigen europäischen Sprache, die ihm ein bisschen geläufig war, hätte er ja die junge Dame am Empfang fragen können: *Excuse me, in welchem country bin ich? In welcher town?* Doch dann stellte er sich vor, wie sie ihm ironisch lächelnd antwortete: *You're in France, Paris, and your name is Jerry Smith.* Er verwarf den Gedanken.

Oh, good old Europe, sagte er sich schließlich und verließ das Hotel mit dem Entschluss, das Land, die Stadt und eventuell seine Reisegruppe selbst zu entdecken.

Er überquerte die breite Verkehrsstraße. Links die Hochhausfassade, schräg gegenüber ein amerikanisches Fast-Food-Restaurant, wie er es in Rom, Valencia und Athen bereits gesehen hatte. Dann entdeckte er ein Straßenschild: Bismarckplatz.

Oh, yeah! Austria! Good old Austria!

Er musste lachen. Hatten sie davon nicht erst gestern gesprochen? Das konnte also nur Wien sein. Er musste nur noch nach der *main road* fragen, die Stephan's Cathedral würde er alleine finden. Und seine Gruppe wäre womöglich auch noch in der Nähe.

Die *main road* war Fußgängerzone. Wie in Barcelona, Marseille, Milano und überall. Nur schmaler war sie. In Europa war sowieso alles kleiner. That's typical, dachte er, machte zwei Aufnahmen, notierte die Nummern und „Main road Vienna, very romantic".

Eingebettet in amerikanisches, deutsches, japanisches, französisches und so weiter Stimmengewirr glitten seine Blicke über die Schaufenster: italienische Schuhgeschäfte, französische Parfümerien, Schweizer Präzisionsgeräte, dänische Möbel, griechische, italienische, jugoslawische Restaurants, Filmplakate, die er in den letzten Wochen all over europe schon gesehen hatte. Kuckucksuhren. Wonderful!

Bald musste die Stephan's Cathedral kommen. Sie kam nicht. Auch kein Wegweiser. Hatte er sich verlaufen? Ein anderes Hinweisschild fiel ihm dafür immer wieder auf: Castle. Why not, sagte er sich, dafür war er ja in Europa! Er ließ sich über Treppen und immer kleiner werdende Straßen leiten. Bald sah er die Stadt zu seinen Füßen: enge Gassen, kleine Häuser, ein Fluss, gegenüber aufstrebende Hügel.

Beautiful! Typical! Er machte eine Aufnahme und notierte stolz „Vienna, Danube". Noch einmal genoss er den Anblick. Dann ging er weiter und stand alsbald vor einer Schlossruine, die sein Herz höher schlagen ließ.

Good old Austria! wiederholte er begeistert und machte sich auf Foto- und Entdeckungsreise. Als er sich dabei zufällig einer Touristengruppe näherte, hörte er die letzten Worte der jungen, blonden Fremdenführerin: „...spannt sich die berühmte Alte Brücke über den Neckar. Eines der bekanntesten Wahrzeichen Heidelbergs, dieser Stadt, die wie keine andere ihren unvergleichlich individuellen Charakter bis heute erhalten hat."

„Oh", wandte er sich voller Enthusiasmus und mit breitem Lächeln an die junge Dame, „and you're eine unvergleischlisch schoine, blonde Heidelberg Student-Frollein!"

Schade, dass er nicht verstand, was sie ihm in ihrer Muttersprache antwortete, sonst hätte er unter das nächste Foto schreiben können: „Finnische Germanistik-Studentin als deutsche Fremdenführerin".

Dennoch war Jerry Smith glücklich. Immerhin war er binnen weniger Stunden halb Europa begegnet und wusste nun sogar, in welcher Stadt er sich befand. Auch mit dem Land war er sich fast sicher.

Chris von Burkersroda, geboren 1947, Schriftsteller und Chansonier, seit 1970 in und um Heidelberg lebend, langjähriges Mitglied der literarischen Gruppe RÄUBER 77 und Redaktionsmitglied der PASSAGEN (Zeitschrift für Literatur und Kunst), Gründungsmitglied der literarischen Gruppe OKTA(F)EDER, Preisträger beim Mannheimer Lyrikwettbewerb 1991 und beim Mannheimer Kurzgeschichtenwettbewerb 1992 sowie bei Concours européen de Création littéraire 1990 in Brüssel.

CHRIS VON BURKERSRODA

Heidelberg drunter und drüber

Liebe Heidelberg-Freunde, seien Sie herzlich begrüßt, nicht nur zum Frühlingsanfang 2020, sondern vor allem zur Einweihung unseres „Hendesse-Happening-Headquarters", kurz HHH. Einem international wettbewerbsfähigen Event-Center im Norden Handschuhsheims, das unsere Stadtmütter- und -väter, ja ich darf sogar sagen Stadtgroßmütter und -großväter nach jahrzehntelangen Differenzen hier ermöglicht haben: Heidelbergs Vorzeigevorzimmer – ein kleiner Vorgeschmack auf all das Außergewöhnliche, das Sie im Rahmen der anschließenden Stadtführung erwartet.

Die Älteren unter Ihnen erinnern sich sicherlich noch mit Grauen an jene trostlose Landschaft, die sich uns früher hier zwischen der B 3 und den struppigen Neckarpappeln- und Maulbeerverästelungen bot: ackerbraun bis gemüsegrün. Und jetzt?! Welch ein phantastisches Farbenspiel bietet sich Ihnen hier und heute: von Mac-Donald-Gelb bis zu Maredo-Rot!

Mit großer Diplomatie ist es gelungen, alle streitenden Parteien zufrieden zu stellen: Universität, Naherholungsuchende, Gemüsebauern, Reiherflug-Gurus, Feldhamster-Connection, Fun and Fit-Producer usw. Wollten die einen das trostlose Ackerbraun mit einem farbenfroh-aschgrauen Asphaltband durchziehen, wollten die anderen stattdessen einen Radieschen-Tunnel. Wollten die einen nicht die Radieschen von unten sehen, wollten die anderen die Reiher-Start-und-Lande-Schneiße nicht gefährdet sehen.

Heute haben wir hier das groß angelegten Areal *Freier Reiher* – ein ultra-moderner Landeplatz für Drachenflieger, außerdem ein mit farbenfrohen Reklamelichtern durchzogenes Asphalt-Grau vom Uni-Campus bis zur Autobahnauffahrt-Nord und dazu noch ein eigens von den Bauern angelegtes Hendsemer-Farmer-Museum. Dort können Sie und Ihre Kinder von authentischen und freilaufenden Bauern erfahren, dass beispielsweise Erbsen nicht im Bo-Frost-Verfahren hergestellt werden, dass Eier auch von Hühnern kommen können oder dass Tomaten nicht aus Ketchup geformt werden. Die restlichen Bauern wurden für ihre Äcker großzügig mit kostenloser Umschulung und eigenen Laborplätzen entschädigt, wo sie ihre Produkte nun synthetisch herstellen können. Wer von uns kennt nicht die inzwischen berühmten Hendsemer Zitrus-Bananen! Hier steht ihre Wiege. Sie sehen: Die Weltstadt Heidelberg wurde ihrem Ruf als tolerante Stadt in vollem Maße gerecht: alle Parteien erhielten Gehör.

Genießen Sie also in den nächsten dreißig Minuten unser HHH-Event-Center Hendesse-Nord, erfahren Sie, wie Sie hier Ihr Auto, Ihre Kinder oder sich selbst runderneuern können – Restaurants, Child-Center, Business-Passagen, Kinos, Chill-out-area... und für alle, die wegen der Staus zu spät zur Stadtrundfahrt kommen: ein HD-Info-Center, das Sie über alles Wissenswerte bezüglich unserer Stadt crash-kurs-mäßig informiert, damit Sie sich vor Freunden und Bekannten nicht bloßstellen müssen. Der Rhein-Neckar-Drive-In-Service-Point, an dem wir uns in dreißig Minuten wieder treffen, ist überall ausgeschildert.

Liebe Heidelberg-Freunde, ich darf Sie hier nun erneut begrüßen, diesmal am Neckar-Drive-In-Service-Point – der Verbindung des ehemaligen Fischerdorfes Neuenheim mit Neu-Alt-Heidelberg. Auch an diesem Trans-Neckar-Projekt, der sogenannten fünften Neckar-Querung, schieden sich früher die Geister: *Heidelberg drunter!* war das erste Schlagwort. Unterirdisch! Doch da erhielt die empörte Biber-Connection unerwartet Unterstützung vom Denkmalamt, als man hier auf Relikte keltischer Tiefbauversuche stieß. Was tun? *Heidelberg drauf!* – ein neues Schlagwort! Eine christliche Partei hatte die rettende Idee. In Tateinheit mit dem preisgekrönten Dossenheimer Schleusenbetrieb wollte sie die Touristen trockenen Fußes über den

Neckar geleiten. Aber mangels göttlicher Hilfe fielen sämtliche Versuche ins Wasser. Und so entstand abermals ein Produkt städtebaulicher Toleranz: *Heidelberg drüber!* Das Ergebnis steht in Form dieses technischen Wunderwerks vor Ihnen: die Heidelberger Schwebebahn. Schweben Sie ein!

Indem wir hier nun hoch über dem Neckar gleiten, darf ich Sie bitten, einen ehrfurchtsvollen Blick gen Osten zu werfen! Verfolgen Sie, wie der von Norden kommende umweltbelastende Verkehrsstrom, der sich einst sogar am Hauptbahnhof vorbeistaute, unmittelbar nach der Ernst-Walz-Brücke jäh vom Erdboden verschluckt wird! Hier: *Heidelberg drüber*, dort: *Heidelberg drunter* – der Tunelli-Tunnel!

Welch ein Ergebnis. Denn dort, wo einst Fußgänger und Radfahrer in todesmutigem Einsatz zwischen hektischen Autofahrern hasteten, sehen Sie nun unbesorgte Touristen. An Hotels, Restaurants und Geschäften vorbei schlendern sie die Malsburg-Avenue entlang, die sie bis hin zu unserem Landeplatz neben dem neuen Heidelberg-Logo führt: dem dreibeinigen kurpfälzisch-trojanischen Gaul. Gibt es eine geschichtsträchtigere Verbindung?

Ehe wir nun gleich nach unten schweben, darf ich Ihre Aufmerksamkeit noch auf jenen großen Platz lenken, der inzwischen unter uns liegt – das New-Old-Heidelberg-Center: der Beate-Weber-Platz. Unser nächstes Ziel.

Beim Aussteigen wird Ihnen zunächst der Name des gegenüber liegenden Studentenlokals auffallen: *Zum verbotenen Kuss*. Dieses Lokal liegt nicht aus Versehen exakt an der Nahtstelle der Malsburg-Avenue mit dem Beate-Weber-Platz. Sein Name geht auf jenen heiß umstrittenen Kuss zurück, den Professor von der Malsburg einst der von der linken Gegenpartei siegenden Beate Weber als frisch gekürte OB gratulierend auf die linke Wange gegeben haben soll. Lange Zeit heiß umstritten, weil es vielleicht die falsche Wange war? Oder die rechte Kandidatin? Oder gar eine rechte Anerkennung der Linken? Auf jeden Fall: nicht minder geschichtsträchtig.

Folgen Sie mir nun, liebe Heidelberg-Freunde, auf jenes inzwischen international bewunderte neue Herzstück unserer Stadt – den Beate-Weber-Platz. Umgeben von Kongresshallen, Hotels, Einkaufspassagen, Flanierbetrieben, Palmen und Überwachungskameras, prangt in seiner Mitte das überdimensionale Rest-Art-Heidel-Bike. Auf dem Sattel: die plastinierte Künstlerin mit Sonnenbrille. Auf dem Gepäckständer: der für Heidelberg inzwischen zum Symbol gewordenen Buddel-Spaten. Daneben, auf einem kleinen Podest: der Heidelberger *Armin-Guther-Puck mit Koffer* – Repräsentant Heidelberger

Umtriebigkeit. Hier hat er nun nach langen und lächerlichen Standortstreitereien mit dem Heidelberger Hoch-Tief- und Dazwischen-Bauamt und nach seinem trostlosen Exil neben dem Haupteingang des Bahnhofs endlich einen ehrwürdigen Platz gefunden.

Diesen städtebaulich inzwischen verunglückt wirkenden Bahnhof – sehen Sie gnädigst über ihn hinweg! Und staunen Sie! Stöhnen Sie! Ja, fallen Sie auf die Knie: die New-Old-Heidelberg-Skyline! Die Bahnstadt! New York, verneige dich! Allein die Einkaufsfläche: 30.000 Quadratmeter! Das neue Heidelberger Wohn-Wohlfühl-Zentrum! Hier werden Sie gewohnt!

Bahnstadt! Freilich – der Name mag verwundern: Gadamer-City, Domin-Viertel, Alexander-Meile, Hölderlin-Center, Eichendorff-Quick, Perkeo-Quarter... das wären Namen gewesen! Aber bitte! Nun eben Bahnstadt! Immerhin – hätten wir dieses New-Old-Heidelberg-Center nicht, allem voran sein *Enterprise-Shopping-Center* – Old-Old-Heidelberg wäre nie zu dem geworden, was es jetzt ist: Ein einzigartiges riesiges Freiluftmuseum zwischen Bismarckplatz und Kornmarkt. Museumsstadt und zugleich Weltkulturerbe in spe! Das nächste Ziel unserer Stadtbesichtigung.

Dazu folgen wir nun dem Hinweisschild mit dem Heidelberger Buddel-Spaten: *HD-drunter* – die Heidelberger U-Bahn! West-Bound bis East-Bound und zurück! Drunter-unterwegs vermitteln zahlreiche Plakate an den Wänden den Werdegang – oder auch Untergang – der bald vor uns liegenden Hauptstraße: anfangs noch mit Pferdegespann, dann mit doppelgleisiger Straßenbahn und Autoverkehr. Rührend dazwischen: einkaufstütenbepackte Fußgänger, die zwischen diesen Verkehrsmonstern unter Hochspannungsleitungen von Einzelhandel zu Einzelhandel balancieren. Dann als reine Fußgängerzone mit Straßenmusikanten, speziell im Bild die Gruppe *Elster Silberflug*, bis hin zur nicht nur verkehrs- sondern auch fußgängerberuhigten Hauptstraße, die sich den verbliebenen Touristen als Kitsch-Meile anbiedert. Nicht fehlen darf bei dieser Chronologie jenes Porträt eines älteren Herrn, das Sie gleich zu Anfang sehen: Reinhold Zundel, Vorgänger der damaligen OB Weber, der sich bereits während seiner Regentschaft mit dem Trans-Urban-Projekt einen Namen gemacht hat und somit als Urvater der Heidelberger U-Bahn gilt.

Hier am Bismarck-Platz, dem einstigen Verkehrsknotenpunkt, von den Einheimischen liebevoll *Bissi* genannt, steigen wir wieder nach oben. Folgen Sie mir nun der Hauptstraße entlang gen Osten. Old-Old-Heidelberg ersteht neu allein für Sie! Erleben Sie wieder ältere Menschen mit Einkaufstüten, bimmelnde Straßenbahnen, sich aufs

Trottoir flüchtende Touristen, küssende Liebespaare, Straßensänger, bettelnde Wohnsitzlose mit Hund... Sprechen Sie niemanden an! Helfen Sie niemandem! Berühren Sie niemanden! Es handelt sich ausschließlich um chinesische High-Tec-Exponate! Genießen Sie einfach völlig passiv Old-Old-Heidelberg, wie es früher war! Lassen Sie Ihren Erinnerungen freien Lauf! Aber verlassen Sie niemals die rote Borte! Hauptstraße, Plöck, Untere Straße, ein paar Ecken weiter das *Cave* – alles für Sie wieder auferstanden! Studentenleben von einst!

Unmittelbar gegenüber des Koreanischen Kaufhauses, am ehemaligen Rathaus angekommen, folgen Sie mir bitte nach links, hinunter zur Alten Brücke bis zum *Lautenschläger-Neckar-Embanquement*. Benannt nach Manne Lautenschläger, der einst mit anderen jungen *Kettengassen-Studenten* – genannt sei hier vor allem der tragisch verunglückte Eicke Marschollek – ein Imperium erbaut und sich inzwischen einen Namen als Förderer der Wissenschaften gemacht hat.

Aber wo sind, werden sich manche fragen, all die Autos, die sich früher zwischen Karlstorbahnhof und Ernst-Walz-Brücke entlang des Neckars geschoben haben? Auch hier lässt der Heidelberger Buddel-Spaten grüßen, den Sie übrigens in jedem Souvenirladen erstehen können: *Heidelberg drunter* – der *Young-Weng-Chung-Tunnel.* Dafür nun: das *Lautenschläger-Embanquement*! Eine großzügige Grünanlage zwischen Neckar und Altstadt – bis hin zum ehrwürdigen KFG - eine Oase mit Palmen und Tennisplätzen (ein erfolgloser Altstadtabrissplan hat leider den beabsichtigten Golfplatz verhindert), auf der Sie Ihre Heidelberg-Impressionen in Ruhe verarbeiten können. Die zahlreichen Restaurants werden Sie dabei unterstützen.

Ehe wir zum Ende unserer Stadtführung kommen, möchte ich all jene beruhigen, die mich besorgt nach dem Heidelberger Schloss gefragt haben. Auch wenn Sie es augenblicklich nicht sehen können – das gibt es noch! Schöner denn je, überraschender denn je!

Werfen Sie einen Blick auf den südlich gelegenen, als *Jettenbühl* bezeichneten Hügel. Für unser Auge nicht erkennbar befindet sich dort nun ein zweiter *Event-Parking-Ground* ähnlich dem, auf dem Sie in Heidelbergs Norden angekommen sind – dem *Young-Weng-Chung-Platz*. Herr *Young-Weng-Chung*, selbst ehemaliger Heidelberger Student, erwarb das Schloss, das er in seiner Heimatstadt Schangtschi neu aufbauen ließ, zu einem so großzügigen Preis, dass damit nicht nur jener Parkplatz, sondern auch die gesamte Ost-West-Untertunnelung erbaut werden konnte. Eine mehr als freigiebige Spende des

Sponsors Dietmar Hopp ermöglichte den unglaublichen Event, den ich Ihnen nun darbieten darf. Auf Knopfdruck projiziere ich auf den Jettenbühl, je nach Wunsch, das Heidelberger Schloss, den Kölner Dom, den Eiffelturm oder ein Mannschaftsfoto des Deutschen Fußballmeisters FC Heidelberg 06. Neckar, Rhein oder Seine – Heidelberg ist grenzenlos!

Und wenn Sie sich nach diesem Höhepunkt vom Touristenstress erholt haben, darf ich Sie zum gemeinsamen Absingen unserer Old-Old-Heidelberg-Hymne einladen: *Was hat ein Herz in Heidelberg verloren?* Auch als CD erhältlich!

CHRIS VON BURKERSRODA

Statt mit Herz

Vor lauter Scham, nun alt und grau zu werden,
hat diese kleine Straße sich zu Tod geschminkt.

Zum Leichenschmauß in niegelnagelalten Kneipen
lädt Dallas, Hongkong, Ping-Pong, King-Kong ein.

Bei einstmals Müllers, Maiers, Kaisers, Schultes
vertreibt man Bic und Mic und Mac und Ex und Hopp.

Es schlendern auf dem Einheitseinkaufssstraßenpflaster,
tagtäglich zweimal gegen Löwenzahn geimpft,

Fruits of the Loom in Plastik mit Nimolta Superzoomgestalten,
allabendlich begeistert von Château flambé mit Schuss.

Hier gibt es keine Rentner mehr mit Einkaufstaschen,
kein Kind wirft hier versehentlich eine Scheibe ein.

Hier finden Hundeschnauzen längst nichts mehr zum Naschen
wär's denn so schlimm für Dich, mit Würde alt zu sein?

In dieser Stadt mit so viel Herz-
versagen statt mit Herz?

Oskar Frey

Mädels und Mythen

Der reichlich bemessene Becher, den Perkeo erwartungsvoll hob und den er in einem Zuge zu leeren gedachte, ruhte wie ein mächtiger Humpen in der Hand des zwergwüchsigen Kellermeisters.

„Bei Bacchus ... Kellermeister ... fürwahr, ein hartes Los."

Allein, das Lamento des einstigen Hofnarren hielt nicht lange an. Galt es doch, den neuen Rheinpfälzer Roten zu verkosten, auf den der Kurfürst seit geraumer Zeit wartete und den er seinem Herrn aus nicht ganz uneigennützigen Motiven bereits seit Tagen vorenthielt.

Als Perkeo etliche Liter später von der Qualität des jungen Rebensaftes überzeugt war, ahnte er noch nicht, mit welch illustren Geschöpfen sein Fürst diese Göttergabe teilen sollte.

Kaspar!!!

Nach geraumer Zeit näherte sich sein Geselle, der die dezenten Aufforderungen seines Meisters zur Genüge kannte und ihnen mit der Gelassenheit des Unkundigen begegnete: „Zur Gesundheit, Herr Kellermeister, was befiehlt Ihr?"

„Deinen Rat, Bursche, und ohn' Verzug?"

„Meinen Rat? Welchen Rat? Lasst mich raten!"

„Schweig er still, vermaledeiter Panscher, halt er's Maul!"

„Wie soll ich Euch raten mit geschlossnem Maule, Herr?"

Perkeo, der für derart luzide Logik ebenso empfänglich war wie für die Segnungen der Winzerkunst und der die Valenzen seines trinkfesten Mundschenks ab und an durchaus zu schätzen wusste, erklärte sich: „Es geht wie immer ums Plaisir, Kerl. Der Fürst will unterhalten sein, und mir werden langsam die Schwänke knapp. Was tun? Wir haben den Wein, wir haben Gesang, was uns fehlt ..."

„Sind die Weiber, Herr, mit untertänigstem Verlaub."

„Du sagst es, Bursche, meine Worte! Bei Bacchus, meine Worte!"

„Nur ... woher nehmen, die holde Weiblichkeit ... meine besten Jahre sind vorbei, sonst wäre es eine Petitesse, die Mägde höchstselbst ... ähem ... Grinse er nicht, hinterfotziger Rebenschänder, sonst mache ich Verschnitt aus ihm ... apropos Verschnitt: Ihr wisst, der Fürst goutiert nur die edelsten Gewächse?"

„Schaut einmal über Euer Glas hinaus, Herr. Gesegnete Weine wachsen nicht nur in der Pfalz. Man hört, dass auch andernorts gepflegte Träubchen zu pflücken sind, durchaus."

Der Kellermeister erstarrte. Weiber aus aller Herren Länder, Mägde von nah und fern, holdeste Weiblichkeit in Fülle. Ermattet füllte er den Becher bis zum Rande, leerte ihn mit geübtem Gaumen und sprach: „Du kennst die Weiber nicht, Knecht. Das sind lauter eigenwillige, launige Geschöpfe, über die selbst unser Kurfürst nicht so mir nichts dir nichts verfügen kann. Wie locken wir sie an, was haben wir zu bieten?"

„Nichts leichter als das, Herr. Macht einfach ein Fass auf, am besten das neue Große! Keine Magd, die etwas auf sich hält, kann einem prächtigen Fest widerstehen. Und wenn sie erst einmal da sind, wird Euch schon was einfallen, des bin ich gewiss."

So sprengten denn am folgenden Morgen die Herolde in alle Winde, weit über die Grenzen der Kurpfalz hinaus in die unwegsamsten Provinzen, um des Kellermeisters Botschaft zu verkünden, die da lautete:

„Im Wonnemonat Mai im Jahre des Herrn 1751 versammeln sich alle holden Mägde des Reiches im Schlosse zu Heidelberg am Neckar zum großen kurfürstlichen Fest, zu mehreren Ruhm und Wohl der Mägde, zu preisen Anmut und Liebreiz der edelsten holden Weiblichkeit. Freuet euch denn auf mannigfaltiges Plaisir nebst gediegenster Verköstigung

Wehrte Jungfern! So ist hiermit alles Notwendige gesagt und verkündet! Haltet Euch also wohl und bereit!

Der Eure, Perkeo"

So oder so ähnlich könnte es gewesen sein. Irgendwo müssen die Mädels ja herkommen.

Oskar Frey, geboren 1950, Pädagoge, seit 1970 Heidelberger, veröffentliche 1998 im Verlag Regionalkultur zusammen mit Gabriele Frey das illustrierte Kinderbuch Neues Ohr für Marylin.

Oskar Frey

Stadt am Fluss

Es ging um Heidelberg und mir fiel ein:
Das ist doch dieser Ort am Rhein.
Ein Besserwisser meinte: Nee,
Ich war mal dort, das liegt am Bodensee.

Ein Andrer machte folgenden Vermerk:
Der Name sagt es schon – es liegt an einem Berg.
Der Wirt, ein Bildungsbürger, dachte so:
Ich weiß genau, es ist die Partnerstadt von Idaho.

Ganz falsch, die nächste Runde geht auf deine Kosten,
Die Schwiegermutter stammt von dort, das Kaff ist irgendwo im Osten.
Ein Doktorand indes streut weitre Zweifel:
Ich sag nur eins, der Eiffelturm steht in der Eifel.
Dem wollte keiner widersprechen.
Der Fall blieb ungelöst, man konnte weiterzechen

Jedoch, ich hatte Blut geleckt und wollte nun die ganze Wahrheit wissen
Drum wälzte mit fragilem Schlaf ich mich in meinen Kissen
Bedrängte meine Bettgenossin somnambul:
Was weißt du über Heidelberg am Kaiserstuhl?

Ein Wasserlauf ... ich glaube Neckar ... fiel ihr ein.
Dies ist – ich habe gründlich recherchiert – ein Nebenfluss vom Rhein.
Mein Resümee: Ich habe Recht behalten, fertig, Schluss!
Kommt mir jetzt nicht mit kleinlichen Bedenken: Fluss ist Fluss.

WERNER HACKER

Tage, Blätter (vor 25 Jahren)

Was bisher geschah: Man schreibt das Jahr 1982. In Heidelberg gibt es noch zwei Tageszeitungen. Hugo fasste in einer davon Fuß. Brav hat er neben seinem Germanistikstudium hier mitgearbeitet und nach dem Examen eine Volontärstelle in der Kulturredaktion bekommen. Seit gestern ist Mona in Hugos WG im Stadtteil Bergheim zu Besuch. Sie war ein Jahr Hugos Chefin und arbeitet nun als freie Journalistin in Berlin.

Letztes Kapitel: Mona schlief im Niemandsland unter einem Gummibaum. Niemandsland wurde ein WG-Zimmer genannt, weil keiner es einrichten wollte. Diese 20 Quadratmeter, die zum Bad der großen Altbauwohnung führten, waren dennoch nicht ganz leer geblieben. Hugo hatte seine Politliteratur hierher ausgelagert, außerdem gab es eine breite Matratze. Auf ihr schliefen die Besucher, so auch Mona. Hugo schlich an der früheren Kollegin vorbei ins Klo.

Nach der Morgentoilette blieb ihm noch Zeit für einen kurzen Blick ins Tageblatt-Feuilleton. Kresnik und sein modernes Tanztheater wurden hier gefeiert. Er selbst hatte den Verriss einer Ausstellung mit Ölgemälden verfasst, die röhrende Hirsche im Odenwald zeigten. Hugo hatte noch etwas Zeit. Er ging auf den Balkon und sah auf den Fluss.

Heidelberg. Betroffen von der Entscheidung der Mannheimer Haasgruppe, das Tageblatt zum ...

Gegen elf Uhr erreichte Hugo die Märzgasse, Ecke Plöck. Sein Arbeitsplatz in der Redaktion war unterm Dach. Barbara, die Kulturchefin, saß bereits an ihrem Schreibtisch. Hugo grüßte und zog den Schutz von der Schreibmaschine. Es klopfte. Ein Hochschullehrer trat ein. In der Hand das Manuskript einer Laudatio auf einen Kollegen – und selbstverständlich wandte er sich an den Herrn Redakteur. Barbara wurde gemeinhin als Hugos Sekretärin angesehen und Hugo genoss es immer wieder, dieses Missverständnis aufzuklären. Als beide wieder alleine waren, erinnerte ihn Barbara an die heutige Betriebsversammlung am Nachmittag. Christine, seine neue Freundin, rief an. Sie sagte, sie müsse heute zur Nachwache in die Klinik, für eine erkrankte Schwester.

... 31. Dezember zu schließen, sind 23 Redakteure und Volontäre ...

Einer der ihm fremden Herren war in seinem Alter, höchstens dreißig und trug einen schlecht sitzenden Anzug, wie Schneidersohn

Hugo feststellte. Der Raum füllte sich. Es war Punkt 14 Uhr, als die besser verdienenden drei Vertreter der wahren Arbeitnehmer sagten, sie nähmen keine Arbeit mehr an.

... zwei Redaktionsassistentinnen, 17 Schreibkräfte der Texterfassung, 52 Angestellte im Verlag, sieben Nachtfahrer ...

So still war es im Tageblatt noch nie gewesen, wie nach diesem Satz. Dann setzte Gemurmel ein. Gibt es noch Fragen, fragte einer der Anzugträger, grinste und nahm seine getönte Brille ab. Ein zweiter stand einfach nur grau daneben. Der Dritte sah ständig auf seine goldene Uhr und dann wieder zu Boden.

Die Kneipenwirte in der Altstadt freuten sich über den guten Umsatz an diesem Abend. Hugo torkelte durch die Untere Straße. Allein, er hatte seine Kollegen verloren. Im *Cave* würden sie sich nach Mitternacht bestimmt wieder treffen. Doch keiner kam nach, Hugo trank noch zwei Kaffee und ging durch die Fußgängerzone heim. Mona schlief noch immer oder schon wieder im Niemandsland.

... und 250 Zeitungsausträger, zum Teil schon mehr als 25 Jahre für das Tageblatt tätig, sowie 26 Mitarbeiter in der Technik.

Auf dem Anrufbeantworter war eine Nachricht von Christine. Sie komme nach dem Dienst in der Krehl-Klinik vorbei. Wir können jetzt früher als geplant nach Paris fahren, sagte Hugo als sie neben ihm lag. Den Rest verschwieg er.

Im Traum sieht er, wie der Hausmeister einen Zettel an seinen Schreibtisch klebt. Darauf steht der Preis für jeden der Arbeitsplätze, die es in ein paar Tagen nicht mehr geben wird. 50 Mark für Hugos.

Werner Hacker, Jahrgang 1954, Journalist und Autor in Heidelberg und Mannheim, spürt seit Sommer 2005 an seinem neuen Wohnsitz Füssen im Allgäu dem Mythos Ludwig II. nach.

Werner Hacker

Flucht nach Füssen

Mit nackten Füßen kam ich von Heidelberg nach Füssen.
Trug immerhin eine Kamera, wie Japaner sie tragen.
Wollte mich als Hof-Fotograf auf Neuschwanstein bewerben.
Erfuhr im Kulturcafé, dass der König am Forggensee erschossen wird.
Jeden Abend, seit März.
Ging hinauf aufs Kloster und weinte bitterlich.
Der Regen benetzte mein Haupt- und Barthaar.
Schaute zum Himmel und hielt mein löchriges T-Shirt auf.
Oh Wunder, es fielen Taler herunter.
Sammelte sie auf und küsste den Boden
Und ging erst mal ein Helles trinken im Kurcafé.

Sie saß am Nebentisch bei einer Brotzeit.
Schweineschnitzel und Kartoffelsalat.
Almdudler zum Nachspülen.
Sah mich an und entführte mich in ihr Penthouse in Füssen-West.
Sie teilte es mit einem Bernhardiner.
Hier würde ich nicht auf den Hund kommen.
Der Kühlschrank war voll.
Nahm mir Butter
Strich damit zwei Brez´n ein
Bier war keins da.
Nur Bellini!

Neue Kleider
kauften wir bei einem amerikanischen Millionär,
der Woolworth heißt,
in der Reichenstraße.
Später musste sie zur Arbeit im Festspielhaus.
Andere feierten in der Stadt.
Suzan singt;
Mein Ritter schlaf und träume.
Vier Hofdamen
hoch zu Ross
ritten auf der Maria-Hilfer-Straße
vor mir her.
Folgte ihnen in der Hoffnung

auf eine Orgie auf dem Matterhorn.

Wieder in Füssen
am Ufer des Lech
lese ich Hölderlins *Heidelberg*
und ein Gedicht von Jörg Burckhart
aus *Die Tiefe der Haut*.
Irgendwas fehlt mir stets zum Glück.
Majestätische Schwäne?
Daheim am Neckar
waren sie immer schon da.
Rosen als Stützen
begleiten Dich hinaus in die Welt,
die manchmal nur so klein ist wie hier.

JÖRG HARTMANN

Statt im Fluss

Amorphe Masse Mensch/ in schwüler Sommernacht
Sie wogt, sie pfeift, sie sucht/ und taumelt wild im Rausch.
Fluss fließt, Fluss zischt, Fluss braust/ vom Kopfstein tost hinauf
Der Wellen Schall, er schäumt/spritzt Gischt im Fetzensatz.

Ins Reine scheint ein Mond/ ins Dunkel glücklich lacht
und liegt und lauscht da leis'/ die klaren Augen auf
Dort drin im ersten Stock/ in sandsteinrotem Haus
Im Himmelbett ein Mensch/ trotz später Stunde wach.

Von draußen jagt herein/ in Tropfen Gassenhall
Die Lippen suchen was/ mehr Wert als Bier Kristall
Der Mensch im Bett er hört/ und gehört zu den Frohen

Die nicht mehr suchend sind/ nach Wogenkronen Glück.
Die Insel daunenweich/und auf die fällt sein Blick
Die friedlich schnauft im Arm/ und lang liebt er sie schon.

Jörg Hartmann, geboren 1979, lebt und liebt in Heidelberg, Studium der Germanistik und des Journalismus in Karlsruhe, Sänger und Elektrolyriker der Avantgarde-Band Pow!Boys, *seit 2002 gibt er das auto-*

nome Literaturmagazin Wildwux *heraus, 2004 für Heidelberg nominierter Starter beim German International Poetry-Slam in Stuttgart und 2006 als Gewinner des 13. Heidelberger* Word Up!*-Poetry-Slams Abgesandter Heidelbergs bei der deutschsprachigen Slam-Meisterschaft in München, www.myspace.com/censorone.*

JÖRG HARTMANN

Die Aktualisierung des Mythos
Gedanken zum Gedicht *Statt im Fluss*

Das Versmass: ein sechshebiger Jambus mit Mittelzäsur. Die Form: zwei Quartette und zwei Terzette. Der inhaltliche Aufbau: These, Antithese, Synthese. Der Lyrik-Liebhaber erkennt: Bei diesem Gedicht handelt es sich um ein Sonett.

Die Gedichtform des Sonetts ist nicht zufällig gewählt, sondern stellt einen intertextuellen Verweis auf ein anderes Gedicht über Heidelberg dar und zwar auf das berühmte Sonett *Vom Wolffesbrunnen bey Heidelberg* von Martin Opitz.

Der Titel *Statt im Fluss* ist nicht nur ein Wortspiel mit der *Stadt am Fluss*, wie Heidelberg ja zuweilen auch gerne genannt wird, es gibt auch einen Bezug zum eigentlichen Text, denn die darin beschriebene Person befindet sich eben *statt im Fluss* der nächtlichen Fußgängerzone in einem Zimmer oberhalb derselben.

Inhaltlich findet sich im ersten Quartett die Beschreibung der Hauptstraße als *locus horribilis*. Dass der Handlungsort des Gedichts die Fußgängerzone Heidelbergs ist, wird durch die Nennung des ihr charakteristischen Kopfsteinpflasters angedeutet. Die nächtliche Hauptstraße ist erfüllt von den Geräuschen jugendlicher Partygänger. Menschen, die sich vergessen im Rauschwunderland, Menschen auf der Suche nach Verständnis und Nähe, Menschen, die doch untergehen in Taumel und Lall. Die Fußgängerzone als Canyon, die treibende Masse als Fluss. Die Verwendung dieser Metapher erinnert einerseits an den durch Heidelberg fließenden Neckar, fügt sich aber auch ein in die Wasser-Topik des Opitz-Sonetts.

Die Flüssigkeits-Isotopie wird im Folgenden erweitert: Das im zweiten Quartett beschriebene Zimmer, das sich in einem Haus befindet, das an die Fußgängerzone grenzt, erscheint jedoch als Insel. Dieser abgegrenzte Raum mit seiner Sphäre der Ruhe und Geborgenheit bildet die programmatische Antithese zum ersten Teil des Gedichts.

Hier herrschen Aufmerksamkeit, Friede und Reinheit vor. Die Gegensätzlichkeit wird durch den Höhenunterschied zwischen Flussbett unten und Himmelbett oben weiter akzentuiert. Die im Gedicht beschriebene Person hat den Ausstieg aus den Niederungen des kanalisierten Seins geschafft und ist aufgestiegen in die heiligen Sphären der Liebe.

Die Synthese der in den Quartetten aufgezeigten Pole findet nun in den Terzetten statt: Symbolisiert wird sie durch die von der Straße hereinwehenden Tropfen, die den Reflexionsvorgang in der beschriebenen Person auslösen. Gedanken, die fließen, Alkohol der fließt, der Strom der Personen, der Strom des Bewusstseins und der Lesefluss, der durch die Mittelzäsur des Alexandriners immer wieder gestaut wird, nur um daraufhin mit neuer Kraft weiter zu sprudeln. Das verbindende Moment zwischen der Masse der Menschen und dem einzelnen Menschen ist die Suche nach Liebe. Und während die einen noch suchen, hat der eine seine Eine schon gefunden.

Das Gedicht schließt mit einem Verweis auf das wohl bekannteste Heidelberg-Gedicht von Friedrich Hölderlin und bestätigt, was der *Mythos Heidelberg* seit jeher verspricht: Hier kann man zwar seinen Verstand, aber eben auch sein Herz verlieren und dadurch die romantische Liebe noch finden. Traditionelle Form, moderner Inhalt, Vermischung. Das Sonett als Aktualisierung des Mythos? Ja.

MIRCEA M. POP

Teures Pflaster

Heidelberg ist ein teures Pflaster. So sagten mir alle Bekannten, bevor wir in Heidelberg eingezogen. Eigentlich war aber nur die Miete für unsere drei Zimmer doppelt so hoch. In Durmersheim bewohnten wir freilich nur zwei Zimmer.

„Wenn ich hier wohnen würde, würde ich große Werke schreiben", sagte mir ein rumänischer Freund und Dichter, der mich vor drei Jahren besuchte. Er war fasziniert vom Uniplatz, der alten Brücke, dem Schloss, dem Neckar und von der Menschenschar.

Obwohl Heidelberg keine große Stadt und recht übersichtlich ist, begegnet man selten einem Bekannten auf der Straße. Das kommt daher, weil viele Touristen da sind. Die Stadt ist den ganzen Tag überfüllt. Abends wenn ich zu LittOff gehe, ins Essighaus, gehe ich durch die Plöck – wenn ich meine Ruhe haben will. Und wenn ich viel

Bewegung sehen will, dann nehme ich die Hauptstraße. Natürlich hat auch die Tiefburg oder der Rohrbacher Markt sein Flair, aber die Altstadt ist und bleibt für mich das Emblem von Heidelberg.

Eigentlich erlebt man das wahre Heidelberg am Theaterplatz, am Uniplatz und am Schloss. Am Bismarckplatz fühlt man sich eher geschäftlich unterwegs. Erst nach dem Theaterplatz atmet man die berühmte romantische Heidelberger Luft. Egal wie traurig ich bin und was für Probleme ich habe, in der Altstadt fühle ich mich geheilt, gesund, viel jünger und optimistisch.

Heidelberg ist ein teures Pflaster, wurde mir gesagt und das stimmt. Das ist aber so, weil Heidelberg ein kleines Weltpflaster ist. Und ich mag es sehr, dieses kleine überall bekannte Weltpflaster.

Mircea M. Pop, 1948 in Rumänien geboren, Gymnasiallehrer und Bibliotheksangestellter, lebt seit 1989 in Heidelberg, Zyklus Das Lob an das Schweigen *in der Anthologie* Die Ähnlichkeiten der Quelle, *Facla Verlag 1985,* Eine Handvoll Worte, *Mirador Verlag, 1996,* Anrufungen und andere Mikropoeme, *Romania Press, 2002,* Heiratsanzeige, *Traian Pop Verlag, 2006, Übersetzungen aus dem Deutschen ins Rumänische und umgekehrt in verschiedenen Literaturzeitschriften.*

MIRCEA M. POP

Schlossbeleuchtung

Zur Schlossbeleuchtung
dreimal im Jahr
drängt sich dorthin
die Menschenschar.

Wir bleiben gelassen
und trinken zu Haus
entspannt unseren Sekt,
Wein oder die Biere aus.

Vom siebten Stock aus
können wir wunderbar sehen
das Schloss in Flammen,
ein Bild zum Vergehen.

Das Raketenspiel beginnt,
ein wahres Kunstwerk,
in den Himmel geschrieben,
das jeder sich merkt.

Schlossbeleuchtung – ein buntes Fest.
Danach alle Kneipen und Straßen voll.
Wir genießen es in unserem Haus.
So nah dabei zu sein, ist wirklich toll.

MIRCEA M. POP

Unendliches Gedicht

In Heidelberg waren sie alle
Goethe und Hölderlin
Mark Twain und Hemingway
und hier lebte Hilde Domin

Deshalb müssen wir aufmerksam treten
da überall Spuren sind
um nicht den Staub zu verwirbeln
und zu verlieren im Wind

Du, der du in Heidelberg lebst
volens nolens ein Dichter bist
da Heidelberg selbst
ein unendliches Gedicht ist

Du kannst in der Nacht nicht schlafen
bei diesem wunderbar romantischen Duft
du musst Verse aufs Papier tropfen
da große Poesie liegt in der Luft

ANNELIESE RICHTER

Heidelberger Schnupfen

Langsam zieht der Herbst ins Land,
der Nebel als ein graues Band,
hüllt ein das Schloss, die Stadt, das Tal,
das Sonnenlicht wirkt etwas fahl.

Nur schemenhaft erscheint die Brücke,
das Schloss schaut durch 'ne Wolkenlücke.
In gar nicht allzu langer Zeit,
hat es vielleicht auch noch geschneit.

Nichts ist mehr, wie es war,
zumindest mal für dieses Jahr.
Die Sonne geht, der Winter kommt
und mit ihm auch noch meistens prompt
ein Schnupfen, den man gar nicht wollte,
wohl aber dennoch kriegen sollte.

Es fängt, wie immer, harmlos an,
man sitzt so in der Straßenbahn,
als man den ersten Nieser hört,
ist man schon relativ verstört.

Mit dieser Fahrt, das ist jetzt klar,
beginnt das Spiel, wie jedes Jahr.
Mit roter Nase, Wickelschal,
mit matter Stimme – 's klingt banal,
flüchtet man ins warme Bett,
ach, wenn man doch kein` Schnupfen hätt'.

Man ächzt und krächzt, der Kopf ist schwer,
man schnieft und trieft, es hilft nichts mehr.
Man leidet hilflos, dick vermummt –
Die Stimme ist nun ganz verstummt.

Regen, Kälte, all die Tage,
der Schnupfen wird zur wahren Plage.
Man sprayt und sprüht – und glaubt an nichts

und hofft im Stillen, dass es nützt.

Die Arbeit wartet, 's ruft die Pflicht,
warum hat's jetzt grad mich erwischt.
Ein and'rer, der noch nicht betroffen,
ja, der kann jetzt vielleicht noch hoffen,
dass solche Qual ihm bleibt erspart,
bei der nächsten Straßenbahnfahrt.

Auch wenn's nur eine Hoffnung ist,
vielleicht hilft sie, ist eine List,
die Schnupfenviren abzulenken,
damit sie sich auf andr'e senken.

Erfolgreich ist dies meistens nicht,
denn beim ersten Tageslicht
beginnt auch hier die Nas' zu laufen –
man könnte sich die Haare raufen.
Ob Bürger oder auch Tourist,
ein jeder jetzt erkältet ist.

So schleppt man sich vom Schloss ins Tal,
ein and'rer schnieft im Königssaal.
Im Rathaus und in manchem Laden,
hört man schon oft die Leute fragen,
„hamm sie vielleicht ein Taschentuch,
da ich bei mir vergeblich such'".

Dann irgendwann, ganz still und leise,
macht sich der Schnupfen auf die Reise,
weit weg, in andere Regionen,
wo auch noch viele Leute wohnen.
Doch bei einem kann man sicher sein,
im nächsten Jahr beginnt erneut die Pein.

Als Fazit aber bleibt eins besteh'n,
Heidelberg ist auch trotz Grippe schön.

Anneliese Richter, geboren 1922, Hausfrau, gebürtige Heidelbergerin.

ANNELIESE RICHTER

Kleiner Fragenkatalog für Heidelberger und solche, die es werden wollen

1) Welches berühmte Herrschergeschlecht war im zwölften Jahrhundert Territorialherr der rheinfränkischen Gebiete?
   a) Die Karolinger
   b) Die Salier
   c) Die Ottonen
   d) Die Staufer

2) Welches Herrscherhaus regierte danach gut 600 Jahre die Pfalz?
   a) Die Wettiner
   b) Die Wittelsbacher
   c) Das Welfen
   d) Die Habsburger

3) Welches besondere Recht wurde dem Pfalzgrafen bei Rhein mit der „Goldenen Bulle“ aus dem Jahr 1356 zugebilligt?
   a) Die Religionsfreiheit
   b) Das Recht, an der Königswahl teilzunehmen
   c) Das Recht zur freien Meinungsäußerung
   d) Das Recht, sich mit mehreren Ehefrauen zu verheiraten

4) Woher hat der im Westen des Schlosses gelegene „Stückgarten“ seinen Namen?
   a) Der Garten war ein abgetrenntes Stück des weiter östlich gelegenen „Hortus Palatinus“
   b) Es war ein Platz, wo die Dichter ihre Stücke schrieben
   c) Hier waren die Kanonen aufgestellt, die früher „Stücke“ genannt wurden
   d) Hier war der Platz, wo einstmals Theaterstücke aufgeführt wurden

5) Weshalb wird der im Südosten des Schlosses gelegene „Gesprengte Turm“ auch „Krautturm“ genannt?
   a) Weil dort die Krauttöpfe der Schlossküche eingelagert waren

b) Weil dort Kräuter für die Schlossapotheke getrocknet und gelagert wurden
c) Weil dort das Pulver, das früher Kraut genannt wurde, gelagert wurde
d) Weil nach der Zerstörung des Heidelberger Schlosses überall an der schief liegenden Turmmauer Unkraut wucherte

6) Woher hat das im Schlosshof gelegene „Bandhaus“ seinen Namen?
   a) Hier war die kurfürstliche Textilmanufaktur
   b) Hier wurden Fassreifen oder Bänder geschmiedet
   c) Hier trafen sich die Damen des Hofes zu festlichen Anlässen
   d) Hier wurden die Brautpaare des Hofes am Tag ihrer Vermählung zusammengeführt

7) Wann gab es das erste Feuerwerk in Heidelberg?
   a) Im 15. Jahrhundert, als Ruprecht III. die Königswürde erlangte
   b) Im 17. Jahrhundert zur Begrüßung der jungen Ehefrau von Kurfürst Friedrich V.
   c) Im 19. Jahrhundert, als der österreichische Kaiser und der russische Zar nach Heidelberg kamen
   d) Im 20. Jahrhundert, als Friedrich Ebert Reichspräsident wurde

8) Wie heißt die Alte Brücke mit richtigem Namen?
   a) Karl-Theodor-Brücke
   b) Friedrichsbrücke
   c) Theodor-Heuss-Brücke
   d) Ernst-Walz-Brücke

9) Wie viele Brückenbögen hat die Alte Brücke?
   a) 6
   b) 7
   c) 8
   d) 9

10) Wo befand sich die Römerbrücke in Heidelberg?
   a) Zwischen dem Stauwehr am Karlstor und der Alten Brücke
   b) Zwischen der alten Brücke und der Theodor-Heuss-Brücke
   c) Zwischen der Theodor-Heuss-Brücke und der Ernst-Walz-Brücke
   d) Zwischen der Ernst-Walz-Brücke und dem Stauwehr bei Wieblingen

11) Wo steht der Herkulesbrunnen?
   a) Am Kornmarkt
   b) Auf dem Karlsplatz
   c) Auf dem Marktplatz am Rathaus
   d) Auf dem Universitätsplatz

12) Wo stand der so genannte „Trutzkaiser", ein Turm der Heidelberger Stadtbefestigung?
   a) Auf dem Gaisberg
   b) Auf dem Heiligenberg
   c) Auf dem Hohen Nistler
   d) Auf dem Königstuhl

13) In welcher Kirche gab es eine Mauer, die Protestanten und Katholiken trennte?
   a) Heiliggeistkirche
   b) St. Vitus Kirche
   c) Friedenskirche
   d) St. Albertus Kirche

14) Wie heißt die Universitätskirche?
   a) Heiliggeistkirche
   b) Peterskirche
   c) Jesuitenkirche
   d) Providenzkirche

15) Was ist ein Pauklokal
   a) Ein Nachhilfeplatz für Schüler
   b) Ein Lehrerseminar
   c) Ein Lokal, in dem die Verbindungsstudenten die Mensur fechten

d) Eine Musikschule für Trommler

16) Welchen Inhalt hat die „Heidelberger Liederhandschrift“ (Manesse-Handschrift)?
   a) Romantische Gedichte und Bildwerke
   b) Studentenlieder
   c) Volkslieder
   d) Mittelalterliche Buchmalerei und Handschriften

17) Wie heißt ein berühmter Kinofilm der 50-er Jahre, in dem das Heidelberger Studentenleben die zentrale Rolle spielt?
   a) Alt Heidelberg, Du Feine
   b) Heidelberger Verlobung
   c) Heidelberger Romanze
   d) Heidelberger Studentenkuss

18) Wo lag der ehemalige Heidelberger Bahnhof?
   a) Am Friedrich-Ebert-Platz
   b) Im Bereich des Mengler-Baus
   c) Am Karlsplatz
   d) Am Neckarmünzplatz

19) Wann wurde Heidelbergs neuer Bahnhof eingeweiht?
   a) Mitte der 20-er Jahre
   b) Mitte der 30-er Jahre
   c) Mitte der 50-er Jahre
   d) Mitte der 60-er Jahre

20) Auf wie vielen Beinen steht die Pferdeskulptur „S-Printing Horse“ vor der European Media Laboratory der Heidelberger Druckmaschinen?
   a) Auf einem Bein
   b) Auf zwei Beinen
   c) Auf drei Beinen
   d) Auf vier Beinen

Lösungen: 1) d, 2) b, 3) b, 4) c), 5) c, 6) b, 7) b, 8) a, 9) d, 10) c, 11) c, 12) a, 13) a, 14) b 15) c, 16) d, 17) c, 18) b, 19) c, 20) c

HANS-PETER SEELING

An einem Samstagvormittag

Die Unmöglichkeit in der Innenstadt einen Parkplatz zu finden, war Tim noch in unangenehmer Erinnerung. Letzte Woche hatte er gleich zweimal einen Knöllchenbetrag an die Stadtkasse überwiesen. Die Präsenz der Blauuniformen in der Innenstadt nahm sichtbar zu. Parkplätze gab es nur noch für Anwohner. Die Parkhäuser waren an den Wochenenden überfüllt und köderten bei längeren Aufenthalten ohnehin nicht mit preiswerten Lockangeboten. Um diesen ganzen Stress zu umgehen, nahm Tim sich vor an diesem Samstagvormittag einen Bus zu benutzen.

Auf dem Weg zur Haltestelle durchschritt er den kleinen Eichendorffpark. Ihm fielen die zahlreichen kleinen gelben Fähnchen auf, die in der Rasenfläche steckten. Bei näherem Hinsehen erkannte er, dass diese Hundekothäufchen markierten.

War hier ein Scherzbold am Werk, vielleicht ein Umweltverfechter nach dem Motto: Tretminen haben hier nichts zu suchen. Oder hatte sich hier ein Aktionskünstler in einem kreativen Schub ergötzt?

Er vertiefte diesen Gedanken nicht weiter. Er rümpfte seine Nase und versuchte möglichst wenig von dem sich in der Luft ausgebreitetem Parfüm dieser Häufchen einzuatmen. Seine Schrittzahl erhöhte sich automatisch. So zog er eiligst an den mit Hausmüll, Restmüll und teilweise sogar mit Sperrmüll überquellenden Papierkörben und dem mit Efeu umrankten Gedenkstein von Joseph von Eichendorff vorbei.

An der Haltestelle vor dem Zeitungskiosk hieß es erst einmal warten. Wann der Bus nun eigentlich kommen sollte, war dem angeschlagenen Fahrplan leider nicht zu entnehmen, da dieser bis zur Unkenntlichkeit vollgesprüht und verschmiert war. Nicht anders sah es mit der Rückwand und dem Fahrscheinautomat der überdachten Wartenische aus. Von der vollgemüllten Sitzecke ganz zu schweigen.

Dann kam der Bus an, leider schon fast überfüllt. Einige Passanten die das Gleiche vorhatten wie er, quetschten sich mit Tim hinein. Das Ganze hatte allerdings den ungeheuren Vorteil, dass man sich nicht festhalten brauchte. Umfallen war schlechthin unmöglich. Nur, mit *fresh air* war es auch nicht gerade gut bestellt.

Tim bedauerte, dass die Vorstandsriege der Verkehrsbetriebe wohl an Wochenenden aufs Land fuhren, oder eben sonst wohin. Jedenfalls trauten die sich wohl kaum zu Stoßzeiten ihre eigenen Verkehrsmittel zu benutzen. Vielleicht tat er ihnen auch unrecht und sie hatten einfach keine Zeit, da sie sich genötigt fühlten in Marathonsitzungen über Fahrpreiserhöhungen nachzudenken.

Der Bus schaukelte sich von Station zu Station und bei jeder Türöffnung versuchte er tief Luft zu holen, um Sauerstoff in seine Lungen zu pumpen.

Eine Station vor der Endhaltestelle stieg der wohlbeleibte Ruland Daix aus, den er vom Sehen kannte. Erleichtertes Aufatmen ging durch den Gang des völlig überfüllten Busses, als dieser sich an den Mitfahrern vorbeigedrängt hatte und endlich draußen stand. Kaum zu fassen, aber es wurden mindestens drei Plätze frei.

Am Bismarckplatz angekommen, steuerte Tim auf die Hauptstraße zu. Beim Gang durch die Fressmeile sah er Daix wieder. An der Fischbrötchentheke eines Imbisses war er gerade damit beschäftigt, genüsslich ein paar Lachs-, Matjes- und Rollmopskreationen auf Brötchen zu verschlingen, offensichtlich dem Ehrgeiz erlegen, in naher Zukunft noch mehr Raum in den öffentlichen Verkehrsmitteln für sich zu beanspruchen.

Tim setzte seinen Bummel durch die Einkaufsstraße fort, was aber nur mit Anrempeln und Serpentinengängen möglich war. Die Fußgängerzone platzte fast aus ihren Nähten. Fast wäre Tim umgekehrt, da ihm diese Massen erdrückend vorkamen. Er fragte sich, wo die wohl alle herkamen, vor allen Dingen, wo die wohl alle hinwollten?

Ein wachsendes Unwohlsein veranlasste ihn, aus der lärmenden Strombewegung auszuscheren. Endlich fand er einen rettenden Platz in einem der zahlreichen Straßencafés, nahe der alten Universität an der Peripherie der Pflasterzone gelegen. Welch eine Erlösung.

Eine junge, nett wirkende, mit einer weißen Schürze bekleidete Studentin nahm freundlich lächelnd seine Café-au-lait-Bestellung auf. Allerdings bekam er sein Getränk erst beim dritten Anlauf, nach zwei vorangegangenen Fehlversuchen. Beim ersten Mal servierte sie ihm einen Jasmintee, beim zweiten wollte sie ihn mit einem Cappuccino beglücken. Auf beides verzichtete er beharrlich und bestand weiterhin auf seinem Café au lait. Obwohl er durch ihre unprofessionelle Arbeit Grund genug hatte sich aufzuregen, schien ausschließlich sie genervt zu sein. Ihr Lächeln gefror auf mindestens minus 20 Grad.

Vielleicht musste er aber auch Abbitte tun, könnte ja sein, dass gerade Einsteins Relativitätstheorie in ihrem Kopf umherschwirrte, wie bedeutungslos macht sich doch dagegen so ein läppischer Café au lait aus. Ihm fiel ein, dass man immer häufiger in Zeitungsberichten von den immens hohen Mietforderungen der Hausbesitzer las. Wie sollten sich da die Pächter noch qualifiziertes Fachpersonal leisten können. Wo blieb denn da der Profit? Ohnehin war ihm an diesem Samstagvormittag erneut aufgefallen, dass sich die Palette der Geschäfte schon wieder innerhalb kurzer Zeit verändert hatte. Immer mehr Fachgeschäfte schlossen ihre Pforten für immer. Individualität war chancenlos und langsam passé. Einige Läden standen tatsächlich leer, andere waren rasch von Filialen der überall gleichen Ketten belegt oder kurzzeitig von niveaulosen Ramschläden. Welch ein Überfluss. Dafür musste man, um Mehl oder ein Stück Käse zu erwerben, seine Siebenmeilenstiefel überstülpen.

Unermüdlich wälzte sich der Menschenstrom bunt und laut an seinen Augen vorüber. Es war schon interessant, die Typen unterschiedlichen Alters, Geschlechts oder Nationalität aus dieser Perspektive zu beäugen. Als Reisegruppen tauchten hauptsächlich Japaner auf, die es offensichtlich immer eilig hatten, da sie fast im Laufschritt vorbeitippelten. Aber auch andere waren als Touristen auszumachen, nicht nur an der Kleidung, sondern an den umgehängten Fotoapparaten, an ihren Bewegungen, sowie an ihren Blicken, mit denen sie ihre Umgebung aufnahmen.

Da tauchte Ruland Daix wieder auf. Er trollte sich schleckend mit einer Eistüte in der Hand in Richtung Marktplatz. Tim war inzwischen aufgefallen, dass dieser Herr wohl viele Geschwister oder andere Anverwandte haben musste. Zahlreich tauchten immer wieder ähnliche Typen, Männlein wie Weiblein, bei ihren Wandelgängen in dieser Promeniermeile auf. Irgendwann reichte es Tim. Er rief die Bedienung, um zu bezahlen, was mit Schwierigkeiten verbunden war. Nach mehreren Versuchen tauchte das versteinerte Lächeln mit in die Leere starrendem Blick doch noch bei ihm auf. Nachdem er seine Euro bei ihr losgeworden war, trat er den Heimweg an und flüchtete in die Seitengassen, um der Menschenflut zu entkommen.

An den restlichen noch ausstehenden Besorgungen war ihm nichts mehr gelegen. Irgendwie war es nicht sein Tag. So steuerte er geradewegs der Bushaltestelle entgegen. Dort angekommen, musste er zum x-ten Mal an diesem Tag feststellen, dass zu viele Menschen zur gleichen Zeit dieselbe Idee hatten wie er. Ungeduldig reihte er sich in die wartende Menschentraube ein, in der hoffnungsvollen Erwartung, einen möglichst günstigen Platz im Bus zu ergattern. Ihm schwirrte nur noch ein Gedanke durch den Kopf: bloß raus hier, raus aus dem Gewimmel, ab nach Hause!

Hans-Peter Seeling, geboren 1943, in den frühen 1960-er Jahren Rockmusiker bei den Strangers, *Technischer Direktor am Theater der*

Stadt Heidelberg, diverse Ausstellungen, Lesungen, mehrere Gedichtveröffentlichungen in Zeitungen, im Jahr 2003 Veröffentlichung des Gedichtbands Auf der Lyrikbühne *im Lothar Seidler Verlag, erster Preis beim Gedichtwettbewerb der* Badischen Anzeigen-Zeitung.

HANS-PETER SEELING

schneckentraum

es waren einmal zwei weinbergschnecken
und zwar zwei von den besonders kecken
die – gebürtig am rhein bei ludwigshafen –
am wasserturm mannheim aufeinander trafen

sie hatten gehört von heidelberg
von neckarwiesen und schloss am berg
der alten brücke mitsamt dem affen
alles was leute von weither begaffen

das wollten die beiden
dann auch zu zweit
aber wie das schaffen
der weg war weit

doch plötzlich eine blitzidee
es gab ja noch den i-c-e
den wollten sie am bahnhof besteigen
doch nun begann das große leiden

der fuhr nur noch auf anderen strecken
damit war aus der traum der schnecken
so blieben sie an ihrem rhein
und ließen neckar neckar sein

HANS-PETER SEELING

novembermorgen am neckar

rauchwolkige nebelschwaden
ziehen schwebend flussabwärts
nagend an der oberfläche
des mächtigen flusses
tänzelnde versuche in
die tiefe einzutauchen

die alte brücke klotzig
schwerfällig allgegenwärtig
den strom durch ihre
rundbögen zerteilend
kaum sichtbar
im frühnebeldunst

aus ihren rundbögen
löst sich tummelnd
leuchtend durchdringendes
titanweißgefieder

auf der wiegenden
strömung des neckars
musikalisch rhythmisch
ein schwanenpärchen
zu des tagesanbruchs
morgendlichen walkürenritt

MICHAEL SANTAK

Mega-Crash

Mit seinem ihm in der Wirkung wohlbekannten jungenhaften Charme und seiner Vorliebe für die lässige Eleganz ausgewaschener Edel-Jeans wollte Fred Vondung an einem sonnigen Dienstag Mitte September seine Jugendfreundin Lena herumkriegen. Eigentlich mochte er Überraschungsbesuche nicht. Er gehörte nicht zu den Spontanen, zu den Leuten ohne Existenzprogramm, sondern plante immer alles bis zum Letzten durch – doch heute lag die scheinbare Planlosigkeit in seiner Absicht.

Fred würde an ihrer Haustür klingeln und ihr Mann würde sie nicht stören können, denn Leo Lepin, der Finanzvorstand von Fred Vondungs Investment-Unternehmen, befand sich seit einer Woche weit weg in New York, um neue Geldgeber zu gewinnen. Fred würde sagen, er benötige ganz dringend ein paar wichtige Unterlagen, er habe mit Leo telefonisch darüber gesprochen, er wisse, wo sie zu finden seien, aber dann wären sie doch nicht zu finden und sie würden gemeinsam durch das große Haus gehen – bis in die Schlafgemächer. So musste man das wohl nennen, bei Leos Hang zum Mondänen. Leo war im Unterschied zu Fred erst vor kurzem zu Reichtum gekommen. Umso mehr protzte er damit. Ihn beruhige die Nähe von Millionären, hatte er gesagt, als er das Palais am Schloss-Wolfsbrunnenweg kaufte.

Auf dem Weg dorthin bemerkte Fred Vondung, der als Inbegriff des Finanz-Business in Heidelberg galt, wie sich die Bäume im Zeitraffertempo feurig färbten. Er würde eine gewichtige Miene aufsetzen, nach erfolgloser Suche schnell ein unverfängliches Thema ansprechen und ihr dabei in die Augen strahlen, in ihre fröhlichen, himmelblauen Augen. Er würde ihren Rosenknospenmund küssen und den Pfirsichteint ihrer Wangen mit seiner Nasenspitze streicheln. Er imaginierte, wie er ihre feinen blonden Härchen am Nacken liebkosen und sie fest in seine Arme schließen würde. Bei diesem Gedanken erhob seine Männlichkeit ihr Zepter.

Fred wusste, dass er nicht viel zu sagen brauchte, denn Lena war ihm schon immer zugetan. Eigentlich waren sie für einander geschaffen. Doch das Schicksal hatte es anders gewollt. Seine Familie hatte sich durchgesetzt, als vor ein paar Jahren die Entscheidung zwischen Lena und Regina anstand. Damals musste er ohnmächtig zuschauen, wie sein bester Freund Leo die zarte Lena eroberte.

Lena Hammarskjöld, eine echte Schwedin, kam als Zehnjährige mit ihren Eltern nach Deutschland. Fred war sofort in sie verliebt, als sie in seine Grundschulklasse schneite. Sie war so hilflos. Er begleitete sie jeden Tag zur Schule und zurück und verbrachte alle Nachmittage mit ihr. Als Zwanzigjährige hatte sie sich in eine feingliedrige, charmante, blonde Barbie verpuppt, genau der Frauentyp, den Fred liebte. Jetzt als Mittdreißigerin befand sie sich auf dem Höhepunkt ihrer Weiblichkeit.

Doch Freds Familie hatte damals etwas Besseres für ihn im Sinn: Regina von Goetz, die Tochter des großen Stahlfabrikanten. Die passte gut in Vater Vondungs Familienplanung. Regina war eine brünnhildenhafte Schönheit von kräftiger Gestalt, mit pechschwarzem Haar und schneewittchenweißer Haut – die wenigen Sommersprossen, die sie manchmal bekam, puderte sie weg. Nur die maisfarbene Milchstraße aus feinen Punkten am Ansatz ihrer Brüste gönnte sie seinen Blicken und Küssen. Sie war eine herb-wilde Black Beauty von unbändiger Kraft. Einmal hatte Fred sogar geträumt, Regina habe einen Penis. Seine Ehe mit ihr war glücklich und kinderreich, nur momentan kriselte es gewaltig, weil Freds Finanzunternehmen, das mit großen Vorschusslorbeeren und einem obszön hohen Kurs an die Börse gegangen war, keine neuen Umsatzrekorde vermelden konnte. Die Börse wurde langsam nervös. Deshalb war Leo ja auch nach New York gejettet.

Fred hatte sich in vielen Tages- und Nachtphantasien und auch bei der Liebe mit Regina vorgestellt, wie es mit Lena wäre, wie sie es mit Leo machte, aber vor allem, wie er sie verführen würde. Das waren seine privaten Pornofilme. Er brauchte keine Videos mit anderen Paaren, die sich paaren.

Fred parkte seinen Testosterossa so, dass er von der Straße aus nicht gesehen werden konnte, schlenderte betont lässig zum Palais und klingelte. Er fühlte sich in *Verbogene Triebe* versetzt. Jede Faser seines Körpers war von Glut erfüllt. Lena öffnete die Tür. Sie hatte ihn bestimmt nicht erwartet. Hätte sie sonst dieses weiße T-Shirt angezogen, auf dem in großen roten Lettern LOVE stand? Ihr Anblick traf ihn geradezu elektrisch. Irgendetwas stimmte nicht. Sie war kalkfarben wie die Wand, weinte tonlos und fiel ihm fast ohnmächtig in die Arme. Schlagartig erlosch das Brennen in seinem Bauch, der sich heftig verkrampfte.

„Leo ist tot“, schluchzte sie und klammerte sich an seinen Hals.

Fred trug den in heftigen Weinkrämpfen zuckenden Körper ins Wohnzimmer und legte ihn auf das Biedermeiersofa. Ihr sandblondes

Haar fiel zu Boden. Der Fernseher war eingeschaltet und Fred sah immer wieder die gleichen Bilder. Ein Flugzeug prallte gegen das World Trade Center, das langsam in sich zusammenkrachte. Ein anderes Flugzeug trudelte in den zweiten Turm des Twin-Towers, der ebenfalls einstürzte.

„Oh Gott, was soll das bedeuten?"

„Leo hat eben hier angerufen. Es gab keine Rettung für ihn. Alle Fluchtwege waren versperrt. Es ging alles so schnell. Das ist das Ende." Lena zitterte.

„Das Ende – ja, ein schreckliches Ende. Ich hab' ihn dorthin geschickt. Ich hab' ihn umgebracht." Alles an Fred war plötzlich erschlafft. Seine Stimmbänder brachten kaum einen Ton zustande.

„Nein, Fred, du kannst nichts dafür. Mach' dir keine Vorwürfe."

„Ich bin schuld, Lena. Ich bin an allem schuld. Alles ist aus."

Beide weinten, bis sie völlig leer waren.

Als er Lena nach vielen Stunden verließ, spürte Fred den nächtlichen Wind wie eine eisige Klinge auf seiner Wange. Er ließ den überstarken Motor seines Wagens wild aufgrollen, als sei dieser ein verängstigter Tiger vor dem Sprung in den Abgrund. Funken stoben, sein Herz tränte. Er fühlte sich wie ein Spermatosaurus Rex, der wegen verhinderter Gelegenheiten zum Aussterben verdammt war. Ihm war klar, dass ihn jetzt nur noch ein ganz fieser Trick vor dem Konkurs retten konnte. Er musste den Börsenkurs seiner Firma wieder nach oben kriegen, egal wie, und dann ein für alle mal aussteigen. An diesen Gedanken klammerte er sich wie ein ausgehungerter Säugling an die Mutterbrust.

Spät kam er aus der weltall-leeren Nacht in die tote Finsternis seines Hauses zurück und fand die Rosen, die er Regina am Mittag geschenkt hatte, in einem erschreckend verwandelten Zustand: regelrecht entblütet und zerblättert.

„Oh Robby, wach doch auf!", hörte er plötzlich eine weiche Stimme. Er machte seine Augen auf und erblickte Hannah Weiß, die seine Hand streichelte. Robby lächelte sie an, als sähe er einen Engel. Sie trug ihre typische Kombination aus salatgurkengrünen Jeans und tomatenrotem T-Shirt. Ihre fast weiß blondierten Haare trug sie wie immer hochgesteckt. Mit ihr als Fotografin hatte der Journalist Robby Storm erst vor wenigen Wochen eine PR-Agentur gegründet, auf die er all seine Energie konzentriert hatte.

„Robby, du bist wieder wach! Na endlich, Robby! Du hattest einen Herzinfarkt. Du warst ohnmächtig." Sie küsste ihn auf den Mund.

Robby Storm lag in der Frankfurter Uni-Klinik. Ohne viel Training hatte er am Main-Tower-Marathon teilgenommen und war bei Kilometer 30 zusammengebrochen.

„Hey, Kumpel, mir wäre es beinahe genauso gegangen wie dir", schaltete sich ein kräftig wirkender, groß gewachsener blonder Typ ein, der auf dem Bett gegenüber lag. „Ich war kurz vor dem Kollaps – Herzattacke. Ein Passant hat uns mit Warnblinker und Dauerhupe ins Krankenhaus gebracht. So viel weiß ich noch."

„Ich dachte, mir könnte das nie passieren", sagte Robby schwach.

„Dachte ich auch. Aber so ein kleiner Todesrempler hat auch seine guten Seiten." Sein Gegenüber lächelte bübisch. „Jetzt ist mir wenigstens bewusst, dass ich sterblich bin. So schnell kann es aus sein mit dem Leben. Vorher hatte ich nie darüber nachgedacht."

„Robby hatte noch nie einen Unfall und noch nie eine schwere Krankheit", sagte Hannah.

„Irgendwann ist immer das erste Mal", erwiderte der Blonde. „Ich habe jetzt jedenfalls endgültig meinen Kinderglauben verloren, unsterblich zu sein."

„Ab heute gilt es aufzupassen und die Zeit zu nutzen", sagte Robby philosophisch.

„Ja! Was machen Sie denn eigentlich so?", fragte der andere.

„Ich bin Journalist. Hannah ist Fotografin. Wir haben eine kleine PR-Agentur. Die heißt *Spiridon*. Unser Slogan lautet: *Wir bringen Ihre Botschaft ins Ziel.*"

„Hey, das klingt ja toll. So jemanden wie Sie kann ich gut gebrauchen. Wer dem Tod in letzter Sekunde von der Schippe springen kann, hat auch die Kraft, zündende Artikel zu schreiben."

„Das kann ich! Was machen Sie denn eigentlich so?"

„Finanzanlagen. Kennen Sie die *Finanz-Invest AG* in Heidelberg?"

„Natürlich kenne ich die." Robby hatte sich am Haltegriff, der von der Decke hing, hochgezogen und beugte sich vor: „Ich komme aus Heidelberg und habe dort Philosophie studiert. Da ich nach dem Studium weder über die Wunder der Einzeller noch über die Geheimnisse des Quittengelees schreiben wollte, habe ich mich auf die Investment-Branche spezialisiert. Ich war Redakteur beim Finanz Verlag bis dieser von einem globalen Investor geschluckt wurde"

Was Robby nicht erzählte, war, dass er massives Misstrauen gegen alle Kapitalisten hegte. Robby Storm war als Zu-spät-68-er zwar nie dem Pathos der Revolution erlegen, aber doch längst nicht mit all dem einverstanden, was im Zuge der Globalisierung von den meisten seiner Kollegen als unhinterfragbares Naturgesetz des gesellschaftlichen Lebens akzeptiert wurde. Er hatte sich immer noch nicht an das New Business gewöhnt und fühlte sich innerlich trotz seiner beruflichen Abhängigkeit nicht zum üblichen Stillhalten in obercoolen Posen verpflichtet.

„Das trifft sich gut", sagte der smarte Blonde. „Der Erfolg meines Unternehmens hängt entscheidend von einer guten Presse ab. Viele wollen uns schlecht reden, weil wir hohe Investitionen und stagnierende Umsätze haben. Die Aktionäre wollen steigende Börsenkurse sehen. Und die hängen von Erfolgsgeschichten ab."

„Auch wenn die erst in der Zukunft spielen", warf Robby ein.

„Phantasie bewegt die Börse", sagte der Blondschopf.

„Wenn wir wieder in Heidelberg sind, unterhalten wir uns mal ausführlich darüber."

„Gute Idee. Ich lade Sie ein. Dann lernen Sie auch mal meine Frau kennen. Sie macht die perfekte Halloween-Party. Ich weiß nicht, was ich ohne sie wäre. Sie verdient 100 Punkte in allen Kategorien."

„Das hört sich nett an", sagte Robby und fragte: „Wie heißen Sie eigentlich?"

„Fred. Fred Vondung. Und Sie?"

„Robby. Robby Storm." Seine Stimme klang immer noch entkräftet.

Schon während der Pressekonferenz war dem anlassgemäß teuer gekleideten Vorstandsvorsitzenden Fred Vondung diese elegante Blondine ins Auge gefallen. Vor allem wegen ihrer scharf gestellten Fragen. So dachte er jedenfalls zuerst, doch dann besann er sich und wusste, was ihn an ihr so fasziniert hatte: Ihre Möpse prangten voller als Melonen. Jetzt, nach dem lockeren Stehimbiss mit Gänsekeule und Glühwein, stießen sie vor dem exklusiven Sterne-Restaurant am Rand der Altstadt beinahe zusammen. Sehr appetitlich, dachte er und sagte mit bewusst sonorer Stimme: „Hallo! Kann ich Sie mitnehmen? Vondung übrigens, Fred Vondung."

„Angenehm. Brühl, mein Name, Solveigh Brühl. Ja, Sie könnten mich zum Bahnhof fahren. Mein Zug geht um fünf nach zehn."

Die Schlossruine schimmerte im eiskalten Mondschein. Sie hatte seinen wie immer zu gierigen Augen ohne Wimpernzucken standgehalten, stellte er fest, nachdem er seinen Blick aus Anstand nach oben gewandt hatte.

Als sie im geräumigen Bentley saßen, den Fred für solche Anlässe bevorzugte, und der Butler die Türen geschlossen hatte, brach sie die sich aufbauende Spannung: „Herr Dr. Vondung, jetzt gegen Jahresende, welche Aktivitäten stehen bei Ihnen als Vorstand an?"

„Den Doktor können Sie getrost weglassen“, grinste er abgeklärt. „Zum Abschluss des Jahres läuft immer der große Endspurt.“

„Das Finale der Provisions-Rallye also. Was heißt das konkret? Welche Zielgruppen bearbeiten Sie mit welchen Produkten?“, fragte sie, während sie mit zunehmender Erregung registrierte, dass der Wagen majestätisch wie ein Mustang durch die Altstadtgassen glitt.

„Früher haben wir uns auf Ärzte und Apotheker, Anwälte und Architekten konzentriert. Heute machen wir auch gute Geschäfte mit Rentnern und Pensionären.“

„Wie bitte?“

„Sie glauben ja gar nicht, wie zahlungskräftig die sind. Da gibt's mal einen Erbfall oder eine Versicherung wird fällig und dann empfehlen wir immer unsere Sofortrente.“

„Bringt ja auch am meisten Provision.“

„Das ist es nicht. Wir wollen nur das Beste für unsere Kunden.“

„Also nicht etwa das Beste von Ihren Kunden?“

„Wie kommen Sie denn darauf? Ich schlage vor, ich erkläre Ihnen das alles Mal ganz ausführlich bei einem guten Glas Wein. Sie können auch morgen früh noch zurückfahren. Wo müssen Sie eigentlich hin?“

„Nach Hamburg. Ich komme von der *Finanz-Zeit*.“

„Sie sind mir vorhin schon aufgefallen mit Ihren vielen Fragen.“

„Interessiert mich einfach. Ich verfolge Ihren Aufstieg bereits seit geraumer Zeit.“

„Hört man gern! Also bleiben Sie noch auf einen Schluck?“

Sie nickte.

„Johann! Nicht zum Bahnhof! Direkt zum Schlösschen!“

„Zum Schlösschen?“

„Na ja, wir nennen es so, weil es direkt am großen Schloss liegt. Alte Villa mit ganz nettem Park. Mein Neuschwanstein.“ Fred hatte sich nach dem plötzlichen Tod seines Geschäftspartners und Jugendfreunds Leo um dessen Frau Lena gekümmert und wenig später seine Frau Regina, diese Naturgewalt von einer Frau, verlassen. Er war bei Lena eingezogen, zuerst, um sie über den Tod ihres Mannes hinwegzutrösten, doch dann, um Leos Stelle in ihrem Leben einzunehmen. Ihm kam es wie eine Rückkehr in seine Jugendträume vor. Mittlerweile betrachtete er Lena ebenso wie Leos Palais als seinen Besitz. Eines Abends am Kamin hatte seine Penelope so inniglich „ja“ gehaucht, wie einst Molly unter der maurischen Mauer. Damit erfüllten sich all seine privaten Phantasien. Er besaß nun die unverwelkte Kraft ihrer Zartheit und – ihrer Brüste! Diese wunderbaren Brüste.

Auf dem Kiesweg zum Eingangsportal des Chateaus wies Fred seinen Butler wie fast jeden Abend an: „Johann, bringen Sie vier Flaschen Mouton Rothschild in den blauen Salon. Ich habe Durst." Nach einer Pause ergänzte er in eigenwilliger Missachtung dieser kulturwidrigen Zusammenstellung: „Und dazu eine Karaffe frisch gepressten Orangensaft."

„Orangensaft könnte ich jetzt auch gut vertragen", flötete Solveigh und grinste breiter als der Vollmond.

„Sie sollten mal zu einer unserer Gartenpartys kommen. Da bringen die Feinkostläden die Orangen kistenweise hier hoch. Wir haben eine geniale Orangensaftmaschine. Johann steht pausenlos an der Bar und presst Saft. Am nächsten Morgen kommen dann andere Laster und fahren all die Schalen wieder ins Tal."

„In-te-re-ssant", sagte sie und betonte dabei jede Silbe.

Fred kam es vor, als ob die Sterne, wie von einer Leuchtrakete verstreut, auf ihn zukamen. Dann betraten sie sein Schlösschen.

„Kommen Sie! Hier entlang! Nehmen Sie Platz! Fühlen Sie sich wie zu Hause!" Er machte eine ausladende Armbewegung zu den vier dunkelbraunen Ledersesseln, die um einen Glastisch gruppiert waren.

„Mein Zuhause sieht ein bisschen anders aus."

„Vergessen Sie das. Das sind doch nur Äußerlichkeiten. Was sind schon die Schönheiten der Architektur und der Kunst gegen die Schönheiten der Natur, gegen die Schönheit einer Frau?" Dabei sah er sie bedeutungsvoll an, obwohl er seine Annäherung nicht überstürzen wollte. Doch offensichtlich übte das Ambiente bereits die erwünschte Wirkung aus.

Sie schubste ihre rechte Schulter burschikos an seine und zwinkerte ihm mit dem rechten Auge zu. Eine Sekunde darauf gefror ihr Lächeln, ihre Brauen hoben sich und ihr linker Mundwinkel ging kaum spürbar nach oben. Sie setzten sich einander gegenüber.

Johann brachte die gewünschten Getränke und Fred bedeutete ihm mit einer kleinen Geste, dass er entbehrlich sei.

„Kommen wir zurück auf das, was Sie besonders zu interessieren scheint", fuhr er betont sachlich fort, „– die Provisionen. Ich möchte offen zu Ihnen sprechen. Aber das dürfen Sie auf keinen Fall schreiben. Das ist nur für Sie allein bestimmt, nur für Ihren Hintergrund."

„Darauf können Sie sich verlassen, Herr Vondung", beeilte sie sich zu beteuern. „Nichts von dem, was Sie hier sagen, wird jemals veröffentlicht werden. Dafür interessieren Sie mich als Mensch viel zu sehr. Ich könnte Sie niemals bloßstellen oder verletzen."

Er blinzelte ihr dankbar zu und goss beide Gläser voll.

„Trinken wir auf Ehrlichkeit und Offenheit", sagte er.

„Und auf Vertrauen und Verschwiegenheit", erwiderte sie.

Als sie die Gläser hoben, sahen sie sich fixierend in die Augen. Er trank sein Glas auf einen Zug aus und goss es erneut randvoll.

„Ein guter Tropfen. Trinken Sie!"

Sie nippte nur kurz am Wein und wandte sich dann dem Orangensaft zu, den er anscheinend vergessen hatte. Er trank sein zweites Glas auf einen Zug aus. Dann stellte er es auf die Glasplatte, die zwischen ihnen stand.

„Nun gut. Wir werden von vielen Seiten misstrauisch beäugt. Das liegt ganz einfach an unserem riesigen Erfolg. Alles, was Sie hier sehen, habe ich mir in weniger als zehn Jahren erarbeitet."

„Kaminkarriere könnten Sie sagen."

„Ja, der Aufstieg geschah so rasch, dass ich manchmal Angst hatte, nach unten zu schauen."

„Da kann einem leicht schwindlig werden", schelmelte sie und zwinkerte: „Ist eigentlich irgendwas dran an den Gerüchten über Kursmanipulationen und Provisionsschindereien?"

„Ho, ho, ho", lachte er schallend.

Dann tat er entrüstet: „Wo denken Sie hin, meine Liebe? Natürlich gibt es gewisse Tricks, aber die wenden doch alle an."

„Tricks?"

Er stutzte einen Moment. Hatte er sich etwa verplappert? Dann trank er ein drittes Glas dieses edlen Gewächses als wäre es ordinärer Traubensaft.

„Reden ist Schweigen und Silber ist Gold", sagte er gedankenverloren, aber sichtlich bemüht, dem Gespräch jenen Geist einzuhauchen, der nicht aus der Flasche kam.

„Wie meinen?"

„Na ja, sehen Sie: Sie legen einen Fonds auf und der investiert in Anlagen aus dem eigenen Haus, die Sie natürlich immer wieder umschichten können. Das bringt enorm viel, ist aber kein Trick", zwinkerte er. „Das ist doch ganz normal."

„Hin und her macht Taschen leer", lachte sie.

„Genau! Das bringt den Gebührenpropeller auf Touren und verleiht der eigenen Geschäftsbilanz reichlich Glanz. Das übliche Spiel", sagte er mit dem aufdringlichen Eifer eines altklugen Kindes, das gelobt werden möchte. „Wissen Sie, unser Business ist Kampf."

„Den gewinnen Sie aber doch auch mit viel einfacheren Mitteln."

„Womit? Was meinen Sie? Trinken Sie!" Er hob erneut sein Glas. Sie stand auf, wobei ihr Busen – so kam es ihm vor – schwappte wie das Weiß eines zu weich gekochten Eis, setzte sich mit einer Pobacke auf die Lehne seines Sessels und prostete ihm zu, während Fred sein viertes Glas leerte ohne abzusetzen.

„Mit hoch dotierten Kapitalpolicen zum Jahresende, die Sie im nächsten Jahr stornieren“, sagte sie himmelblau.

„Das ist uralter Usus. Das haben doch alle drauf.“

„Aber es fällt auf, wenn es sich um eine Millionen-Police handelt.“

„Das war doch nur ein einziges Mal. Aber total legal!“, betonte er.

„Und das mit dem Portfolio-Pumping? Passiert wohl auch nur ausnahmsweise?“

„Nein, das gehört eigentlich zur herrschenden Fondskultur dazu“, sagte Vondung, als es plötzlich an der Glastür klopfte. Lena kam im Bademantel.

Fred stemmte sich aus seinem Ledersessel hoch, eilte zu ihr, beschnupperte ihren pelzigen Schlafgeruch, indem er mit der Nase ihre Wange liebkoste, und küsste ihren schläfrigen Mund.

„Wann kommst du?“, stöhnte sie muschi-weich. Dabei kam ein träumerischer, unirdischer Ausdruck in ihre Züge. Fred spürte ihre grenzenlose Zartnis.

„Ich komme gleich, Chérie“, säuselte er zurück und zu Solveigh gewandt sprach er ansatzlos weiter: „Sie kaufen gezielt Werte mit geringer Marktkapitalisierung, bei denen schon kleine Kauf-Orders zu großen Kurssprüngen führen. Auch das ist gängige Praxis.“

„Aber noch delikater ist doch der abgesprochene Aktienhandel bevor der Wert eines Fondsanteils neu festgelegt wird“, sagte sie so vorsichtig, als wollte sie testen, wie weit sie gehen konnte. Doch Fred hatte sich in Schwung geredet und alle Vorsicht verloren.

„Na klar, pre-arranged Trade. Ist eine heikle Kiste, weil alle mitspielen müssen, damit die Börsenaufsicht nichts merkt.“

„Die ist doch in Deutschland ohnehin schwach wie ein Papiertiger.“ Sie machte eine wegwerfende Geste.

„Die sollten Sie mal nicht unterschätzen“, seine Zunge hatte mittlerweile Schwierigkeiten mit Zischlauten. „Ich finde das Aufpumpen von Fondssparplänen eine gewagte Sache. Wer das macht, ist dumm wie Bohnensuppe oder abgebrüht wie ein Mafia-Zocker. Sie werden wohl nicht denken, dass wir dazu gehören? Das wäre ja richtiger Krieg, in dem alle fiesen Täuschungsmanöver erlaubt sind. Ich liebe den Kampf, aber bitte fair.“

„Das sollte doch keine Kritik sein“, sagte sie besänftigend. „Aber es ist überaus lukrativ, wenn Tausende von Kunden am Monats-Ersten einen überteuerten Preis für ihre Fondsanteile bezahlen müssen, nur weil ein Aktienpaket zu einem überhöhten Preis durch das Computersystem der Börse durchgereicht und später in die entgegengesetzte Richtung rückabgewickelt wurde. So wird, mit Verlaub gesagt, das Vermögen biederer Plansparer abgesaugt wie bei einer Fett-Drainage."

Fred stürzte hastig sein fünftes Glas Rotwein hinunter, dann prustete er los: „Kritik ist immer ein Zeichen geistiger Schwäche. Welche Rolle spielen denn eigentlich die Medien in diesem ganzen Börsenspiel, meine Liebe? Stecken die nicht auch manchmal mit Finanzhaien unter einer Decke, wenn es gilt, bestimmte Werte in den Himmel zu jubeln, die sie dann getrost versilbern und fallen lassen können? So scheint das doch auch bei uns gelaufen zu sein."

„Kann schon mal vorkommen", beschwichtigte sie lächelnd. „Schwarze Schafe gibt es überall."

„Nichts für ungut, meine Liebe. Aber lassen Sie uns morgen weiterreden. Mir fallen schon die Augen zu. Johann zeigt Ihnen die Gästesuite."

„Gute Nacht, Herr Vondung. Und vielen Dank für alles." Sie fasste ihn kumpelhaft an der Schulter.

„Nennen Sie mich Fred!", sagte er mit schwerer Stimme. Er nahm sie etwas zu stürmisch in die Arme und küsste ihre Wangen, wobei er es so aussehen lassen wollte wie eine verunglückte französische Verabschiedung. Ihre Melonen – so schien es ihm – rollten drohend auf ihn zu. Er bedauerte, dass er zu viel getrunken hatte und hörte sich in seiner Phantasie protzen: „I'll do my very best!" Dabei fühlte er sich so breit wie eine Doppelgarage.

„Fred", hauchte Solveigh Brühl mit einem vergifteten Lächeln, „ich glaube, dieser Abend war der Anfang einer langen Freundschaft".

„Jedem Zauber wohnt ein Anfang inne", lallte Fred schielend. Sie zog abrupt die Brauen hoch und machte ein Gesicht, als sähe sie ihn enthauptet.

„Hallo Bruno, ich möchte dir Dieter vorstellen, einen unserer intelligentesten Programmierer", sagte Fred Vondung, der trotz Jeans und T-Shirt wie ein englischer Gentleman wirkte, was wohl an der kompletten Golfausrüstung lag, die er bei sich trug.

An diesem Frühlingsmorgen Ende April strahlte der Himmel in seinem entschlossensten Blau, als sich Fred wie fast jeden Donnerstag nach dem Golfen mit Bankdirektor Bruno Breitkopf am Halfway-House des Golfplatzes in Rot traf. Sie tranken Bier aus Flaschen, die dem Torso einer nackten Frau nachgebildet waren. Breitkopf, ziemlich tränensäckig unter den Augen, offensichtlich ein starker Biertrinker, sah aus wie im zehnten Monat. Er brauchte keines dieser beliebten T-Shirts mit der Aufschrift *Bier formte diesen wunderschönen Körper*. Das sah ein jeder auch ohne das wohlfeile Eigenlob figurbewusster Dickbäuche, die den Kampf gegen die Schwerkraft bereits aufgegeben haben. Als Bankdirektor wirkte er fast wie erfunden. Ihm fehlten lediglich eine Zigarre zwischen seinen wulstigen Lippen und ein Zylinder auf seiner vollmondigen Glatze.

Fred sprach jovial und mit deutlich Kurpfälzer Klagfärbung weiter: „Ich habe heute Dieter mitgebracht, nicht weil er so gut Putten kann, sondern weil er, jetzt nach dem Platzen der Börsenblase, alle unsere kleineren und größeren Probleme mit dem blöden Mammon auf einen Schlag lösen kann."

„Hat er den Stein der Weisen entdeckt?", fragte Bruno lachend und seine Stimme klang so fett, als hätte er gerade einen Wettbewerb im Tortenessen gewonnen, „oder kann er aus Kuhscheiße Butter machen?"

„Nein, viel besser: Dieter ist ein echter Nerd, ein Workoholic, der nur seinen Computer im Kopf hat, ein Verrückter im positiven Sinne. Rate mal, was er geschafft hat!" Dabei zog Fred übertrieben seine Augenbrauen hoch und verdrehte seine Augäpfel.

Dieters Gesicht färbte sich so rot wie sein T-Shirt, auf dem stand*: Leben ist ungesund. Der EU-Gesundheitsminister*.

„Na, sag schon!", bettelte Bruno.

„Nein, du musst raten!" Fred zog genüsslich das Parfüm des Frühlings in seine Nase.

„Er hat ein neues Betriebssystem entwickelt, das Bill Gates zum Bettler macht."

„Oooouuu-keeeiii", sagte Fred auf jene betont gedehnte Weise, die das gutmütige Desinteresse eines Erwachsenen am Geplapper eines Kleinkinds ausdrückt. „Nicht schlecht, nur noch viel besser."

„Er hat die Druckplatten des 50-Euro-Scheins nachgemacht."

„Viel zu riskant. Nein, du kommst ja doch nicht drauf", sagte Vondung plötzlich unterkühlt wie ein Eimer Eis. „Er hat die Firewall der Computerbörse Xetra geknackt. Jetzt kann er dort mitzocken und die Kurse nach oben und unten jagen, ohne auch nur einen einzigen Euro einzusetzen."

Bruno schaute ihn mit weit aufgerissenen Augen an, so dass die Sonne seine Netzhaut traf wie ein Skalpell. Er kniff die Lider zusammen und wandte seinen Kopf ruckartig zur Seite.

„A-a-also, es war so", stotterte Dieter. „Früher war ich K-K-

Kryptoanalytiker beim Chaos-Computer-Club. Schon ein paar Jährchen her. Dann bin ich hier ins solide Business eingestiegen. Richtig professionell. Alles korrekt. Aber ich hatte mich privat an der Börse verzockt. A-a-also hab ich mein Wissen wieder ein bisschen aufgefrischt und bin in den Börsencomputer gegangen. Corrigé la fortune." Dieter zog beide Schultern hoch.

„Und keiner hat's gemerkt?", fragte Bruno.

„Dieter ist ein echtes Fummelgenie, ein richtiger Code-Knacker, wie damals Adolfs Spionagejungs gegen England", sagte Fred.

„Natürlich g-g-gibt's auch interne Querkontrollen", ergänzte Dieter, „aber die kannst du alle austricksen. W-w-weniger auffällig wäre das Ganze allerdings, wenn die Fachpresse Erklärungen für die Kursschwankungen veröffentlichen würde. Schlechte Nachrichten, damit du günstig *ein*kaufen kannst, und good news über aussichtsreiche Innovationen und Geschäftsanbahnungen, damit du günstig *ver*kaufen kannst."

„Das ist doch kein Problem", sagte Bruno. „Ich kenne da eine ganz talentierte Redakteurin der *Rhein-Neckar-Zeitung*."

„Was du mal wieder unter talentiert verstehst ...", grinste Fred.

„Nein, wirklich, ich hatte nichts mit ihr. Ich denke nicht einmal im Traum daran, was mit ihr anzufangen."

„Und glaubt sie dir alles, was du ihr sagst, oder hat sie auch ein bisschen Ahnung von der Sache?", fragte Fred.

„Die ist echt gut. Du bist ja bloß neidisch. Bei mir klappt es eben noch. Golfen habe *ich* noch gar nicht nötig", sagte Bruno triumphierend, wobei er das Wort „ich" beinahe kieksend hervorpresste. Sein Kinn vibrierte samt Kinneskinn.

Inzwischen fingerte Fred aufgeregt an seinem Mobiltelefon, dann sprach er betont lässig: „Hallo Herr Storm, Sie kennen doch sicher den Golfplatz in Rot. Kommen Sie bitte mal ganz spontan zum Halfway-House!" Plötzlich wurde seine Stimme wieder schneidend kalt: „Wir haben hier etwas ganz Wichtiges mit Ihnen zu besprechen."

Dann schaute Fred herausfordernd in die Runde: „Das ist das missing link zu meiner PR-Offensive. Du solltest dich da unbedingt anschließen, Bruno. Jetzt können wir nämlich unsere good news", er zwinkerte mit dem rechten Auge zu Dieter hinüber, „mit steigenden Kursen plausibel machen und umgekehrt."

„Quasi quid pro quo", nickte Bruno. „Das wird auch die Kleine von der *Rhein-Neckar-Zeitung* überzeugen."

„Für wen arbeitest du da überhaupt, Robby?“, schmetterte Hannah Weiß, als sie ihm die *F.A.Z.* vom 30. Mai auf den Schreibtisch ihres immer noch frisch eingerichtet wirkenden Büros knallte. Headline auf der Titelseite: *Börsenbetrug in Heidelberg*.

„Ich habe doch schon immer gesagt, dass die Börse genauso kriminell ist wie Lotto. Da kann der ehrliche kleine Mann doch bloß verlieren.“ Sie stemmte ihre Hände in die Hüfte, wie eine Hausmeisterehefrau, wenn die Mülltonne mal wieder überquillt, und blinzelte aufgeregt mit ihren Augenlidern.

„Scheiße“, stöhnte Robby inbrünstig. Seine Gesichtszüge versteinerten wie zugenäht.

Hannah und Robby waren es gewohnt, offen miteinander umzugehen. Sie gehörten eigentlich nicht zu den ach so klugen Köpfen hinter dem Pflichtblatt des deutschen Business. Sie hatten genug von den Klugscheißern in Wirtschaft und Politik, die von Gemeinwohl redeten und doch bloß ihr eigenes Wohl meinten. Sie versuchten in der Abgeschiedenheit der Kirchheimer Höfe ohne Zeit und ohne Geld zu wirtschaften. Natürlich wurden auch bei ihnen am Monatsende Gewinn und Verlust geteilt, aber wenigstens gerecht sollte es dabei zugehen. Sie achteten auf ein gleichmäßiges Geben und Nehmen wie in der Liebe. Das hatten sie so gewollt, kein Chef, keine Hierarchie, kein Stress. Durch die Artikel für Fred Vondung in der *Börsen-Zeitung* und anderen Finanzblättern florierte die kleine Agentur in einem kaum für möglich gehaltenen Ausmaß. Robby tat es nicht nur aus Gefälligkeit für seinen Jogging-Freund Fred, sondern mit wachsender Begeisterung auch für die Sache, da er merkte, wie schnell seine Berichte Früchte trugen und wie sich all seine Börsen-Prognosen auf wundersame Weise bewahrheiteten. Sie hatten nicht schlecht damit verdient, ganz ohne direkt am Aktienhandel beteiligt zu sein.

Doch nun musste Robby erkennen, dass er für seinen Todfeind gearbeitet hatte, schlimmer noch, dass er für Fred Vondung bloß ein argloses Opfer darstellte, ein Idealist, der an das Gute im Menschen glaubte, ein übrig gebliebener Sozialutopist, der in der Zukunft von gestern hängen geblieben war und die neue Zeit nicht durchschaute. Er hatte Fred Vondung geglaubt, dass dessen Geschäfte sauber waren und dass er den Menschen zu Wohlstand verhelfen wollte. Alles erlogen! In Robbys Brust kochte unterirdische Wut. Er hatte sich nicht mehr derart gedemütigt gefühlt, seit er mit neun Jahren im Kinderheim von einer Betreuerin beim Baden missbraucht worden war.

„Hannah, ich gehe zur Finanzaufsicht“, sagte Robby entschlossen. „Ich werde alles auspacken, was gelaufen ist, und damit Fred ans

Messer liefern. Dieser durchtriebene Teufel. Das gibt den größten Börsencrash aller Zeiten. Einen Mega-Crash."

„Warte mal, Robby! In der Zeitung steht, dass es nicht etwa nur an Falschmeldungen lag. Die auffälligen Kurssprünge erfolgten schon vor den Veröffentlichungen. Das deutet auf Insider-Geschäfte hin."

Robby stutzte. „Unsere Presseinformationen haben dann also erst nachträglich die Erklärung für die Käufe und Verkäufe geliefert. Ihr Inhalt sollte bloß das ständige Auf und Ab der Kurse plausibel machen."

„Ja, Robby, Information als Betrug, praktisch der Super-GAU für jeden Journalisten. Wir müssen da so schnell raus wie aus einer Jauche-Grube", nickte Hannah mit derartigem Nachdruck, dass ihr hochgestecktes Blondhaar durch die Luft wirbelte.

„Wir können aber die Geschichte nur dann glaubwürdig an die Öffentlichkeit bringen, wenn wir unsere Auftraggeber und das ganze Börsensystem, das sie ausgenutzt haben, an den Pranger stellen. Entweder wir sind danach erledigt oder die. Aber wie beweisen wir das Ganze?"

Hannah breitete die Arme aus, um Robby an sich zu drücken.

„Wir schaffen das schon", lächelte sie wie ein Sonnenstrahl, „braucht doch bloß jemand die Telefone dieser feinen Herrn abzuhören. Am besten der Staatsanwalt!"

Wie eine Pershing II schoss Robby ans Telefon.

In den folgenden Monaten hatte Robby Storm so viel Spaß wie kaum jemals zuvor im Leben. Die Anleger gerieten in Panik und verkauften ihre Papiere weit unter Wert. Durch die Enthüllungen, Festnahmen und Verurteilungen, die die wenig zimperlichen Headlines von *Finanz-Zeit, F.A.Z* und *Rhein-Neckar-Zeitung* beherrschten, verloren die Aktionäre derart gründlich das Vertrauen in die Ehrlichkeit des Aktienhandels, dass die Börsenkurse lawinenartig zu Tal stürzten, wie es die erschütterte Welt seit dem Crash am Schwarzen Freitag 1929 nicht mehr erlebt hatte. Der Fall Fred Vondungs ging als größter Börsenskandal Deutschlands in die Geschichte ein.

Fred Vondung allerdings hatten sie nicht bloß in flagranti geschnappt, es hatte ihn auch ganz schön heftig im Kopf erwischt. Vielleicht hatte er zu viele Schierlingsbecher geleert? Robby bekam fast Mitleid mit Fred, als er hörte, was dieser bei seiner Verhaftung gesagt haben soll. Er sei auf das intellektuelle Niveau einer Fußwarze herabgesunken, wurde berichtet. Ob aus vorübergehender Alkoholverblödung oder aus dauerhaft entstellendem Altersschwachsinn begrüßte der ehemals so große Vorsitzende die Polizisten, die ihn aus seinem neu angeheirateten Schlösschen holten, mit den Worten: „You can me once, you can me twice, you know? You can me crosswise with your Scheiß, you know? Lieber ein Schrecken ohne Ende, you know, als ein Schrecken mit Ende, you know, didi-dada-dudu-dodo?“

Michael Santak, geboren 1957, Literaturwissenschaftler und Journalist, lebt seit 1989 in Heidelberg, literarische Veröffentlichungen in Zeitungen, Zeitschriften und Anthologien, Preisträger beim Bad Homburger Literaturwettbewerb, www.michael-santak.de.

MICHAEL SANTAK

Spargel stechen in Bad Heidelberg

Der Arzt sagt, ich soll alles so aufschreiben, wie es passiert ist. Möglichst genau. Ich kann kein Deutsch, deshalb schreibe ich auf Polnisch. Es ist die Geschichte meiner Krankheit. Welche Krankheit weiß ich nicht. Zdenka sagt, ich ticke nicht richtig im Kopf.

Vor ein paar Wochen fängt alles an. In der feuchten Erde rieche ich den Frühling. Ich schaue hoch. Doch das darf ich nicht. Zdenka gefällt mir – trotz ihrer Dünnheit und trotz ihrer Sommersprossen überall. Sie ist sooo sanft. In Gedanken höre ich dieses *so* wie das lang gezogene Begrüßungssignal eines Dampfschiffs.

Ich beobachte sie gern bei der Arbeit. Sie hat einen großen Mund, tiefe Augen und eine Haut, so hell wie Elfenbein, wenn ich von den vielen Sprenkeln absehe. Mit ihrem weißen Kopftuch erscheint sie mir wie eine Krankenschwester. Sie ist so lilienweiß und liebenswert wie ein kleines Kind, das sich räkelt, aalt, suhlt und seinen eigenen Willen zeigt – vor Entzücken am Leben zu sein.

Plötzlich ermahnt mich die große Frau in den Stiefeln mit strengen Worten, die ich nicht verstehe.

„Darius, arbeiten, nicht träumen!“

Ich kann mir denken, was das bedeutet. In der Schule nannten mich auch alle „Träumer“. Vor allem dann, wenn ich von Flugtaxis erzählte und von materieloser Energie oder von Menschen mit Flügeln und Rotorrucksäcken. Manchmal schlägt meine Phantasie Purzelbäume.

Seit zwei Wochen stechen wir Spargel. Dafür brachte uns ein Ford Transit in 15 langen Stunden von meinem Dorf bei Warschau nach

Heidelberg. Wenn ich mal nicht zu Zdenka schaue, betrachte ich die beiden Hügelketten im Osten. Eine mit mehreren Steinbrüchen geht nach Norden. Die südwärts verlaufende ist besiedelt. Nachmittags spiegelt sich die Sonne in den Fenstern der Häuser am Hang. Dort wo die beiden Hügelketten aneinander stoßen, in der Poritze, muss der Neckar fließen. Dort muss auch die Altstadt von Heidelberg liegen. Mein Vater hat mir vor der Reise ein Bild gezeigt. Er war schon einige Male in Heidelberg. Bei uns hat Spargel stechen in Heidelberg Tradition.

Bevor wir wieder zurück fahren, werde ich einmal mit Zdenka in die Altstadt gehen. Aber leider dürfen wir den Bauernhof nicht verlassen. Das sei nicht nötig, hier gebe es alles. Zu unserer Unterhaltung haben wir einen Schäferhund. Der heißt Felix. Der Glückliche. Meistens liegt er schläfrig auf seinen hellbraunen Pfoten. Gestern habe ich mit ihm gekämpft. Er ist ein mutiger Krieger, aber mir völlig ergeben. Seine scharfen Zähne bohrten sich in meine Hände, drangen aber nicht durch die Haut. Für ihn bin ich sein Herr. Einmal, an einem besonders heißen Tag, habe ich ihn mit Bier betrunken gemacht. Er torkelte genau wie ich nach zu viel Wodka. Das macht ihn so menschlich. Zdenka konnte gar nicht mehr aufhören zu lachen. Felix war glücklich. Aber er hat auch ein Problem. Wenn ihm ein Weibchen begegnet, wird er weggekläfft. Dann zieht er seinen Schwanz ein.

Im Bett überlege ich, wie ich es schaffe, dass Zdenka mit mir in die Altstadt geht. Ich habe von meinem Vater einen Stadtplan bekommen. Wir müssen uns in der Nacht aus dem Haus schleichen, bis zur Straßenbahnhaltestelle am Kirchheimer Friedhof laufen und dann zum Bismarckplatz fahren. Viel mehr als das Schloss und die Kneipen reizt mich das Thermalbad. Angeblich wird es wieder von einer heißen Quelle aus tausend Metern Tiefe gespeist. Vor 60 Jahren hörte sie auf zu sprudeln, weil das Rohr gebrochen war. Hat mir mein Vater erzählt. Dieses Jahr wurde das Rohr endlich erneuert. Jetzt schwärmen alle davon. Vor allem die vielen alten Leute, die es hier gibt.

Das heiße Salzwasser tut meinem Rücken gut. Ich liege mit Zdenka im Solebad. Wir planschen wie Kinder, lauschen dem Plätschern der Fontäne nach und dem Wellenschlag des warmen Wassers. Wir schauen uns Mond und Sterne an und hören das Rauschen des Meeres mitten in Heidelberg. Wir streicheln und küssen uns. Sie ist so sanft. Doch bevor mir das Finale einfällt, bin ich schon eingeschlafen.

Am nächsten Tag kommt während der Arbeit die Frau mit den Stiefeln zu mir. „Du!“, spricht sie mich an. Sie deutet auf das große Gebäude. Ich verstehe nicht. Sie wiederholt das Du und die Geste zum Hof. Ich gehe los. Zdenka schaut mich fragend an. Ich ziehe die Schultern hoch. Auf dem Weg zum Hof höre ich das Gezwitscher liebestoller Vögel, die sich in den Bäumen balgen. Im Haus steht die Tochter. Sie ist immer nur sonntags da. Also muss heute Sonntag sein. Sie schaut mich mit bernsteinfarbenen Augen prüfend an. Sie passen gut zu ihren dunkelblonden Haaren, die hinten zu einem Pferdeschwanz gebunden sind. Sie deutet auf einen Stuhl. Ich setze mich.

Die kleinwüchsige, kräftige Frau, etwa Mitte zwanzig, holt Brot, Speck und Wodka. „Iss!“, sagt sie mit tiefer Stimme und führt ihre Hand mit drei aufeinander gelegten Fingerkuppen an ihren Mund. Ich esse. „Trink!“, sagt sie und schenkt mir Wodka ein. Die Flasche hat kein Etikett. Ich trinke und schaue sie fragend an. Der Schnaps ist stark, aber kein Wodka. Vielleicht Pflaumenschnaps. Sie fordert mich auf, noch mehr zu essen und zu trinken. Sie betrachtet mich beim Essen und Trinken. Dann sagt sie: „Komm!“

Wir gehen die Holztreppe hoch zu den Räumen der Familie, wo ich noch nie war. Je höher wir kommen, desto heißer wird es. Was hat sie vor? Wir betreten ein kleines Zimmer, das wohl ihrs ist. Die Sonne scheint grell durch das Dachfenster. Sie macht den Vorhang zu. „Du schwitzt“, sagt sie und streicht einen Schweißtropfen von meiner linken Schläfe. Ich höre sie sagen „mir ist heiß“, während sie ihr T-Shirt über den Kopf zieht. Sie trägt einen roten BH. Ihre milchig-weißen Brüste quellen über. Mit einer Handbewegung verlangt sie, dass auch ich mein Hemd ausziehe.

Als ich wieder ins Freie komme, blendet mich die tiefstehende Sonne. Was soll ich Zdenka sagen, wenn sie mich fragt, wo ich den ganzen Tag war? Sie ist doch so sanft. Ich kann ihr unmöglich sagen, dass die Bauerntochter auf mir geritten ist wie auf einem Pferd. Dass sie dabei immer wilder wurde, bis sie schließlich auf meinem Bauch zusammenbrach, zuckte und weinte und mich besudelte. Dass sie sich dann auf den Rücken legte und mich zwischen ihre Schenkel zog. Dass wir es unter der Dusche noch einmal von hinten machten. Das glaubt mir Zdenka nie. Schon gar nicht das Kunststück, beim Lieben von hinten einen ganz einzuschließen.

Die Spargelstecher schauen von ihrer Arbeit hoch. „Wo warst du, Darius?“, fragt mich Zdenka. „Was hast du so lange gemacht?“

„Ich musste die Drecksarbeit machen, die sonst keiner tun will“, sage ich mit demonstrativem Tierblick. „Ich musste den Schweinestall ausmisten ...“, Zdenka sieht mich mitleidig an, „... und zum Schluss noch die Stute bürsten.“

„Das hat dir bestimmt Spaß gemacht.“

„Nein, aber dafür habe ich heute Abend frei“, lüge ich und schaue tief in Zdenkas Kirschaugen. „Ich darf ins Thermalbad, um mich rein zu waschen. Dort gibt es eine heiße Solequelle. Kommst du mit?“

Nach meinem Nickerchen im Stroh und dem Traum von der Bauerntochter wird mich das Bad hoffentlich etwas entspannen.

Zdenka fragt: „Bist du sicher, dass du das nicht bloß geträumt hast?“

Sie hat Recht. Meine Fantasie überfällt mich manchmal wie ein Wasserrohrbruch. Oft jage ich Einfällen regelrecht hinterher, als wäre ich ein Wünschelrutengänger – ganz langsam, Schritt für Schritt, systematisch wie ein deutscher Wissenschaftler. Und manchmal fühle ich mich luftleer und bodenlos wie das Weltall – völlig frei. Dann kommen mir die besten Ideen.

Wir liegen im heißen Quellwasser, nachdem wir uns auf der menschenleeren Wiese hinter einer Hecke ausgebalgt haben. Auf dem Rücken liegend fängt Zdenka plötzlich an zu weinen. Sie vergräbt ihre Augen in der Beuge ihres rechten Arms. Sie ist so sanft.

„Was hast du?“ Ihre Wangen sind so rot, dass ihre Sommersprossen kaum noch auffallen.

„Mach’ dir bitte nichts draus. Du kannst nichts dafür“, sagt sie und jede Faser ihres zarten Körpers strafft sich.

„Hast du einen andern?“

„Nein, nur dich“, schluchzt sie und küsst meinen Mund.

Ich würde sie vermissen, wenn es anders wäre – auch ihre Schokostreusel. Nicht, dass ich eifersüchtig wäre, aber sie ist ein Stück Heimat für mein Herz. Sie erinnert mich an meine Mutter.

„War ich zu schnell?“

„Nein, ich habe es genossen, als du so richtig in Fahrt gekommen bist. Hast du das nicht gemerkt?“

„Doch. Ich habe deine Zuckungen gespürt. Und deine Brustwarzen waren steif. Das sind sichere Zeichen für einen Höhepunkt. Das weiß ich aus meinem Medizinstudium. Aber glücklich scheinst du trotzdem nicht zu sein.“

„Glücklich fühle ich mich schon seit einiger Zeit nicht mehr. Manchmal heule ich den ganzen Tag, ohne einen Grund dafür zu wissen. Ich kann mich schon gar nicht mehr daran erinnern, wie sich Glücklichsein anfühlt.“

„Glück entsteht im Gehirn“, sage ich und streichle andächtig ihren flammenden Charmehügel. „Unser Wohlbefinden hängt von Hormonen ab, Serotonin, Endorphine ...“

„Und ich dachte, Glück liegt in erwiderter Liebe“, lacht Zdenka unirdisch zart und ähnelt einem Kind, das die Welt noch nicht kennt.

Ich beobachte das bläuliche Geäder an ihrer Schläfe, das beim Lachen noch deutlicher hervortritt. „Außerdem ist mein Serotoninspiegel völlig normal. Ich war in Warschau bei einem Arzt. Antidepressiva schlagen bei mir auch nicht an.“

„Vielleicht sollten wir es mal mit einer Tiefenstimulation versuchen?“

„Was ist denn das?“, fragt Zdenka plötzlich wie auf der Lauer.

„Du kannst bestimmte Hirnareale durch elektrische Impulse steuern. Dazu setzt du einen Hirnschrittmacher an einer bestimmten Stelle ein.“

„Wo genau?“

„Der Impulsgeber sitzt wie ein Herzschrittmacher in der Brust. Dünne Drähte führen unter der Haut zu einem Stab, der im Gehirn eingepflanzt ist.“

„Tut das weh?“

„Das Gehirn empfindet keinen Schmerz. Der Eingriff erfolgt unter örtlicher Betäubung.“

„Kannst du das machen?“

Erstaunt schaue ich sie an und fahre mit meinem rechten Zeigefinger über ihre rötlichen Augenbrauen.

„Nein, aber ich habe von einem Arzt in Berlin gelesen, der das schon oft bei Parkinson-Patienten gemacht hat.“

„Erfolgreich?“

„Ja. Bei Parkinson geht es um Hirnbereiche, die Unruhe stiften, obwohl sie gar nicht mehr benötigt werden. Die schaltest du durch solche Hirnschrittmacher einfach aus. Bei dir müssten sie die Region für Glücksempfinden anregen.“

Zdenka guckt ungläubig: „Gibt es Risiken?“

„Vorübergehend können nach dem Eingriff bestimmte Störungen auftreten, wenn Blutgefäße beschädigt werden. Das kommt bei etwa einem Prozent der Patienten vor.“

„Ich meine, wie wirkt sich die Glücksstimulation im Alltag aus?“ Zdenka legt ihren Kopf schief, als wäre sie plötzlich alarmiert.

„Stell' dir vor, ich grinse im Philosophieseminar, im Bahnhof, im Zoo, im Park die ganze Zeit vor mich hin. Oder ich komme auf der Beerdigung meiner Mutter aus dem Lachen nicht mehr raus. Das wäre der reinste Horror.“

„Das wäre genauso beschissen wie die Nebenwirkung einer Gedächtnispille. Dabei könntest du dann gar nichts mehr vergessen und müsstest dir auch völlig Unwichtiges merken. Dann kämst du genauso ins Schwitzen wie all die Viagra-Süchtigen."

„Da bleibe ich doch lieber vergesslich und unglücklich."

„Dauerglück gibt es eben nicht und darf es auch gar nicht geben, sonst ist es aus mit Überleben und Fortschritt. Glück ist nur ein flüchtiges Gefühl, wenn die Hormone harmonieren."

„Und Unglück gehört zum Glück dazu wie Unrecht zur Gerechtigkeit und das Böse zum Guten, mein Lebenslustberater", sagt sie versunken und gibt mir einen zarten Kuss. „Die Dialektik der gesellschaftlichen Kultur steckt eben auch in unserer menschlichen Natur."

„Du bist so süß, dass es mir weh tut."

Ich streichle versonnen die haarlose Haut ihrer braun gesprenkelten Schenkel und lausche ihrer Stimme, die klingt wie ein Song. Sie löst in meinem Kopf ein milchiges Wirbeln aus. Sie ist sooo sanft. Ich kraule das feuchte Gekräusel ihrer Weiblichkeit. Die traumhafte Kulisse Heidelbergs versinkt in dunkelrotem Schein. In meinen Eingeweiden brennt das Wohlgefühl der Erregung wie ein großer Schluck Wodka. Ich versinke in ihr. Oder verschlingt sie mich? Ich liege zusammengerollt im Uterus.

Zdenka weckt mich und wir machen uns auf den Rückweg. Wir fahren mit der Straßenbahn. Ich bin müde, der Tag war lang. Vollkommene Ruhe umgibt mich. Heidelberg ist so erholsam. Plötzlich sehe ich am Horizont Strahlen, die am Nachthimmel tanzen. Ich höre Zdenka fragen, was das dort sei. Ich erkenne Dampf, der aufsteigt, als würde dort etwas brodeln. Das sieht aus wie eine Suppenschüssel. Oder ist es ein Vulkan?

Die Beleuchtung ist so unglaublich wie in einem Film. Zdenka fragt, was da in den Himmel fliege. Wir schwingen uns schwerelos in die Lüfte und fliegen näher heran. Die Abendluft riecht nach Erdbeeren. Scheint ein Fußball zu sein, der von allen Seiten beleuchtet wird. Das Raunen einer Menschenmenge rauscht wie die Brandung des Meeres.

Unten rennen 23 Männer hinter einem Ball her. Doch der scheint alle narren zu wollen und fliegt, wohin er will. Die Männer kämpfen verbissen, als ginge es um Leben oder Tod. Jedes Spiel ist ein Endspiel, denn es gibt kein zweites gleiches. Auch wenn du gewinnst, hast du nichts gewonnen. Beim nächsten Spiel fängst du wieder bei null an. Auch wenn du Meister wirst, bist du es nur solange, bis ein anderer dich schlägt. Kaum bist du ein Star, kommt schon ein noch größerer. „Nie ist mir die Sinnlosigkeit des Daseins deutlicher bewusst geworden und die Ohnmacht des Einzelnen“, sage ich laut, als ich beim harten Bremsen der Straßenbahn aufwache.

„Darius, nicht träumen! Morgen müssen wir wieder Spargel stechen.“

Ich schrecke hoch. Intensiv rieche ich den Frühling. Wo bin ich? Dann erst sehe ich Zdenka. Ich umpranke sie wie ein Braunbär und küsse ihre Lippen. Ein glühender Blick aus ihren Kirschaugen trifft mich. Ich kann mich kaum von ihr trennen. Zwei von Zdenkas Fingerspitzen fahren zart an meinen Lippen entlang. Mein Blut schießt plopp-artig durch die Adern, als hätte ich Wodka getrunken. Sie ist sooo stark!

Plötzlich schlägt Felix an. Er bellt so laut und anhaltend, dass die Bauerntochter aus dem Haus stürmt. Sie hat ein Gewehr im Arm. Auf einmal zucken Blitze um mich herum. Ich sehe Sterne. Mir wird schlecht, schwindlig und schwarz vor Augen. Ich falle. Mein Körper zittert und zuckt. Ich kann nicht aufhören zu zucken. Alles an mir angespannt. Ich beiße mir in die Zunge. Ich sehe, wie mich alle anstarren. Zdenka will mich halten. Ich schlage um mich. Ich pisse und kacke mir in die Hose. Dicke Männer binden mich auf eine Bahre. In meinem Hintern spüre ich einen Stich. Das ist alles, was ich weiß.

MICHAEL SANTAK

Heidelberg-Blues

Pack alles ein
Kauf nen Pick-Up
Hau ab aus Heidelberg

Die Frau, an die ich ständig denke
Sie liebt mich von Kopf bis Fuß
Wie kommt es, dass ich so traurig bin?

Sie ist so süß, ich seh sie vor mir
Hör ihre Stimme, spür ihre Brüste
Werd ich sie je wiedersehn?

MICHAEL SANTAK

Heidelbergericks

Es wohnt eine Dame am Neckar.
Die kochte vorzüglich und lecker.
    Sie holt sich nen Mann,
    der ganz schön was kann.
Und ging ihm kräftig auf den Wecker.

Es gab ein Unesco-Kulturerbe.
Dafür wollt Heidelberg sich bewerbe.
    Dagegen war Holland.
    Dagegen auch England.
Und die Amis haun in die gleiche Kerbe.

Heidelbergs Haushalt ward konsolidiert.
Die Altstadt vollständig neu planiert.
    Wir müssen halt sparen,
    können nichts bewahren.
Das Schloss wird auch noch abtransportiert.

Es war mal ein Schloss in Heidelberg.
Das hatte sogar 'nen Perkeo-Zwerg.
    Kam Al Said von Oman.
    Nahm es mit sich hinan.
Jetzt geht man am Neckar frei zu Werk.

Sagte einst Perkeo: „Bassemol uff!
Haut weg die Talare, all den Muff!
    Mir sin Radikale!
    Mir mache Randale!
Un morje geje mer in de .... Park!“

Wir alle kennen den Studentenkuss.
Der ist für Touristen total das Muss.
    Kam zum Bäcker Knösel
    so ein dummer Schnösel
und meinte: Damit mach ich jetzt Schluss.

MICHAEL SANTAK

Ohne dich

Erich Fried gedenkend

Noch immer spiegelt sich die Herbstsonne bei Heidelberg im Neckar.
Noch immer beleuchten glänzende Flecken das Schloss am Hang.
Noch immer gehe ich den Schlangenpfad hoch zum Philosophenweg.
Doch leider gehe ich ohne deine Zweifel und ohne deinen Mut
Und leider auch ohne deinen Mut zur Verzweiflung.

Noch immer gibt es Empörendes, was Menschen Menschen antun.
Noch immer klingt es nervend naiv, das auszusprechen.
Noch immer kann Literatur die Leser nur bestätigen, nicht verändern.
Denn leider besitze ich nicht deinen Witz und deine Worte
Und leider auch nicht deinen gelassenen Wortwitz.

Noch immer träumen einige von einem besseren Leben.
Noch immer hoffen einige auf die Macht der Vernunft.
Noch immer meinen andere, die Gesellschaft habe im Gedicht nichts
verloren.
Denn leider fehlt ihnen deine Vision von Liebe
Und leider auch deine Liebe zur Vision.

MICHAEL SANTAK

i di aa

Eemol willisch aamol
bissisch nimmi koo,
sogt om Obend
de Bäurin zu ihrm Moo.
Wenn de noch emol de Kopp eiziehst,
hackischendirab,
sagt beim Kopfballtraining
die Mama zu ihrem vierjährigen Sohn.
Liebä ohne Triebä wäre Friedä,
sagt im Beichtstuhl
der Priester zu sich selbst.

MICHAEL SANTAK

Bernhard Schlink: Tatort Heidelberg

In den sechs Romanen und sieben Erzählungen des in Heidelberg aufgewachsenen Schriftstellers Bernhard Schlink spielt Heidelberg eine bedeutende Rolle als Tat- und Fluchtort. Heidelberg ist bei Schlink jedoch kein Ort der Heimat oder Heimatsehnsucht. Schlinks Helden können ausnahmslos als Nomaden bezeichnet werden. Die Taten in Schlinks Kriminalgeschichten und deren auftragsmäßige Aufdeckung sowie die Entwicklung seiner Liebesgeschichten und deren nachträgliche Rekonstruktion geschehen eher zufällig in Heidelberg. Die Wahl Heidelbergs als Schauplatz ist biografisch bedingt, wegen der persönlichen Ortskenntnis des Autors, und hat nichts mit romantischen Ambitionen oder mit auflagensteigerndem Ambiente-Styling à la Donna Leon zu tun.

Schlinks Krimis sind in vielfacher Hinsicht anders als die meisten Romane dieses Genres. In ihnen wird der um Aufklärung bemühte Held selbst zum Täter, zumindest zum Nebentäter. Der alternde und überaus liebenswerte Privatdetektiv Gerhard Selb übt Selbstjustiz (*Selbs Justiz*), betrügt die Polizei (*Selbs Betrug*) und mordet sogar (*Selbs Mord*). Das ist vor allem auch deshalb besonders verwunderlich, weil ihr Autor Volljurist und ein hochkarätiger Professor für Staatsrecht ist, der im vorigen Jahr Gerhard Schröders Misstrauensantrag vor dem Bundesverfassungsgericht verteidigte. Doch die beiden Berufe Schlinks müssen ebenso wie bei Goethe, Heine, Storm, Kafka, Handke, Kluge und vielen anderen erfolgreichen Schriftstellern, die ausgebildete Juristen waren, strikt auseinander gehalten werden.

Unterschwellige Zeitkritik

Schlink kehrt in seinem literarischen Werk also mit vollem Bewusstsein nicht den Rechtsvertreter hervor, sondern gibt sich als Wahrheitssucher, als Spuren- und Motivforscher zu erkennen. Literarisch ist Schlink eher der sensible und verstehende Psychoanalytiker, der unerschrockene, psychologische Tiefenforscher als der besserwisserische Urteilsverkünder. Wie man in Thomas Manns Werken – vor allem den frühen – Schopenhauer, Wagner und Nietzsche lesen kann, erkennt man in Bernhard Schlinks Werken Motive und Denkfiguren von Hegel, Freud und Adorno. Die frühen Werke Schlinks scheinen wie von einem hegelianisierenden Hemingway geschrieben: lakonisch, kompakt, treffsicher und dialektisch.

Neueres – insbesondere die *Heimkehr* – wirkt eher wie von einem hegelianisch gewendeten Thomas Mann geschrieben, also weitschweifig, humorvoll, belehrend, aber nicht minder reflektiert. Man kann in Schlink auch einen sanftmütigen Bruder Alexander Kluges sehen, der wie er unermüdlich in der deutschen Weltkriegs- und Nachkriegs-Geschichte wühlt. Doch anders als bei diesem mischen sich in Schlinks Werk hohe Dosen von Gesellschaftskritik mit reichlich Sex and Crime zu feinsinniger Unterhaltungsliteratur auf hohem handwerklichem und intellektuellem Niveau.

Wie er dabei zu Werk geht, legt er seinen Helden, die wegen ihrer Glaubwürdigkeit und Authentizität oft als Selbstporträts verstanden werden, selbst in den Mund. Im mehrfach preisgekrönten Kriminalroman *Die gordische Schleife* charakterisiert er den als Übersetzer arbeitenden Rechtsanwalt Georg Polger mit den Worten: „Georg hatte alles im Blick und im Griff und ließ genussvoll seine Konzentration spielen". Das kann gleichfalls für den Autor Schlink gelten. Polger ist übrigens in Heidelberg geboren und aufgewachsen, wo er auch studiert und geheiratet hat und wohin er aus seinem neuen Wohnort in Südfrankreich zurückdenkt und später zurückkehrt.

Konzentration, Genuss und die Gewitztheit des Schachspielers, der vor riskanten Zügen nicht zurückschreckt, kennzeichnen die Geschichten des Lebenskünstlers Schlink, in denen oft mediterrane Gerichte „ohne Floskeln und Schnörkel" zubereitet werden, wobei diese Merkmale auch auf seine Krimis zutreffen, ohne dass sie damit als künstlerische Hausmannskost abqualifiziert wären, denn Schlink präsentiert sich in seinem Werk als blitzgescheiter Gedankenjongleur und erfahrungsgesättigter Ästhet in einem.

Eigenwilliges Heimat- und Heidelberg-Bild

Im Zusammenhang mit dem Mythos Heidelberg interessiert hier vornehmlich das Heidelberg-Bild des Lebensabschnitts-Heidelbergers Bernhard Schlink. Geboren 1944 in Bielefeld, kommt er im Alter von einem Jahr nach Heidelberg, wo er aufwächst, die Schule besucht, am Kurfürst-Friedrich-Gymnasium das Abitur ablegt, Jura studiert und wissenschaftlicher Assistent wird. Mit 37 Jahren, 1982, geht er als Juraprofessor nach Bonn. Mit 43 Jahren, 1987, veröffentlicht er seinen ersten Kriminalroman *Selbs Justiz*. In diesem Roman kurvt der alternde Privatdetektiv Selb, der in Mannheim wohnt, immer wieder mit seinem Auto in Heidelberg und Umgebung umher, um seinen Fall zu lösen. Einmal ist er aber privat in Heidelberg unterwegs: „Seit ich von Berlin nach Heidelberg gezogen bin, kaufe ich meine Weihnachtsbäume an der Tiefburg in Handschuhsheim. Sie sind dort zwar schon lange nicht mehr anders als anderswo. Doch ich mag den kleinen Platz vor der zerfallenen Wasserburg. Früher umkreiste ihn die Straßenbahn in kreischenden Schienen; die Linie endete hier, und Klärchen und ich sind im Sommer oft von hier aus auf den Heiligenberg gewandert. Heute ist Handschuhsheim ein Schickeria-Ort geworden, und auf dem Wochenmarkt trifft sich alles, was in Heidelberg kulturellen und intellektuellen Pfiff zu haben meint. Im Parkhaus bei der Stadthalle parkte ich. In der Hauptstraße war der Teufel los. Ich kämpfte mich zum Juwelier Welsch durch und kaufte für Babs Ohrringe. Dann war ich erschöpft. Im *Café Schafheutle* traft ich Thomas mit Frau und drei pubertierenden Töchtern." Bereits an diesem kurzen Ausschnitt fällt die quecksilbrige Mobilität von Schlinks Personal auf.

Diesen erfolgreichen Erstling verfilmt das ZDF 1991 unter dem Titel *Der Tod kam als Freund* mit Martin Benrath, Werner Kreindl und Hannelore Elsner. Nach diesem grandiosen Anfang folgt bereits ein Jahr später, 1988, der Kriminalroman *Die gordische Schleife*, in dem der Held im Epilog fragt: „Manchmal hatte ich mich beim Schreiben gefragt, ob ich die Geschichte einer Amour fou erzähle", womit Georg Polger zweifellos Recht hat. Die Amour fou, die verrückte, tragische Liebe zwischen zwei gegensätzlichen, nicht zusammen passenden Menschen, ist die Grundkonstellation aller Schlinkschen Paarbeziehungen.

Serienheld Selb

Im Jahr 1992 wird Schlink Direktor des Instituts für Öffentliches Recht und Völkerrecht und Direktor des Instituts der Informations- und Kommunikationstechnik an der Berliner Humboldt-Universität. Ein Jahr später erscheint sein ebenfalls mehrfach ausgezeichneter Kriminalroman *Selbs Betrug*, der den komplexesten und anrührendsten Teil der Selbs-Trilogie darstellt. Darin verhilft der nun zum Serienhelden avancierte Privatdetektiv einer jungen Terroristin zur Flucht ins Ausland. In *Selbs Betrug* finden sich auch die eindrücklichsten Heidelberg-Szenen: „1942 kam ich als junger Staatsanwalt nach Heidelberg und nahm mit meiner Frau Klara eine Wohnung in der Bahnhofstraße. Das war damals keine gute Adresse, aber ich mochte den Blick auf den Bahnhof, die ein- und ausfahrenden Züge, den aufschäumenden Dampf der Lokomotiven, die Pfiffe und das Rumpeln der nächtlich rangierenden Waggons. Heute führt die Bahnhofstraße nicht mehr am Bahnhof entlang, sondern an neuen Behörden- und Gerichtsgebäuden von glatter, grauer Funktionalität. Wenn das Recht wie die Architektur ist, in der es gesprochen wird, steht es nicht gut um das Recht in Heidelberg. Wenn es dagegen wie die Brötchen, das Brot und der Kuchen ist, die das Justizpersonal um die Ecke kaufen kann, muss einem um das Recht nicht bange sein. Von der Bahnhofstraße geht die Häusserstraße ab und gleich hinter der Ecke hat sich aus der kleinen Bäckerei, in der Klara und ich vor mehr als vierzig Jahren Kommissbrot und Wasserwecken gekauft haben, eine einladende Backwarenboutique entwickelt."

In *Selbs Betrug* findet sich auch eine besonders poetische Beschreibung der umgebenden Berglandschaft: „Auf der Heimfahrt wurde der Zug umgeleitet, über Darmstadt und entlang der Bergstraße. Mir waren die vielen Steinbrüche am Rand der Ebene noch nie aufgefallen. Als sei der Odenwald eine rote Süßspeise, über und über mit Waldmeistersauce bedeckt, und der liebe Gott hat mit einem Löffel davon genascht."

Seriendetektiv Gerhard Selb gehört weder zu den hartgesottenen Vertretern seines Fachs noch zu den ausschließlich weichen. Er ist in seiner Verschlagenheit bei der Recherche, mit seinen Marotten und Lebensansichten sowie in der etwas selbstherrlichen Durchsetzung seines Gerechtigkeitsgefühls geradezu *al dente*, auf den Punkt genau zwischen gewohnter Rolle und aufregender Abweichung, zwischen langweiliger Konformität und amüsanter Skurrilität. Unter Selbs weicher Schale verbirgt sich zum Schluss ein überraschend harter Kern, eine Mischung, die vielen von Schlinks Helden eignet.

Weltruhm durch den *Vorleser*

Im Jahr 1995 gelingt Schlink mit dem sozialkritischen Liebesroman *Der Vorleser* der Durchbruch in die Liga der Weltliteratur. Als das Buch 1997 in den Vereinigten Staaten erscheint und von der Fernseh-Talkmasterin Oprah Winfrey zum Buch des Monats gekürt wird, sichert sich Miramax-Film die Rechte an dem Roman, der von Anthony Minghella (*Der englische Patient*) verfilmt werden soll. Schlink wird mit nationalen und internationalen Preisen überhäuft, unter anderem 1999 mit dem erstmals verliehenen Weltliteraturpreis und 2002 mit dem Ritterschlag der französischen Ehrenlegion. Mit dem *Vorleser* erreicht erstmals ein deutsches Buch Platz eins der New-York-Times-Bestsellerliste. Schlink avanciert zu einem der international bekanntesten deutschen Autoren. *Der Vorleser* wird in 37 Sprachen übersetzt und erreicht weltweit eine Auflage von über sieben Millionen Exemplaren.

Der Roman handelt vom Heidelberger Michael Berg und der ehemaligen KZ-Aufseherin Hanna Schmitz, die zwar ein eher unglückliches Liebespaar abgeben und somit erneut in der Kategorie „amour fou“ landen, es aber mittlerweile zur Schullektüre und damit vom Bestseller zum Longseller geschafft haben.

Die Schauplätze der Handlung lassen sich genau bestimmen, obwohl auf Heidelberg nicht ausdrücklich verwiesen wird. Michael wohnt in der Blumenstraße, Hanna in der Bahnhofstraße. Die namenlose Stadt, in der die beiden leben, liegt in der Rheinebene und zwar in der Nähe des Odenwalds, wie sich aus ihrer Fahrradtour nach Bad Wimpfen, Amorbach und Miltenberg ergibt. Als Orte in der Umgebung werden Eppelheim und Schwetzingen sowie Kirchheim und Nussloch genannt. Weitere markante Schauplätze sind das Thermalbad, der Heiligenberg, die Heiliggeistkirche, die Michaelsbasilika und der Bismarckturm sowie das Neuenheimer Feld und der Bergfriedhof. Alle diese Angaben weisen auf Heidelberg hin.

Heidelberg kommt ihm einmal, als er sich an seinen Vater, den Philosophieprofessor erinnert (Schlinks Vater war Professor für Theologie), so weltfern wie ein Gemälde vor: „Ich habe zwei Arbeitszimmer meines Vaters erlebt. Die Fenster des ersten, in dem Hanna die Bücher mit dem Finger abgeschritten hat, gingen auf Straßen und Häuser. Die des zweiten gingen auf die Rheinebene. Das Haus, in das wir Anfang der sechziger Jahre gezogen und in dem meine Eltern wohnen geblieben sind, als wir Kinder groß waren, lag über der Stadt am Hang. Hier wie dort weiteten die Fenster den Raum nicht in die Welt draußen, sondern hängten diese in das Zimmer wie Bilder.“ Heidelberg sieht also aus wie gemalt. Die weltweit bekannte Stadtansicht vermittelt den irrealen Eindruck eines Kunstwerks.

Deutsch-deutsche Spurensuche

Im Jahr 2000, als Autor von Weltruhm, legt Schlink den facettenreichen Prosa-Band *Liebesfluchten* vor. In einer der sieben eindrucksvollen Erzählungen, die von Männern auf der Suche nach Liebe handeln, von Männern, die aus scheinbar intakten Berufs- und Familienkonstellationen ausbrechen, schildert ein zwischen West- und Ostberlin streunender Intellektueller, wie neugierig er auf Menschen und Beziehungen ist. Diese Neugier auf Menschen, Beziehungen und Ortswechsel kennzeichnet auch die anderen Helden Schlinks, denen Heimatverbundenheit fremd zu sein scheint und die alles Gewohnte im Leben in Frage stellen. Schlinks Figuren stehen meist ein wenig außerhalb des Mainstream oder können sogar – wenn sie nicht so erfolgreich wären – als Aussteiger gelten. Sie präsentieren eine analytisch-kritische bis romantisch-utopische Sicht der modernen Gesellschaft.

Im Jahr 2001 erschien mit *Selbs Mord* der dritte und letzte Teil der Detektivserie. Dieser beginnt mit Klinik Speyerer Hof, Ehrenfriedhof, Bierhelder Hof und Kohlhof, spielt aber vor allem in Schwetzingen, Mannheim, Berlin und Cottbus. *Selbs Mord* bildet den Abschluss der Selb-Trilogie und erzählt vom alternden Privatbankier Weller und dem alternden Privatdetektiv Selb. Dieser beginnt nach seiner Entlassung aus dem Krankenhaus tatenfroh: „Der Emmertsgrund liegt oberhalb von Leimen am Hang. Die schönen Apartments im Augustinum gehen nach Westen und haben den Blick in die Rheinebene, wie die schönen Krankenzimmer im Speyerer Hof. Am Fuß des Bergs liegt eine Zementfabrik und stößt feinen, hellen Staub aus". Die Geschichte endet jedoch in Müdigkeit und Resignation: „Das Ende der Geschichte? Sie war zu Ende. Es hingen keine Schicksalsfäden mehr lose herum. Aber auch wenn mir klar war, dass am Ende einer Geschichte nicht die Gerechtigkeit siegen muss – dass Welker so davonkommen sollte, während Ulbrich im Gefängnis saß und Schuler und Samarin unter der Erde lagen, mochte ich nicht als Ende akzeptieren, und wieder quälte mich die Ohnmacht, nichts mehr tun, nichts mehr in Ordnung bringen zu können."

Gesellschaftliches Engagement als Erfolgsrezept

Autor und Anwalt Schlink möchte also die Welt in Ordnung bringen. Das ist äußerst selten in der heutigen Literatur. Dennoch zählt Bernhard Schlink zu den erfolgreichsten deutschsprachigen Schriftstellern. Marcel Reich-Ranicki stieß im Literarischen Quartett sogar ein Stoßgebet aus: „Gott geb's, dass wir mehr so fabelhafte Autoren hätten wie Bernhard Schlink!"

Schlinks Erfolg hat gute Gründe: Seine unterhaltsamen, überzeugenden und temporeichen Geschichten verbinden inhaltliche Substanz sowohl mit gesellschaftlicher Relevanz als auch mit sprachlicher Eleganz getreu dem Motto „Das Richtige ist einfach", wie die New Yorker Jüdin Sarah in seiner Erzählung *Beschneidung* sagt.

Bernhard Schlink gelingt es, seinen ambitionierten Romanen durch ein gesellschaftskritisches Hintergrundthema zusätzliche Tiefe zu geben. Im *Vorleser* geht es vordergründig um die ungewöhnliche Liebesaffäre zwischen Michael und Hanna, während gleichzeitig die Banalität des Bösen in der Nazi-Diktatur und die Frage der persönlichen Schuld thematisiert werden. In der Gerhard-Selb-Serie schwappt immer wieder Selbst belastende Vergangenheit als Nazi-Staatsanwalt an die Oberfläche. In *Selbs Betrug* geht es außerdem um die linksterroristische Szene in Heidelberg Ende der sechziger, Anfang der siebziger Jahre des vorigen Jahrhunderts. Und in *Selbs Mord* begegnen uns die deutsch-deutsche Vergangenheit und die Folgeprobleme der Wiedervereinigung und EU-Ost-Erweiterung. Die Neugier Selbs verhindert dabei Heimatverbundenheit.

Schlinks überaus stimmige, gut komponierte und folgerichtige Romane zeichnen sich durch ein dichtes Milieu und viel Atmosphäre aus. In der Selb-Trilogie lernen wir einen bejahrten Bonvivant kennen, der mit seinen Altersgebrechen und den verpassten Chancen seines Lebens hadert, aber immer noch ein Gespür für attraktive Frauen hat. Aus dieser von fröhlicher Lebenstüchtigkeit überzogenen inneren Unzufriedenheit mit seiner vor langer Zeit gescheiterten Karriere als Staatsanwalt und mit seiner vor langer Zeit verunglückten Ehe bezieht der mittlerweile verwitwete Privatdetektiv seine persönliche Motivation für seine Arbeit und Umtriebigkeit.

So wie Selb das Verbrechen als Korrekturversuch ansieht, ist er ebenfalls bemüht, Lücken seines Lebens zu schließen, indem er beispielsweise die junge Terroristin in *Selbs Betrug* umsorgt wie eine Tochter, die er zu seinem Bedauern nie hatte. Corrigé la fortune betreibt Selb, indem er in *Selbs Justiz* den Vorstandsvorsitzenden der Rheinischen Chemiewerke, Ferdinand Korten, der anders als er trotz seiner Nazi-Vergangenheit Karriere machte, in den Tod stürzt, nachdem dieser ihn als Werkzeug für zwei Morde missbraucht hatte. Selbs privates Anliegen besteht wie bei vielen literarischen Privatdetektiven darin, die gestörte Ordnung der Welt wieder herzustellen. Aus Liebe zur Gerechtigkeit verstößt Selb gegen den Ehrenkodex aller Privatdetektive, möglichst keine Gewalt anzuwenden, schon gar keine Selbstjustiz auszuüben, keinen Betrug zu begehen, weder gegenüber dem Auftraggeber noch gegenüber der Polizei, und vor allem niemanden umzubringen. Gegen all diese Regeln verstößt Selb – und die Leser sind trotzdem voll auf seiner Seite.

Gerechtigkeit mit literarischen Mitteln

Das Vergnügen, das der Autor Schlink beim Schreiben dieser Weltberichtigungsliteratur verspürt haben muss, empfindet auch der Leser bei der Lektüre. Schlinks Krimis lösen das Versprechen guter Literatur ein: bewegend und auf angenehme Weise belehrend zu sein, erheiternd und zugleich erfahrungserweiternd, indem sie Aktion und Reflexion meisterhaft verbinden. Mit seinem jüngsten Roman *Die*

Heimkehr begibt er sich allerdings auf dünnes Eis. In ihm geht es wie beim *Vorleser* um die zentrale Frage der deutschen Identität seit 1945: um die Frage von Schuld und Verantwortung für die Verbrechen während der Jahre 1933 bis 1945. Schlink macht es sich dabei nicht leicht, wenn er dem Leser seine Überzeugung näher bringen will, dass jedem einzelnen Täter, Mittäter und Mitläufer der Nazi-Diktatur Gerechtigkeit widerfahren soll. Er lehnt pauschale Urteile und allgemeine Vorurteile ab und zwingt den Leser, sich detailliert mit dem Schicksal und den Motiven von Hanna Schmitz aus dem *Vorleser* und von Johann Debauer aus der *Heimkehr* auseinander zu setzen. Zu beiden Romanen meldeten sich Literaturkritiker zu Wort, die Schlink vorhielten, Nazi-Verbrechen zu verharmlosen und die Täter – zumindest die beiden dargestellten – reinwaschen zu wollen. Doch Schlinks Anliegen scheint einige Kopfschmerzen wert.

Aufarbeitung deutscher Vergangenheit

Gegen den Pauschalvorwurf der deutschen Kollektivschuld, und ganz anders als Günter Grass in seinen juvenilen Danzig-Geschichten, legt der Staatsrechtler Schlink sein juristisch geschultes Augenmerk auf die Aspekte persönlicher Unschuld bei offenkundig schuldig gewordenen Nazi-Tätern. Schlink beharrt auf der für den Laien oft nur schwer nachvollziehbaren Einzelfallgerechtigkeit, die auch dem schlimmsten Verbrecher noch mildernde Umstände zubilligt und sich bemüht den Umständen seiner Untaten Verständnis entgegenzubringen. Schlink macht angebliche Monster wieder zu Menschen.

Deshalb hat Schlink im August 2006 wohl auch Verständnis aufgebracht für die Grass'sche Mischung aus Stolz und Scham, Trotz und Ehrgeiz, die zu seinem Verschweigen begangener Fehler führte. Grass' spätes Bekenntnis seiner freiwilligen Mitgliedschaft in der Waffen-SS als 17-Jähriger zeigt, wie anfällig viele aus dem Jahrgang 1927 waren, der bereits weitgehend in der Nazi-Ideologie sozialisiert war – auch das ein Indiz für den totalitären Bann der Nazi-Diktatur, der selbst die Sensibelsten und Intelligentesten fehlleiten konnte. Doch überrollt werden von den Geröllmassen der deutschen Geschichte, wie Grass sich rechtfertigte, konnte nur derjenige, der in ihnen nichts Böses argwöhnte, sondern auf diesen Brocken möglichst schnell nach oben klettern wollte. Sophie Scholl und andere Tapfere haben bewiesen, dass Grassens Affinität zu den Mächtigen kein unabwendbares Schicksal für alle sein musste. Anders als Günter Grass in seiner altersmilden Biografie rechnen dagegen Schlinks Nazi-Täter intensiv und offensiv mit ihrer Vergangenheit ab und ziehen die nötigen Schlüsse daraus: Selbstmord (Hanna) oder offenes Bekenntnis zur Nazi-Ideologie (Johann). Freilich haben es literarische Figuren auch viel leichter, mutig zu sein.

Heimat und Heimweh

Neben dem großen deutschen Nazi-Thema geht es in Schlinks teilweise autobiografischem Roman *Die Heimkehr* auch um die Leiden des Heimwehs. Heimweh bezeichnet er als „eine Krankheit, die tödlich sein kann". Erzählt wird die Geschichte von Peter Debauer, und zwar in einer Ich-Perspektive. Sein Großvater berichtet ihm in seinen Lebenserinnerungen von Auswanderern, die an Heimweh gestorben sind. Auch den Großvater hatte es ins Ausland, die Schweiz, verschlagen und natürlich litt er als Deutscher im Ausland unter Heimweh. Peter Debauers Vater sei im Krieg gefallen, erzählen ihm Mutter und Großeltern, in deren Wohnzimmer ein Bild von ihrem Sohn hängt, das ein Porträt des Autors sein könnte: „Ich fand Intelligenz, Entschlossenheit und ein bisschen Arroganz in seinem Gesicht, aber vielleicht nur, weil ich diese Eigenschaften selbst gerne haben wollte."

Das andere große Thema des Großvaters neben dem Heimweh ist die Gerechtigkeit. Dieser will sich Enkel Peter nach dem Unfalltod der Großeltern widmen. Dazu verlässt er Freundin und Kind sowie seine Heimatstadt Mannheim und geht nach Amerika. Doch vor dem Abflug merkt er plötzlich: „Ich hatte Angst vor der Fremde, die mir auf einmal über alle Maßen bedrohlich erschien, und vor dem Verlust des Gewohnten und Vertrauten, das mir auf einmal so richtig, mir so gemäß und so gewogen vorkam. Ich hatte Großvaters Heimweh, bevor ich auch nur gebrochen war."

Als Peter Debauer aus San Francisco zurückkehrt, wo er eine dreimonatige Ausbildung zum Masseur absolvierte, sieht er Deutschland mit anderen Augen. Die Weststadt erscheint ihm als Schauplatz der Unbehaustheit. „Auf dem Flug nach Deutschland spielte ich mit Plänen für ein Leben als Masseur in Kalifornien. Auf der Bahnfahrt vom Flughafen in meine Heimatstadt, einer Fahrt durch eine akkurat zersiedelte Landschaft, vorbei an aufgeräumten Städten mit ordentlich verputzten Häusern, gepflegten Vorgärten, kleinlichen Zäunen und regennassen, sauber glänzenden Straßen wurde mir verzweifelt bewusst, wie falsch diese Welt war und dass ich noch ein Teil von ihr war und sie nicht verlassen konnte."

Heidelberg – die schöne Schwester Mannheims

Der junge Peter Debauer befindet sich weiter auf Identitäts- und

Heimatsuche und fühlt sich in Mannheim nicht zu Hause. Er findet schnell eine Stelle als Lektor in einem rechtswissenschaftlichen Verlag, dessen Sitz sich in der Nachbarstadt Heidelberg befindet. Dorthin zieht er um: „Nachdem ich mich in der Wohnung eingerichtet hatte, richtete ich mich in der Stadt ein. Ich kannte sie; die Nachbarstadt war die schöne Schwester meiner hässlichen Heimatstadt, und schon als Schüler fuhren wir in die schicke Altstadt, in deren Cafés, Bars und Kellern mehr los war als bei uns. Freunde sind zum Studium dorthin gezogen; die Universität ist älter und angesehener und hätte auch mich gelockt, wenn ich nicht an der Heimatuniversität schon früh eine Stelle als studentische Hilfskraft bekommen hätte. Ich bin, um mich in der Stadt einzurichten, auf die Märkte gegangen, jeden Samstag auf einen anderen. Es waren Märkte, auf denen neben einigen Händlern viele Bauern aus der Umgebung ihre Stände hatten, kleine Stände, an denen sie selbst oder ihre Frauen oder Omas Obst und Gemüse verkauften, Honig, selbst eingekochte Marmelade, selbst gekelterten Fruchtsaft. Natürlich waren auf jedem Markt andere Stände. Aber das Angebot war ähnlich, das Bild, der Geruch, die Rufe, die im breiten Dialekt den Mangold oder die frischen Erdbeeren anpriesen. Das Publikum war verschieden und ließ mich die verschiedenen Stadtteile kennenlernen: hier ein geschlossen kleinbürgerliches Viertel der Alteingesessenen, da eines, in dem die Häuser immer gepflegt und erhalten worden waren und alter und neuer Wohlstand nebeneinander wohnten, da ein Viertel im Wandel, neben grauen Häusern und kleinen Betrieben schmucke, sanierte Wohnhäuser und verkehrsberuhigte Straßen mit natursteinbelegten Kreuzungen. Es war das Jahr 1980, und die Städte kehrten von der Bau- und Zerstörungswut der 50-er bis 70-erJahre, zu einer gewissen Achtung vor sich selbst zurück. Das Viertel um den Friedrichsplatz war ein solches Viertel im Wandel. Von den freistehenden Häusern, manche mit Renaissance- und Jugendstilelementen, waren einige schon saniert. Bei den älteren, schlichteren Häusern in geschlossener Bauweise dauerte es länger, standen hier und da aber Gerüste. Auch die zweitürmige Jesuskirche aus rotem Sand- und gelbem Backstein thronte so schmuck über den Kastanien, den Marktständen und dem Treiben auf dem Platz, dass sie noch nicht lange gesäubert sein konnte. Die Straßen vor der benachbarten Schule waren schon verkehrsberuhigt, und die anderen waren in Einbahnstraßen verwandelt worden, deren verwirrendes Netz die Autofahrer abschrecken sollte. Ich hatte auf dem Markt eingekauft und saß in einem Restaurant am Markt, das Tische und Stühle auf den Bürgersteig stellte."

Heidelbergs Weststadt als geheimnisvoller Schauplatz
Für den Weststädter ist leicht erkenn- und überprüfbar, dass es sich um den Wilhelmsplatz und die Bonifatiuskirche handelt. Das wird im nächsten Abschnitt noch deutlicher, in dem Peter Debauer dem Helden der Kriegsheimkehrerromane, dem er auf der Spur ist und der sich später als sein Vater herausstellt, einen Schritt näher kommt: „Im Traum kam ich von weit her, wie Karl, lief verwundert durch die Straßen einer Stadt, auch wie Karl, ging wie er über einen Markt und stand wie er vor einem massigen, düsteren, abweisenden Haus aus rotem Sandstein. Dann wachte ich auf und wusste, dass ich das Haus kannte. Dass ich am Markt gesessen und es gesehen, nur nicht beachtet hatte. Ich fuhr nach der Arbeit hin. Die Straße, die am Friedrichsplatz entlangführt, heißt nicht Kleinmüller-, sondern Kleinmeyerstraße, und das Haus trägt nicht die Nummer 58, sondern 38. Aber der rote Sandstein, die Gefängnistür, der Kanonenbalkon und die Schießscharten stimmen. Das Haus ist düster und fällt nicht ins Auge, seine Front zeigt nach Osten."

So hat es Karl in seinem Groschenroman der fünfziger Jahre beschrieben, so hat es Peter Debauer in den achtziger Jahren bestätigt und so stimmt es auch heute noch – bis auf den Straßennamen: Es handelt sich um das Haus an der Kleinschmidtstraße 38, Ecke Willhelmstraße, direkt am Wilhelmsplatz mit Blick auf die beiden Türme der Bonifatiuskirche. Das markante Haus Nummer 38 könnte zwischenzeitlich saniert worden sein, denn es wirkt keineswegs düster. Eines der Namensschilder zeigt auch nicht den Namen Bindinger, wie bei Schlink, sondern Weidinger. Doch man sieht: Anders als beim *Vorleser* liegen die Beschreibungen Heidelbergs in der *Heimkehr* bis ins Detail nachprüfbar vor.

Heimelichkeit wäre eine peinliche Schwäche
In diesem Haus trifft Peter Debauer seine spätere Frau Barbara Bindinger, die eine noch größere Unruhe und Unbehaustheit auszeichnet als ihn. Bereits am Mittwoch plant sie den Ausflug für das Wochenende, weil sie kein einziges Wochenende zu Hause verbringen kann. Folgender Dialog entspannt sich zwischen den beiden, der die Unbehaustheit und die Bindungsunfähigkeit der jungen Generation kennzeichnet: „Am Mittwoch rief Barbara mich im Büro an, um Pläne fürs Wochenende machen. ‚Lass uns nach Basel fahren. Ich war als Kind mit den Eltern dort und mag es und möchte es dir gerne zeigen.'
‚Ja, ich mag Basel auch. Aber es wird am Wochenende regnen, und bei Regen sind alle Städte grau. Es gibt so vieles, was wir hier noch

nie gemacht haben, und wenn du davon nichts machen willst, backen wir Plätzchen. In sechs Wochen ist Weihnachten.' ,Du weißt, dass ich am Wochenende nicht hier bleiben will.' ,Seit wir uns kennen, sind wir am Wochenende weggefahren.' ,Weil wir beide wegfahren wollten. Oder wolltest du etwa nicht?' Ich hörte in ihrer Stimme wieder die Anspannung und wollte nicht noch mal erleben, wie sie sich entlud. ,Doch, es waren wunderschöne Wochenenden.' ,Dann ist ja alles klar. Wir sind zusammen weggefahren, weil wir zusammen wegfahren wollten. Wenn du hier bleiben willst und ich wegfahren will, bleibst du hier und ich fahre weg. Ich rufe dich am Montag an.' Sie legte auf."

Heimatlosigkeit als Lebensgefühl des Intellektuellen
Peter verbringt seit langem wieder ein Wochenende allein zu Haus. Er räumt auf und kramt in seinen Materialien zu Karls Geschichte. Als Barbara zurückkommt, gesteht sie Peter, dass sie verheiratet ist: „'Er ist Journalist, Amerikaner, ständig unterwegs, und richtig zusammengelebt haben wir nie. Wir haben eigentlich auch nicht heiraten wollen. Was für einen Sinn sollte das machen, er heute da und morgen dort und ich in Deutschland, wo er nicht mal die Sprache spricht. Aber dann dachten wir, dass das eben unser Leben ist: unstet, unbehaust, ungesellig und dass wir, wo immer wir sind, immerhin einander haben wollen. Weißt du, ich war wirklich immer unstet, auch als ich in Deutschland gelebt habe, schon als ich ein Kind war.' Ich lächelte sie an. ,Immer schon am Wochenende weggefahren?' Sie lächelte zurück. ,Immer schon.' Ich wollte nicht drängen, aber dann hielt ich's nicht länger aus und fragte: ,Was möchtest du? Dass er wieder in dein Leben kommt? Dass er in ihm bleibt?' Sie sah mich ratlos an. ,Ich weiß es nicht. Ich wollte nicht, dass es mit dir... Es ist einfach passiert und es ist schön, ich kann nicht fassen, wie schön es ist. Zugleich...' Sie schüttelte wieder den Kopf. ,Ich weiß nicht mehr, wer ich bin. Bin ich gar nicht die unstete, unbehauste, ungesellige Person, die ich immer dachte? Bin ich am Ende wie alle anderen? Mit Sehnsucht nach Haus und Garten und Hund und Freunden und Kindern und Mann und danach, Tag für Tag nach Hause zu kommen, es zu Hause kuschelig zu haben? Ich will das nicht. Ich hasse es und habe es immer gehasst.'

Nicht mal Heidelberg wird ihm zur Heimat
Ähnlich intensiv wie Barbara scheint Autor Schlink das altbackene Gefühl der Heimatliebe zu hassen, die kleinbürgerliche Sehnsucht nach Heimeligkeit und das bäurische Klammern an die Scholle –

wenn auch intellektuell verbrämt. In seinem mehrmals publizierten Vortrag *Heimat als Utopie* schreibt Schlink: „Von Sören Kierkegaard bis Sartre ist die existenzialistische Erfahrung die des *ex-sistere*, des Heraustretens aus allen vorgegebenen Zusammenhängen, Ordnungen und Ortungen des Seins, die Erfahrung der ortlosen Vereinzelung und Einsamkeit vor Gott oder dem Nichts. Den Ort, die Heimat, die die bürgerliche Gesellschaft, die Nation, die kirchlichen oder kulturellen Institutionen, die Familie und die Ehe versprechen, als Illusion zu erkennen, stiftet denn auch die Berührungen zwischen marxistischer und existenzialistischer Erfahrung. Von ihr geprägt war Ortlosigkeit in diesem Jahrhundert und besonders nach dem Zweiten Weltkrieg lange die intellektuelle Erfahrung schlechthin. So sehr Heimat auf Orte bezogen ist, Geburts- und Kindheitsorte, Orte des Glücks, Orte, an denen man lebt, wohnt, arbeitet, Familie und Freunde hat – letztlich hat sie weder einen Ort noch ist sie einer. Heimat ist Nichtort, Heimat ist Utopie. Am intensivsten wird sie erlebt, wenn man weg ist und sie einem fehlt; das eigentliche Heimatgefühl ist das Heimweh. In der Zukunft, in der die Dimensionen des Lebens immer globaler werden, wird jeder Ort des Lebens verrückt werden können und sich kein Ort des Lebens von selbst verstehen. Bis auf den Ort der Geburt und den Ort der Kindheit.“

Bernhard Schlink glaubt nicht an die Magie des Ortes und schon gar nicht an den Mythos Heidelberg. Für ihn ist jeder Ort austauschbar und beliebig; reiner Zufall, wo ich geboren wurde und wo ich aufgewachsen bin. Ein großer Geist existiert unabhängig von Raum und Zeit. Heimat ist nirgendwo und gleichzeitig überall. Für Schlink freilich liegt die Heimat nicht einmal in Heidelberg. Darin zeigt sich die transzendentale Obdachlosigkeit des freischwebenden Intellektuellen.

Professor Faustus

Bernhard Schlink wird in seinem neuen Roman *Die Heimkehr* dem Image des feinsinnig-intelligenten Autors gerecht, der die Kunst beherrscht, Alltagssituationen ins Philosophische zu überhöhen und dabei spannend und unterhaltsam zu sein. Es sind keine intellektuell abgehobenen Reflexionen, die seine Helden anstellen, sondern ganz handfeste Problemlösungen mit überraschendem Ausgang.

Schlinks Roman *Die Heimkehr* stellt jedoch eine literarische und eine politische Provokation dar. Er entwirft ein Szenario, das zeigen soll: Das Böse steckt in uns allen und wir sollten uns nicht erheben über andere, die in extremen Situationen Verbrechen begangen haben. Wie in seinem Weltbestseller *Der Vorleser* geht es in *Die*

Heimkehr um eine Abrechnung mit dem individuellen Fehlverhalten ehemaliger Nazi-Täter.

Schlink möchte in *Die Heimkehr* dem Nazi-Propagandisten Johann Debauer alias John de Baur gerecht werden und sie aus ihrem Charakter und ihrer persönlichen Lebenssituation verstehen und die verborgenen Sehnsüchte hinter ihrer misanthropen Weltsicht aufdecken. Schlink breitet dazu seitenweise Nazi-Ideologie aus: den lebensphilosophischen Sozialdarwinismus, der jegliches Verbrechen als biologisch gerechtfertigt erscheinen lassen soll. Das ist nicht nur tollkühn, sondern auch politisch äußerst gefährlich. Schlink tut es, um ein Tabu der deutschen Nachkriegsgesellschaft zu brechen: die Beschäftigung mit dem Bösen in uns, das zu den von ihm beschriebenen Grausamkeiten wie Vergewaltigung, Folter und Mord bis hin zum Völkermord führen kann. Er tut es also in kritischer Absicht, aber auf eine irritierende Weise. Wer kein eingefleischter Schlink-Fan ist, könnte versucht sein, das Buch angewidert wegzulegen.

Kitschsprache als Sehnsuchtssignal

Der zweite Grund, *Die Heimkehr* voller Ekel in die Ecke zu werfen, könnte im literarischen Absturz in die ansteckende Kitschsprache eines seitenweise dargestellten Heimkehrerromans liegen, der eben von jenem Johann Debauer stammt, der sich am Ende als der vom Helden sehnsüchtig gesuchte Vater herausstellt. Die sprachlichen Klischees und gefühlsbetonten Übertreibungen, denen sich der Ich-Erzähler Peter Debauer bedient, erfüllen bei Schlink jedoch eine erzählerische Funktion: Sie untermauern die dargestellte intellektuelle Orientierungslosigkeit des Helden und seine soziale Verantwortungsunfähigkeit als Folge seiner Vaterlosigkeit. Der Kitsch in der Beschreibung seiner zahlreichen Freundinnen entsteht aus der Sehnsucht nach einem Gefühl, das er nicht empfinden kann: Liebe.

Vater und Sohn Debauer, zwei faszinierend ambivalente Antihelden, scheuen beide davor zurück, Gefühle zu empfinden, dauerhafte Beziehungen einzugehen und Verantwortung für ihre Handlungen zu tragen. Sie schlittern haltlos und ohne Ziel durchs Leben, darin Homers Odysseus ähnlich, der das Leitmotiv des Romans liefert. Viel eher jedoch als eine postmoderne Odyssee schreibt Schlink einen neuen urdeutschen *Faust*. So wie Thomas Mann in *Doktor Faustus* die Nazi-Diktatur mit dem Schicksal des Komponisten Adrian Leverkühn verschmilzt, so entwickelt Schlink die Faszination des Bösen aus dem Innern des dämonischen Nazi-Demagogen Debauer. Der Vater, der als Juraprofessor in New York lehrt, überzeugt den Sohn trotz seiner ihn kränkenden Verantwortungslosigkeit und Menschenverachtung gerade als Abenteurer, Charmeur und Verführer. Da Schlink philosophisch fundierter und politisch radikaler als Thomas Mann vorgeht, gelingt ihm im gewagten Porträt Johann Debauers ein abgründig verstörender *Professor Faustus*.

Die Bösartigkeit banaler Bürger

Schlink personalisiert auf riskante Weise den Nationalsozialismus in Hanna und Johann, um dem Leser vor Augen zu führen, dass man es sich zu einfach macht, wenn man die Nazi-Zeit nur pauschal verurteilt. Er zwingt uns, einzelne Schicksale zu beurteilen und zu erkennen, dass wir alle anfällig für das Böse sind, für unmenschliche Machtausübung, wenn man uns nur die Macht dazu gibt. In beiden Fällen stattet er die zweifellos Schuldigen und im Fall von John de Baur sogar lebenslang Unverbesserlichen mit sympathischen Zügen aus, sodass der Leser in seinem Urteil schwankt, sich in diese Figuren hineinversetzt, sich mit ihnen identifiziert und sie als normale Menschen, nicht als Monster, wahrnimmt.

Die Banalität des Bösen wird erfahrbar in zwei Menschen, die fehlbar sind und anfechtbar handeln, wobei Hanna ihre Schuld selbst erkennt und sich umbringt, während Johann uneinsichtig und unbehelligt bleibt. Wegen des für Gerechtigkeitsfanatiker schwer erträglichen Schlusses hinterlässt *Die Heimkehr* ein tiefes Unbehagen, das jedoch wegen des durch den Roman geschärften historischen Bewusstseins und dank der erinnernden Reproduktion von Krieg und Terror in der literarischen Fantasie der zitierten Groschenromane auch bei Nachgeborenen schockartige Erkenntnisprozesse anstößt. Diese erkenntnisfördernde Qualität von Schlinks Prosa besitzt in der zeitgenössischen deutschen Literatur Seltenheitswert. Nur wenigen Vollzeit-Autoren eignet Schlinks thematisches Gespür und konstruktive Eleganz.

Unpopuläre Zumutungen für den Leser

Das Unbehagen des Lesers hängt mit der Unlösbarkeit des Problems zusammen, das einen offenen Schluss erfordert. Nach Peter Debauers Heimkehr liegt sein Leben im Schatten einer offenen Wunde, da er es nicht geschafft hat, seinem Vater dessen Versäumnisse in der Erziehung und dessen Verbrechen in der Nazi-Zeit vorzuhalten. Gleichwohl überzeugt dieser wenig bestsellertaugliche, viel zu intellektuelle Schluss: Da er auf die Konfrontation zwischen Vater und Sohn verzichtet, beendet er den ewigen Kreislauf aus Gewalt und Schuld, Rache und Rechtfertigung und blickt in die Zukunft, ohne die Vergangenheit zu vergessen. Die gewaltfreie Lösung vermeidet den blutigen Ernst eines hollywoodmäßigen Showdowns und plädiert für die friedliche Koexistenz unterschiedlicher Optionen und Denkmodelle.

Ob diese philosophische Lebenseinstellung für die Mehrheit der Menschen taugt, mag angesichts andauernder Konflikte und der von Schlink dargelegten anthropologischen Neigung zum Opportunismus und zum Machtstreben bezweifelt werden. Dennoch: Der Beweis, dass der Mensch zum Bösen neigt und zur Bestie taugt, ist keine Rechtfertigung für menschenverachtendes Verhalten, dessen sich Peters Vater zum Schluss schuldig macht. Auch wenn der Mensch böse ist, ist das noch nicht hinnehmbar. Der Roman räumt in der Schilderung des entlarvenden Menschenexperiments illusionslos mit menschenfreundlichen Mythen auf. Der Leser muss die notwendige Schlussfolgerung selbst ziehen: unmenschliches Verhalten durch Erziehung und Bewusstmachung zu verhindern. Das Ende *Der Heimkehr* ist eine böse Fantasie, die verhindern will, dass das Böse siegt: drastische Aufklärung durch realitätsnahe Schocks und bodenloses Denken eines intellektuellen Abenteurers.

Keine Heimat, nirgends – außer in der Literatur

Auch die Sehnsucht nach Heimat erfährt in *Die Heimkehr* eine unpopuläre Abfuhr. Nach Schlinks Überzeugung überwiegen im Menschen der Drang zum Neuen und zum Reiz des Unbekannten sowie der Wunsch nach Freiheit und Abwechslung bei weitem das Bedürfnis nach Vertrauen und Vertrautheit, emotionaler Bindung und ewiger Treue, Gewohnheit und Sicherheit. Obwohl am Ende des Romans Peter Debauer heimkehrt und es so aussieht, als ginge dieser moderne Odysseus nie wieder fort, hat man nicht das Gefühl, dass das Problem für die Protagonisten gelöst ist. Dieser versöhnliche Schluss, der den Vater verschont, hat viele Leser unangenehm berührt und viele Kritiker, auch wegen der rechtsradikalen Theorien Johanns und seiner menschenverachtenden Versuche, moralisch verstört.

Die Feuilletonisten haben bis auf wenige Ausnahmen kein gutes Haar an *Die Heimkehr* gelassen, fanden den Stil kitschig, den Plot mit zu viel Styropor verstopft und die Aussage fragwürdig – doch bei seiner einzigen Lesung in Heidelberg am 11. Mai 2006 klebten mehr als 400 begeisterte Fans an Schlinks Lippen und straften all seine kritischen Kritiker mit anhaltendem Applaus Lügen.

Schlinks Literatur kann „uns der Wirklichkeit vergewissern, der Welt und der Zeit und unseres Ortes darin", wie Schlink in seiner Dankesrede für den Hans-Fallada-Preis über die Literatur im Allgemeinen sagte. Zumindest die Literatur birgt für ihn also doch so etwas wie Heimat – Ankerpunkt, Experimentierfeld und Auskunftsmedium.

MICHAEL SANTAK

Glückskind Friedrich Ebert

Vor 135 Jahren, als es noch keine Autos, keine Elektrogeräte und keine Weltkriege gab, am 4. Februar 1871, wurde in Heidelbergs Pfaffengasse, zwischen Heiliggeistkirche und Alter Brücke, ihr berühmtester Sohn, der spätere SPD-Vorsitzende, Reichskanzler und Reichspräsident Friedrich Ebert in ärmlichsten Verhältnissen geboren. 54 Jahre später, am 5. März 1925, also vor rund 81 Jahren, wurde nach seinem unerwarteten Tod mit ihm der höchste Amtsträger des deutschen Staates auf dem Heidelberger Bergfriedhof beerdigt.

Friedrich Ebert ist auch heute noch überaus populär und lebendig. Alljährlich pilgern rund 60.000 Menschen aus aller Welt in Eberts Geburtshaus, das 1989 zur Gedenkstätte ausgebaut wurde. Einige Historiker messen ihm sogar eine derart entscheidende Funktion in der deutschen Geschichte zu, dass sie meinen, wenn Friedrich Ebert nicht so früh gestorben wäre, wäre uns die Machtergreifung des Diktators Adolf Hitler und damit der Zweite Weltkrieg erspart geblieben.

Märchenhafte Karriere

Bewundernswert vor allem sein Aufstieg vom Sattlergesellen zum mächtigen Partei- und Staatslenker. Auf diesen schier unglaublichen, klassenüberspringenden Aufstieg in den „Adel der Edlen“ wies Willy Hellpach, der badische Staatspräsident, bei Eberts Beerdigung nachdrücklich hin: „Nun empfängt ihn die Erde dieser wundervollsten aller deutschen Begräbnisstätten, des Bergfriedhofs zu Heidelberg. Du aber, Friedrich Ebert, indem wir dich in diese erlauchte Totenstadt geleiten, bist unter den Edlen des Geistes kein Fremdling und kein Eindringling. Du gehörst zu ihnen, nicht weil diese Stadt dich geboren, nicht bloß, weil dich mit diesen Dahingeschiedenen die Treue und lohnlose Hingabe an eine Idee verknüpft, die euer aller Lebensinhalt war, sondern weil der Adel, der hier bestattet liegt und diese Stätte im Geiste heiligt, kein Adel der Privilegierten, der Geborenen, der Erblichen ist, sondern der Adel derer, die aus sich und durch sich geworden sind, was sie der Menschheit, dem Volke, dem Erkennen, dem Wirken bedeuten. Ja, wir wissen, die weitaus meisten von diesen

Forschern und Denkern sind wie du aus den Häusern kleiner Leute gekommen, wie seither dreiviertel aller Genies und Führer, aller Erlöser und Erzieher der Menschheit aus solchen Häusern kamen. Und hier, wo du dich heute zu ihnen gesellst, ein Ebenbürtiger zu den Ebenbürtigen, angesichts dieser Gräber und dieses Grabes wollen wir das Hohelied der kleinen Leute singen, denen immerdar die Völker den wärmsten Dank für das Beste und Bleibendste, was sie empfingen, zu entrichten haben."

Heidelberger Herkunft

Wie hat Friedrich Ebert es als Sohn eines Schneiders geschafft, vom Sattler zum Staatsoberhaupt aufzusteigen? Wie kam ein Heidelberger Handwerker in die große Berliner Politik? Welche Eigenschaften und Fähigkeiten ermöglichten ihm seinen raschen Aufstieg in allerhöchste Partei- und Staatsämter? Um diese Fragen zu beantworten, hob vor 17 Jahren, am 11. Februar 1989, dem 70. Jahrestag der Wahl Eberts zum Reichspräsidenten, der SPD-Vorsitzende und Bundespräsident Johannes Rau in seiner Festansprache zur Eröffnung der Friedrich-Ebert-Gedenkstätte in Heidelberg hervor, dass Ebert „wie viele spätere Arbeiterführer herkunftsbedingt in bäuerlich-handwerklichen Standestraditionen verwurzelt" war. Der wegweisende Sozialpolitiker Friedrich Ebert habe deshalb – anders als die aktivistisch vorwärts drängenden Klassenkämpfer und Sozialrevolutionäre seiner linken Antipoden Wilhelm Liebknecht und Rosa Luxemburg – „pragmatisch-reformerischer Tagesarbeit den Vorzug" gegeben.

Von Zeitgenossen aller politischen Richtungen wurden immer wieder Eberts volkstümliche Wärme und seine tiefwurzelnde Ehrlichkeit hervorgehoben sowie seine ungewöhnliche Schaffenskraft, wache Intelligenz, zielstrebige Hartnäckigkeit, aber auch seine Kompromissbereitschaft und sein beharrlicher, auf Ausgleich bedachter Pragmatismus in der Tagespolitik, vor allem auch sein Redetalent, das alle Register beherrscht haben soll.

Friedrich Ebert, der Wegbereiter der sozialen Demokratie in Deutschland und Bewahrer der Reichseinheit in schwieriger innen- und außenpolitischer Lage nach verlorenem Ersten Weltkrieg, gibt heute Straßen, Plätzen und Schulen in fast allen Städten Deutschlands seinen Namen. Eine bedeutende politische Stiftung ist nach ihm benannt. Und die Gedenkstätte in Friedrich Eberts Geburtshaus in der Pfaffengasse lockt jährlich 60.000 Besucher nach Heidelberg, darunter 15.000 Schüler in 500 Schulklassen, wie der Geschäftsführer der

Gedenkstätte, Ulrich Graf, berichtet. Ihm ist die Vermittlung von Demokratieverständnis besonders wichtig.

Vorbildliches Leben

Für den Heidelberger SPD-Bundestagsabgeordneten Lothar Binding stellt Friedrich Ebert noch heute ein Vorbild dar. „Der Lebensweg Eberts vom Sattlergeselle zum Reichspräsidenten, sein Engagement, seine soziale Arbeit für die Arbeiterschaft, die den Grundstock für einen Reichtum schafft, von dem sie selbst ihren Anteil nicht erhalten soll – diese Arbeit hat für mich Vorbildfunktion und definiert seine Bedeutung unabhängig vom jeweils ausgeübten Amt", sagt Lothar Binding und ergänzt: „Mit Ebert hatten wir zum ersten Mal in unserer Geschichte ein demokratisch gewähltes Staatsoberhaupt in überparteilicher Funktion. Eberts Ziel, die neue Republik im Bündnis von Arbeiterschaft und Bürgertum zu festigen, war für Teile der Gesellschaft, für den radikalen, primitiven Teil der Presse eine Überforderung. Hämische Kommentare, einseitige Berichterstattung und verhetzende Artikel begleiteten lange Zeit nicht nur Eberts Amtsführung, sondern auch ihn persönlich und sogar seine Frau. Dieser Hetze in Wort und Bild Stand zu halten und seinen Idealen, seinen Grundsätzen und seinem Lebensstil treu zu bleiben – auch dies hat für mich Vorbildcharakter."

Ebert gilt als ein geselliger Genosse, als herzhaft-lebenslustiger Sohn des Volkes und geradezu als Verkörperung des gesunden Menschenverstands. Immer blieb er den kleinen Leuten und dem Gemeinwohl verpflichtet. Auf seinem Grabstein steht „Des Volkes Wohl ist meiner Arbeit Ziel".

Dekoratives Talent

Sogar der Schriftsteller Thomas Mann charakterisierte Friedrich Ebert kurz vor dessen Wiederwahl zum Reichspräsidenten in seiner Rede anlässlich der Feierlichkeiten zum 60. Geburtstag des Dichters Gerhart Hauptmann am 13. Oktober 1922 wohlwollend als angenehmen und repräsentativen Menschen: „Der Vater Ebert zum Beispiel ist mir bekannt. Ein grundangenehmer Mann, bescheiden-würdig, nicht ohne Schalkheit, gelassen und menschlich fest. In seinem schwarzen Röcklein sah ich ihn ein paar Mal, das begabte und unwahrscheinlich hoch verschlagene Glückskind, ein Bürger unter Bürgern, bei Festlichkeiten ruhig-freundlich sein hohes Amt darstellen; und da ich auch dem verwichenen Großherrn, einem dekorativen Talent ohne Zweifel, bei solchem Geschäft das ein oder andere Mal hatte zusehen können, so gewann ich die Einsicht, für die ich Teilnehmer werben möchte, dass Demokratie etwas Deutscheres sein kann als imperiale Gala-Oper." Ebert war demnach ein überaus repräsentabler Reichspräsident und ein Symbol der jungen deutschen Demokratie.

Auch Karl Kautsky, der führende SPD-Theoretiker der damaligen Zeit, hob am 1. März 1925 in seiner Würdigung von Friedrich Eberts Lebenswerk dessen „entschiedene Sachlichkeit und Überlegenheit" hervor, die ihn befähigten, sich jahrelang erfolgreich zu behaupten. „Dabei war Eberts Lage besonders schwierig. Ebert wurde Präsident der Republik in einer Bevölkerung, in der der monarchistische Gedanke noch tiefer wurzelt als sonst wo in Europa. In dieser Situation, in der die Intrigen, die Putsche, die Verleumdungen, die Krisen nicht aufhören, die von den Gegnern der Republik angezettelt werden, bedurfte es außerordentlicher Eigenschaften, um als erster Präsident der Republik ohne jede republikanische Tradition im Reiche nicht nur die bestehende Regierungsform zu erhalten, sondern ihr Ansehen zu mehren, sie immer weiter in Kreisen auch außerhalb des grundsätzlichen Republikanertums als die heute in Deutschland einzig mögliche Staatsform erscheinen zu lassen und sie im deutschen Volksbewusstsein dauernd zu befestigen. Dass ihm dies gelang, darin dürfen wir wohl Eberts größte historische Leistung erblicken."

Eingedenk dieser schwierigen historischen Situation schrieb auch Thomas Mann tief bewegt zum Tod Friedrich Eberts: „Hier endet ein Mannesschicksal, das die Zeit ins ursprünglich ganz Unglaubwürdige, Phantastische trieb, aber keineswegs vermochte, die Persönlichkeit ins Exzentrische zu zerren, sondern mit schlichter Würde, gelassener Vernunft getragen und erfüllt wurde. Meine Sympathie ist grenzenlos."

Zehn Stationen in Friedrich Eberts Leben

1871, 4. Februar: Friedrich Ebert kommt in Heidelberg zur Welt.
1889: Mit 18 Jahren begibt er sich auf Gesellenwanderschaft.
1891: Mit 20 lässt er sich in Bremen nieder.
1894: Mit 23 heiratet er und wird Parteivorsitzender der Bremer SPD.
1905: Mit 34 Jahren Sekretär des SPD-Vorstands in Berlin.
1913: Mit 42 SPD-Vorsitzender.
1916: Mit 45 Vorsitzender der SPD-Reichstagsfraktion.
1918: Mit 47 Reichskanzler.
1919: Mit 48 Reichspräsident.
1925, 28. Februar: Mit 54 Jahren stirbt Friedrich Ebert und wird in Heidelberg beerdigt.

MICHAEL SANTAK

Nachwort: Vom Mythos und der Muse geküsst

Versuche, jemandem den Mythos Heidelberg zu erklären! Wer ihn nicht fühlt, dem kann man ihn nicht begreiflich machen. Der Mythos Heidelberg ist nur völlig unzureichend mit Worten wie *Verklärung, Überhöhung, Idealisierung, Poetisierung* und *Romantisierung* umschrieben. Er ist mehr. Seine spezifische Substanz besteht in der einmaligen landschaftlichen Lage der Stadt, ihrer besonderen historischen Entwicklung und in der speziellen Spannung aus Tradition und Moderne, Altstadt und Universität, Mythos und Aufklärung, Romantik und Fortschritt, Fühlen und Denken.

Der Mythos Heidelberg speist sich aus der Verbindung von Geschichtsverbundenheit und Zukunftsorientierung, überliefertem Weltwissen und avancierter Wissenschaft. Er stellt eine Gegenströmung zu Schnell-Lebigkeit und Oberflächlichkeit dar. Er ist geprägt durch ein kreatives Flair, das man spüren muss, um es zu verstehen. Das märchenhaft Abweichende vom modernen Stadtbild verleiht Heidelberg die süße Lässigkeit südländischer Urlaubsorte.

Diese Besonderheit ist dem Zugereisten und dem Fortgezogenen wohl besonders bewusst, denn Heidelberg fungiert für viele große Geister nur als Durchgangsstation und ewiger Sehnsuchts-Ort. Die passionierten Heidelberg-Fans kommen jedenfalls, wie diese Buchserie beweist, aus ganz Deutschland, von Hamburg bis Füssen.

Dichteste Dichter-Dichte Deutschlands

Für Heidelberg-Enthusiasten gibt es ihn wirklich, den Mythos Heidelberg. Man kann ihn sogar soziologisch dingfest machen. Heidelberg weist die wohl dichteste Dichter-Dichte Deutschlands auf. Nirgendwo sonst gibt es – bezogen auf die Anzahl an Einwohnern – so viele literarisch Aktive. Die berühmte Stadt am Neckar zeichnet sich außerdem durch die meisten Buchhandlungen, die meisten Verlage, die meisten Kinos pro Einwohner und die beste Stadtbücherei der Republik aus. Sicherlich hängt das mit dem rekordverdächtigen Akademikeranteil in der Bevölkerung zusammen – eine weltweit ausgezeichnete Bildungsinsel im morastigen *Pisa*-Sumpf.

Ein beredtes Zeugnis von der Lebendigkeit des Mythos Heidelberg legt dieses dritte Bürgerbuch ab, das sich bestens eignet, die untergründige Literaturszene Heidelbergs in noch nicht publizierten Texten kennenzulernen. Dieses neue Liebhaberbuch enthält aufgestaute Vergangenheit, gewohnte Gegenwart und muntere Zukunft. Kulturhistorisches verquickt sich mit Alltagsmomenten. Studenten, Flaneure und Vagabunden kommen darin ebenso zur Geltung wie Liebende, Träumende und Traurige.

Entdecken Sie das Mehr an Flair!

Doch wie kommt es nun, dass in Heidelberg ein so reichhaltiges intellektuelles und literarisches Leben pulsiert? Was beflügelt all die Individualisten, die Literaturgruppen wie GEDOK, Graue Federn, LitOff, Schreibgruppe Zwinger, VS Regio-Gruppe und die vielen Literaturwerkstätten sowie die Autoren dieses Bürgerbuchs zu ihren literarischen Höhenflügen?

Diese Frage ist ebenfalls Gegenstand dieses Bürgerbuchs. In ihm geht es um Heidelberg als Inspirationsquelle, um das gewisse Heidelberg-Gefühl, das Manche erst nach einiger Zeit spüren. Aber dann lässt es auch sie nicht mehr los – erst recht nicht, wenn sie die Stadt verlassen müssen.

Obwohl der Mythos Heidelberg naturgemäß von einem starken Wiedererkennungs-Effekt lebt, suchen die Autorinnen und Autoren dieses Bürgerbuchs immer wieder das Neue im Altbekannten. Nicht ganz einfach, werden Sie sagen, denn in den 200 Jahren, in denen Heidelberg bereits intensiv besungen und bedichtet wird, blieb nur weniges unerwähnt, was Heidelberg so besonders liebenswert macht. Gleichwohl erhält der heutige Leser neue Sichtweisen auf Schloss, Fluss und Brücke und kann altbekannte Motive der Heidelberg-Literatur neu erleben.

Die Autoren sehen die vertrauten Orte mit ihren Augen und beschreiben sie mit ihren je eigenen Worten. Authentisches Lokalkolorit ruft vor unserem geistigen Auge kräftige Bilder hervor. Das führt zu einigen Déjà-vu-Erlebnissen, aber auch zu vielen Aha-Erkenntnissen. Die kleinen Pinselstriche, mit denen ein Autor sein Porträt eines bestimmten Schauplatzes in Heidelberg zeichnet, vermitteln dem Leser oft einen eigenwilligen Blick auf die Neckarstadt. Selbst wer schon einige Zeit in Heidelberg verbracht hat, wird bei der Lektüre dieses Bürgerbuchs immer noch neue Einblicke und Ansichten gewinnen.

Literatur mit viel Gefühl

Das vorliegende dritte Bürgerbuch *Mythos Heidelberg 2007* versammelt also frische Gedichte, Geschichten und Aufsätze zur Frage *Was macht den magischen Reiz von Heidelberg aus?* Dabei hatte der Herausgeber zwei Auswahlkriterien: Erstens das Thema *Heidelberg* und zweitens die gedankliche und sprachlichen Qualität der Texte, die ein Heidelberg-Bild jenseits der eingeschliffenen Sichtweisen zeigen und ein Heidelberg-Gefühl jenseits von Kitsch und Kommerz vermitteln sollen. In diesen Texten wird der wohlvertraute Schauplatz nicht nur zur Nebenfigur, sondern er spielt in ihnen die Hauptrolle. Dadurch geben die Autoren ihren Geschichten die nötige Authentizität und erweitern das literarische Leben Heidelbergs. Und Sie erkennen: Heidelberg bietet den idealen Schauplatz für stimmungsvolle Literatur.

Vielgestaltigkeit kennzeichnet sowohl die Stadt als auch die hier veröffentlichten Ausdrucksformen ihrer literarischen Verarbeitung. Insgesamt machen sie deutlich: Heidelberg ist so wundervoll, weil sonst in der Welt kein Wunder mehr ist. Die Welt ist entzaubert und gerade daraus bezieht Heidelberg seine unwiderstehliche Aura, da die Stadt am Neckar den Zauber vergangener Tage ausstrahlt. Heidelberg ist eine Stadt, in der die Vergangenheit lebendig ist, die an Früher gemahnt und eine wehmütige Kindheitssehnsucht wachruft. Sie gewährt Heimaltgefühle auch denen, die weder in Heidelberg geboren noch wohnhaft sind. Heidelberg repräsentiert die kollektive Kindheit.

Umgekehrt erkennt man von Heidelberg aus umso eher, wie die Geschichte derzeit das Gaspedal durchtritt. Die Identifikation mit der Stadt als Rückzugs- und Wohlfühloase fungiert in einer Zeit erhöhter Mobilität und beschleunigten Wandels als psychisches Ventil für die Frustration des verkleinerten, erniedrigten Einzelnen und seiner zunehmenden Ohnmacht. Heidelberg eröffnet ein prämodernes Rückzugsgebiet der Entschleunigung. Die Fokussierung des Heimatgefühls auf ein idealisiertes, unhinterfragbares, abgeschottetes Areal stemmt sich gegen die überwältigende Tendenz zur Globalisierung, Anonymisierung, Beliebigkeit und zur Verflüchtigung von Ganzheitlichkeit.

In diesem Sinn ist Heidelberg für viele Autoren dieses Bürgerbuchs vom Romantizismus durchdrungen. In Heidelberg haben vor 200 Jahren Achim von Arnim und Clemens Brentano die romantische Sammlung von Volksliedern *Des Knaben Wunderhorn* begonnen. Die vorliegende Anthologie neuer Ausdrucksformen des Volksvermögens beansprucht nicht, dem nacheifern zu wollen. Sie dokumentiert aber die aktuell gebliebene Sehnsucht nach einer Kunst, die ungekünstelt ist, und nach dem Verlangen, neue, urkräftige Mythen zu erschaffen.

Die Neckarstadt als Quelle geistiger Inspiration

Heidelberg ist eine Stadt des Geistes. Vor rund 810 Jahren von Geistlichen des Klosters Lorsch gegründet, atmet sie noch heute die große weite Welt der internationalen Wissenschaft. Heidelberg ist geradezu ein Biotop des Geistes. Hier leben überdurchschnittlich viele Akademiker, die eine kreative Atmosphäre entstehen lassen.

Was sich als Motiv dieser neuen Geschichten und Gedichte über den Mythos Heidelberg erkennen lässt, ist der symbolträchtige Impuls, der offenkundig von Heidelberg ausgeht und immer wieder Menschen dazu anregt, über ihre Gefühle und Gedanken sowie ihre Bedürfnisse und Sehnsüchte zu schreiben. Um diesem Drang eine Plattform zu bieten, gibt es dieses Bürgerbuch.

Der Mythos Heidelberg entstand, als zur anerkannt schönen Landschaft zwischen Königstuhl und Heiligem Berg, vom Neckartal sich zur Rheinebene öffnend die Worte der Dichter kamen. Goethe pries als einer der ersten diese „Ideallandschaft". Hölderlin nannte sie „der Vaterlands Städte ländlich Schönste". Weitere Dichter folgten – besonders die Romantiker, die Heidelberg besangen und bedichteten. So bekam Heidelberg sein romantisches Image, das bis heute hält. Mit den weltumspannenden Flügeln des Films wurde es international.

Heidelbergs magische Mütterlichkeit

Wie schon in den beiden bereits publizierten Bänden des „Mythos Heidelberg" erscheint die Stadt in einigen Beiträgen dieses Bürgerbuchs als eine Frau, die sowohl die Bewohner als auch die Besucher mit ihrer Schönheit und ihrem Wissen, aber vor allem mit ihrer Mütterlichkeit, die Geborgenheit vermittelt, begeistert und betört.

Neue Ideen gedeihen am besten in der Geborgenheit einer fürsorglichen, fördernden, fordernden, verständnisvollen, verlässlichen, voraussetzungslos liebenden Mutter. Heidelberg ist diese nährende Mutter (lateinisch: alma mater), die akademische Nährmutter, die Warmherzige mit dem sympathischen Gesicht.

Die ehemalige Oberbürgermeisterin Beate Weber sieht Heidelberg als Stadt der Frauen, in der auf magische Weise alles möglich ist, was nirgendwo möglich scheint: „Es gibt einen Ort, an dem man diesem Gefühl ganz besonders nahe ist: den Philosophenweg. Dort, damals wie heute, springt er spätestens über, der Funke des Mythos Heidelberg, der weiterglüht, egal wohin der Weg uns führt. Das ist der entscheidende Funke, der Geist des *Alles ist möglich*. Vielleicht ist das einer der Gründe dafür, dass man sich hier zum ersten Mal in Baden-Württemberg eine Frau als Oberbürgermeisterin vorstellen konnte."

Heidelberg ist freilich nicht nur eine Stadt der Frauen, sondern erscheint vielen Betrachtern sogar als eine leibhaftige Frau. Sie ist schön und muss mit ihren Reizen nicht geizen. Heidelberg weckt Gefühle wie Liebe und Lebenslust. Zur Beschreibung dieser Wirkung

Heidelbergs bedienen sich Dichter und Denker immer wieder des Bildfelds „Frau", speziell in der Ausprägung „Mutter" und „Geliebte".

Für Friedrich Hölderlin ist Heidelberg um 1800 die „Mutter", die er mit diesem Ehrentitel direkt anspricht: „Heidelberg, lange lieb ich dich schon, möchte dich, mir zur Lust, Mutter nennen." Es ist ihm eine Lust, Heidelberg Mutter zu nennen.

Über Joseph von Eichendorff übt Heidelberg einen lebenslangen Bann aus. Ihm erscheint sie wie seine Heimat: „In dieses Märchens Bann verzaubert stehen die Wandrer still. – Zieh' weiter, wer da kann! So hatten Sie's in Träumen wohl gesehen, und jeden blickt's wie seine Heimat an, und keinem hat der Zauber noch gelogen, denn Heidelberg war's, wo sie eingezogen."

Der in Heidelberg geborene Kriegsheld Ernst Jünger, der mit zwanzig Jahren verwundet in seine Heimatstadt zurückkehrt, schreibt in sein Kriegstagebuch: „Der Zug brachte uns nach Heidelberg. Beim Anblick der von blühenden Kirschbäumen bekränzten Neckarberge hatte ich ein eigentümliches, starkes Heimatgefühl. Wie schön war doch das Land, wohl wert, dafür zu bluten und zu sterben. So stark hatte ich seinen Zauber noch niemals gespürt."

Eine Stadt zum Dahinschmelzen und zum Abheben

Der Philosoph Karl Jaspers, der über das zweite Quartal des zwanzigsten Jahrhunderts hier lebte, fühlte sich in Heidelberg gar „einige Zentimeter über dem Erdboden schweben". Da uns Karl Jaspers nicht als Cannabis-Konsument bekannt ist, deuten wir dieses Schwebegefühl als sicheres Anzeichen des Verliebtseins.

Dagegen drücken sich beim gebürtigen Heidelberger Willi Heinrich in den fünfziger Jahren des vorigen Jahrhunderts bereits ambivalente Gefühle zu Heidelberg aus: „Die Stadt hatte ihn aufgenommen wie einen der ihren, sie machte keinen Unterschied zwischen Fremden und Einheimischen, ihr Lächeln galt diesen wie jenen. Heute hatten sich seine Gefühle für sie verändert, als verbände ihn nur noch eine Hassliebe mit ihr. Er fühlte sich von ihr angezogen und abgestoßen zugleich, oft erschien ihm ihr Lächeln aufgesetzt, das Lächeln einer Hure, wenn sie ihr Geld verlangt. Es gab aber auch noch Augenblicke, in denen er sich von ihm überwältigen ließ, es sogar erwiderte."

Heidelberg ist demnach zweierlei: Erstens Ort der mütterlichen Geborgenheit und der Heimat sowie zweitens Ort des weiblichen Selbstbewusstseins und der Emanzipation von traditionellen Erwartungen und eingetretenen Pfaden.

Ort der Zuflucht und der Erregung

Altstadt, Schloss und Neckartal fungieren als kompensatorischer Zufluchtsort der modernen Welt, als Oase in einer Gefühlswüste, als das Emotional-Weibliche gegen das Männlich-Rationale. Die Stadt übt dabei eine archaische, archetypische Anziehungskraft auf den Betrachter aus, da sie sich als Projektionsfläche für verborgene Sehnsüchte und unbewusste Wünsche eignet. Die Dichter und Denker artikulieren hier Emotionen und Erlebniszustände, die offenkundig durch Kräfte hervorgerufen wurden, die nicht ihrem freien Willen und bewussten Wollen unterlagen.

Die zitierten Textpassagen erscheinen als Echo eines tief empfundenen unbewussten Erregungszustands. Vom Ensemble der Stadt scheint ein Impuls auszugehen, der eine latent vorhandene Verbundenheit aktiviert. Der Betrachter und Wanderer fühlt sich in die Zeit seiner Kindheit und in die Rolle des Kindes zurückversetzt. Das mächtige Schloss übernimmt dabei die Funktion der schützenden Mutter, die idyllische Landschaft wird zum offenen Spielfeld. Bewohner wie Besucher passen so ihre Empfindungen in ein gewohntes Verhaltensschema ein. Aus solchen Urbedürfnissen entsteht ein Mythos und aus diesem Literatur.

„Zur Identität eines Volkes gehört der Mythos, und Heidelberg ist ein deutscher Mythos. Er erzählt von einer Stadt, die alle Attribute eines Ambientes wie ein Nucleus enthält, die sich romantischer Suggestion verdanken, die engwinkligen Gassen, die Häuser, kleinräumlich verwachsen, mit Zinnen, Erkern und Butzenscheiben, Spitzwegschem Idyll entsprungene Fassade, die Ruine über dem Fluss, die verwunschene Vergangenheit beschwört, und der Wald, der verdämmert das Tal säumt. Er erzählt vor der Kulisse anheimelnder Geborgenheit von einem Abschnitt deutscher Hochschul- und Studentengeschichte, der die Empfindung des modernen Besuchers in sentimentale Schwingungen versetzt, die das Bild der Gegenwart zugunsten eines ästhetischen Lebensraumes Vergangenheit überlagern, der in der Phantasie und in der Erinnerung zauberische Gestalt gewinnt. (...) der Mythos macht die Literatur, die Literatur schreibt ihn fort." Derart treffend und poetisch formuliert es Jörg-Dieter Gauger in *Heidelberg im Schnittpunkt intellektueller Kreise,* herausgegeben von Hubert Treiber und Karol Sauerland, Opladen 1995.

Weiteres Material zum Mythos Heidelberg finden Sie in den beiden Bürgerbüchern 2005 und 2006. Wer ihn live erleben möchte, kommt zur Lesung aus *Mythos Heidelberg 2007* am 25.1.2007 in die Stadtbücherei Heidelberg und wählt den besten Text (Preisgeld 200 Euro).

TIPP~TIPP~TIPP~TIPP~TIPP~TIPP~TIPP~TIPP~TIPP~TIPP~TIPP~TIPP

Bürgerbuch *Mythos Heidelberg 2006*
174 Seiten, Bestellung an: Dubravka Santak Verlag, Stückerweg 6, 69124 Heidelberg, Telefon 06221-786587, Telefax 06221-783823, Mail: info@dubravka-santak-verlag.de; ISBN 3-9810515-0-5

Essays

Zugabe

Bürgerbuch *Mythos Heidelberg 2005*
162 Seiten, Bestellung an: Dubravka Santak Verlag, Stückerweg 6, 69124 Heidelberg, Telefon 06221-786587, Telefax 06221-783823, Mail: info@dubravka-santak-verlag.de; ISBN 3-00-014848-5

Vorwort

Michael Santak	*Das Gefühl, über dem Boden zu schweben*

Mythos

Beate Weber	*Eine Stadt zum Verlieben*
Sebastian Schlaf	*Bezaubernd, ja ergreifend*
Thomas Martin	*Emilias Duft*
Oliver Richter	*Zauber des Morgens*
Sonja Baum	*Kleine Heile-Welt-Oase*
Jumiko Shimada	*Eine Stadt wie im Märchen*
Jochen A. Bär	*Heidelberger Wissenschaft in der ersten Liga*
Dirk Niebel	*Mythos der Freiheit*
Karl A. Lamers	*Probater Lockruf*
Norbert Theobald	*Heidelberg in Wien am Rhein*
Lothar Binding	*Heidelberg in Heidelberg am Neckar*
Volker Oesterreich	*Produktive Konstellationen bilden*
Peter Seipel	*Stellung als Wissenschaftszentrum bewahrt*

Landschaft

Paula Mack	*Poem an Heidelberg*
Michael Treinies	*Träumen, sehnen, ankommen*
Helga Flaig-Becker	*Lang lieb ich dich schon*
Ana Santak	*Das fremd-vertraute Paradies*
Hilde Domin	*Heidelberg ist mein Zuhause*

Jugend

Walter Jost	*Mein Freund Harry*
Marc Zastrow	*Erstes Semester*
Werner Hacker	*Anselm*^{3}
Michael Santak	*Der Schatz im Emmertsgrund*
Juliette und Violette Delerue, Cristina Morisoli und Alessia Pauchard	*Das Heidelberger Nachtleben*
Hans-Martin Mumm	*Weltoffenheit und die Sehnsucht nach Jugend*

Wettbewerb zu *Mythos Heidelberg 2007*

Zum neuen Bürgerbuch *Mythos Heidelberg 2007* gibt es den Wettbewerb *Heidelberg sucht den Super-Dichter*, der am Donnerstag, dem 25. Januar 2007, von 19.00 bis 21.00 Uhr in der Stadtbücherei Heidelberg ausgetragen wird. Lesen werden dort Autorinnen und Autoren dieses Bürgerbuchs. Das Publikum wählt aus dem Kreis der Teilnehmer an diesem Bürgerbuch den Super-Dichter aus, der 200 Euro Preisgeld erhält. Alle Heidelberg-Fans und Literaturliebhaber sind herzlich eingeladen zu kommen und abzustimmen.

Aus Rezensionen zu *Mythos Heidelberg 2006*

„In dem Buch *Mythos Heidelberg* wird deutlich, dass die Stadt offensichtlich als Inspirationsquelle auf alle Altersgruppen und Schichten wirkt. So ist ein zweites echtes Bürgerbuch entstanden, das die Vielfältigkeit der Stadt lebendig widerspiegelt. In 22 Geschichten, 17 Gedichten und neun Essays sowie in fünf Interviews mit Prominenten beweist auch dieser zweite Band, dass der Mythos Heidelberg lebt. Und wie!" *Rhein-Neckar-Zeitung*

„Das neue Bürgerbuch *Mythos Heidelberg 2006* versammelt Texte, Geschichten und Gedichte von Autoren, wie sie unterschiedlicher nicht sein könnten: Sie kommen aus allen Altersgruppen und Schichten, sind zwischen 15 und 95 Jahre als, Besucher oder Bewohner Heidelbergs – und haben alle eins gemeinsam: Ein ganz gewisses Heidelberg-Gefühl, das sie dem Leser mit ihren Worten näher bringen möchten." *Mannheimer Morgen*

Aus Rezensionen zu *Mythos Heidelberg 2005*

„Michael Santak hat als Herausgeber eines ungewöhnlichen Werkes versucht, dem Mythos Heidelberg ein bisschen auf den Zahn zu fühlen. An berühmten Namen fehlt es dabei nicht. Neuschwanstein plus Oxford, das ist laut Michael Santak eines der Geheimrezepte, die Heidelberg so faszinierend machen." *Rhein-Neckar-Zeitung*

„*Mythos Heidelberg 2005* heißt ein nagelneues Bürgerbuch, das viele Seiten der Touristenattraktion aufblättert. An der 162 Seiten starken Liebeserklärung an Heidelberg haben viele Bürger mitgeschrieben. Sie lassen die altehrwürdige Stadt besonders lebendig werden."
Mannheimer Morgen